恵存
金井美恵子さま

ロバート・キャンベル

J-Lit: A Bi-Culture Guide to Fifty Major Works

Jブンガク

英語で出会い、日本語を味わう名作50

Robert Campbell
ロバート キャンベル [編]

東京大学出版会

J-Lit: A Bi-Culture Guide to Fifty Major Works
Robert Campbell, Editor
University of Tokyo Press, 2010
Isbn 978-4-13-083054-6

はじめに──「Jブンガク」の愉しみかた

　本書は、先般NHK教育テレビで放送された番組、「Jブンガク」の副読本として構想し編集された3冊分のテキストを、1冊にまとめたものである。
　番組の放送時間はたった5分、毎回名作珍場面を選んで半年間で50冊、日本語と英語を交えながら1冊ずつを読み切るハイパースピードな文学案内に仕上がっていった。「講座」とは銘打ったが、時代順とかジャンル別にこだわったわけではない。日本文学ひっくるめての横断的特徴、たとえば学園モノがすこぶる多いこと（I）、作者も読者も恋文が好きであること（III）、あるいはバケモノ好き（IX）、旅行好き（II・VIII）、兄弟好きであること（XII）などなどをガイドラインとして柱を立てた。と同時に、いくつも意外なところから斬ってみた。日本文化と言えば誰もが思い浮かべがちな「わびさび」に対抗すべく、鮮やかなアクションシーンを並べたり（IV）、淡泊な古典的「料理」志向と異なる近代的フード・フェティシュを覗いてみたり（V）、都市災害に関して、安全確保を第一とする現代社会と比較できないほどおおらかだった古典・戦前文学の世界を見て回ったり（VII）と、見慣れない角度からお馴染みの日本的伝統と革新とを章立てのなかで照らし出してみた。取り上げるラインナップもなかなか個性的で、誰もが知る天下の名作もあれば、「ん？」とくびを傾げてしまうような、ふつうの文学講座ではお目にかかれない、あるいは学校の授業では学ばない隠れた傑作を次々に打ち出していった。とにかく、この国の言語文化をふだんとは少し違う角度から見直し、魅力を再発見してもらおう、そういった気持ちを番組とテキストにこめてプランを立てたのである。
　各週に日本語、そして英語を交互に、毎回一作ずつを語り抜く。日本語の週ではシンガー・ソングライター依布サラサさんを迎えて、作品のツボを探っていく。英語の週ではキャンベルが単独で語り下ろす。日本語だけならわざわざ言及しない、あるいは気づかない作品の魅力を一個一個、扉をそっとノックするように、たまにはバンと窓を割るような大音量を立てて開け放ち、中

身を覗いてみようと……。分厚い大作も見慣れない古語もナンのその、一向にめげないサラサさんの懸命のがんばりと感性と、制作スタッフから繰り出される破天荒なアイディアと要求とが絶妙に相まって、テレビならではの、おそらく本邦初のコラボレーションにはなったと思う。この1冊も、したがって毎回収録が終わって帰ってきたときの講師の驚愕や苦笑い、疑問、感動などが塊となって、次のテクストに織り込まれていく、というようなプロセスをへて出来あがった。ということは、けっして研究室や書斎のなかで書けるような折り目正しき教科書には仕上がっていない。読者の方にも、現代に生きる文学の力に接していただけると最高に嬉しい。

　一つ、内幕をあばこう。ロケに使った森岡書店（東京都日本橋）に全員が朝から集まると、1週間分の日本語版を先に撮る。ひとしきり語り終えると、そのまますぐに英語版収録に入る。しかし英語がすらすらと出てこない。講師はたしか、英語が母国語であったはずなのに。いくら準備して現場に臨んでも、先にサラサさんと語り合った日本語が影を落とし、頭に築いておいた綺麗な構図がぐらぐらと揺らぎはじめるのである。

　たとえば野坂昭如「アメリカひじき」の回（24章）。終戦直後、米軍から配給された紅茶を「俺」の家ではひじきと間違えて、煮物にする。家族は食べた端からすさまじい違和感と失望を覚える。考えてみれば、そういう「ひじき」の味こそ敗戦という艱難辛苦の日々を生き抜いた人の強烈な記憶にあったはずで、小説の心臓部に近い重要なシンボルにはなっている。しかし、皮肉なことに、英語に本物の「ひじき」を表現できる言葉がない。実体にふれることが稀で、独特の歯触りや風味も分からない。多くの英語読者には、人物の「分からなさ」が正確に伝わらない。面白いことに、小説家が描いたこの「分からなさ」を英訳しようとすると、「紅茶は知っているけど、*hijki*?——分からない！」というふうに、瞬間的に「分からないこと」が入れ替わってしまうのである。しかし家族の辛い気持ちが手に取るよう描かれているので、英語の読者も、笑いにも似たような溜め息をつく。文化どうしで通じない部分もあるから、「通じなさ」を逆手にとって、笑って近づこうではないか、と日本語と英語の神様がまるでつぶやき合っているような、ヘンな閃きもあった。ことほどさように、番組を通して次々と気づかされる作中の風物や、文体の妙なクセ、人物の風貌などが頭を占領するようだ。どれも英語で伝えな

くちゃ、でもそのまま英語にはならない！ あろうことか日本語より即興にしゃべれるはずの英語の方が講師にとっての一大難所、撮るのに四苦八苦、カメラマンの鋭いまなざしと、ディレクターの優しい溜め息が耳目にこびりつく。かくしてカメラが回るたびごと、日本文化の「違う角度」から見えてくる風景を、思い知らされることになったのである。

　テレビ番組なのでタイトルは簡潔にして分かりやすいものがいいと、みんなで話し合って『Jブンガク』と決めた。Jは「ジャパン」のJ。「〜リーグ」「〜ポップス」「〜ウェーブ」などいくつもある「J〜」と同じく、「日本の」という意味だ（数年前、文芸雑誌を中心に「J文学」を特集したものもあった）。では「ブンガク」とは？ 簡単にいうとこれも日本語そのもので「文学」を意味する。表記を漢字から片仮名にギアチェンジすることで、新しいテリトリーが視界に入ってきそうで、日常のなかで光を隠してきた小さな宝物に行き当たるのかもしれないと、そのようなことを考えつつ「片仮名」に変換した。そのじつ、日本語で言うところの「日本文学」も英語に直そうとすると "Japanese Literature" 以外に表現のしようがないことに気づかされた。日本語のなかであれば、漢字も片仮名ももちろんOKだし、ローマ字が混入しても一向にかまわない、自在と言えば自在な言語である。このように、気づけばJブンガクのなかにW——つまりワールドの要素もいっぱい詰まっている。

　Jから出かけてWに渡り、気が向いたときにJに戻ってくる。そんなブンガクの日々を送るのも、最高に愉しいことではないだろうか。

　　　2010年2月

　　　　　　　　　　　　　　　　　　　　　ロバート　キャンベル

目次

はじめに……………i

I 諸君、集合！──学びのJブンガク……………1

1章 福澤諭吉『学問のすゝめ』(3)　2章 夏目漱石『三四郎』(7)
3章 久米正雄「受験生の手記」(11)
4章 山田詠美『ぼくは勉強ができない』(15)

II その海を越えて──世界へ飛び出すJブンガク……………19

5章 井原西鶴『好色一代男』(21)　6章 久米邦武『米欧回覧実記』(25)
7章 森 鷗外「舞姫」(31)　8章 開高 健『オーパ!』(35)

III お恨みを伝へまいらせそうろう──恋文のJブンガク……………39

9章 作者不詳『薄雪物語』(41)　10章 井原西鶴『万の文反古』(45)
11章 岡本かの子「或る男の恋文書式」(49)
12章 谷崎潤一郎「松子夫人への手紙」(53)

IV ハッとする一瞬──慌てて驚くJブンガク……………57

13章 作者不詳『平家物語』(59)　14章 曲亭馬琴『南総里見八犬伝』(65)
15章 尾崎紅葉『金色夜叉』(69)　16章 徳冨蘆花『思出の記』(73)

V 食べることは生きること──食道楽のJブンガク……………77

17章 柏木如亭『詩本草』(79)　18章 仮名垣魯文『安愚楽鍋』(83)
19章 北原白秋『桐の花』(87)　20章 河野多惠子「骨の肉」(91)

VI 数え上げ、世界を見つめなおす──楽しみ数えるJブンガク……………95

21章 清少納言『枕草子』(97)　22章 自堕落先生『労四狂』(101)
23章 橘 曙覧「独楽吟」(105)　24章 野坂昭如「アメリカひじき」(109)

VII わざわいを刻み込む —— 災害のJブンガク …… 115

25章 鴨 長明『方丈記』(117)　26章 大田南畝『夢の浮橋』(121)
27章 幸田 文『きもの』(125)　28章 谷崎潤一郎『細雪』(129)

VIII 旅の苦労は人生の宝なり —— 貧乏と放浪のJブンガク …… 133

29章 松尾芭蕉『奥の細道』(135)　30章 若山牧水『海の声』(139)
31章 中里介山『大菩薩峠』(143)　32章 林芙美子『放浪記』(147)

IX 日常に亀裂が走る —— 恐怖とスリルのJブンガク …… 151

33章 浅井了意『伽婢子』(153)　34章 内田百閒『冥途』(157)
35章 江戸川乱歩「屋根裏の散歩者」(161)　36章 川上弘美「蛇を踏む」(165)

X 縁日の風景 —— 祭りのJブンガク …… 169

37章 二葉亭四迷『浮雲』(171)　38章 宮沢賢治「祭の晩」(175)

XI 降り立つ美女 —— 愛と誘惑のJブンガク …… 179

39章 作者不詳『竹取物語』(181)　40章 上田秋成『雨月物語』(187)
41章 幸田露伴『風流仏』(191)　42章 三島由紀夫『黒蜥蜴』(197)

XII 愛憎のブラッド・ブラザーズ —— 兄弟のJブンガク …… 201

43章 作者不詳『曾我物語』(203)　44章 近松門左衛門『心中天の網島』(207)
45章 井上ひさし「汚点」(213)　46章 江國香織『間宮兄弟』(217)

XIII 港へ向かう途中 —— 海上のJブンガク …… 221

47章 紀 貫之『土佐日記』(223)　48章 有島武郎『或る女』(229)
49章 小林多喜二「蟹工船」(233)　50章 石原慎太郎「太陽の季節」(237)

ブンガクこらむ●日本文学を日本語で読むということ (64)
ブンガクこらむ●日本文学を英語で読むということ (196)
ブンガクこらむ●日本文学を日本語と英語で読みくらべるということ (228)

ブックガイド…… 241
執筆者紹介…… 242

○本書は、NHK 教育テレビ「J ブンガク」（放映 2009 年 4 月～9 月、再放送 2009 年 10 月～2010 年 3 月）の既刊テキスト『NHK テレビ　J ブンガク』全 3 冊（日本放送出版協会、2009・2010 年）を、再編集したものです。

○書影は、2010 年 2 月末現在、流通しているもののなかから入手しやすいものを掲載しました。なお、テキストとして使用したものにつきましては、現在入手が困難なもの・不可能なものも含まれていますので、あらかじめご了承ください。

○取り上げた作品中には、現在では人権上の配慮に欠けていると思われる表現がありますが、作品の文学性、時代背景などを考慮し、原文のまま掲載しました。

Ⅰ 諸君、集合!
● 学びのJブンガク

新しく学問を始めるにあたって、まずは原点に立ち返ってみよう。
「学問」とは？「学ぶ」とは？ その目的は？
最初のラインナップは、明治の激動期を生きる国民に、広い意味での「学問」を説いた福沢諭吉『学問のすゝめ』から、勉強、恋愛……さまざまな思いを抱えながら過ごす現代のリアルな学園生活を描いた、山田詠美『ぼくは勉強ができない』まで。

『学問のすゝめ』福澤諭吉
岩波文庫

『三四郎』夏目漱石
岩波文庫

『ぼくは勉強ができない』山田詠美
新潮文庫

••インフォメーション••

『学問のすゝめ』 *An Encouragement of Learning*

福沢諭吉（1834～1901）は幕末～明治期の啓蒙家・教育家。本書は明治5～9年（1872～76）に全17編で出版され、数年間で70万部を売り上げた。維新直前に生まれた世代の愛読書ナンバーワンであった。

Fukuzawa Yukichi (1834–1901), leading thinker and educator, published this book in seventeen parts from 1872 to 1876. Selling 700,000 copies in several years, it became a beloved book for a generation of readers born before the Meiji Restoration.

『三四郎』 *Sanshirō*

夏目漱石（1867～1916）作。明治41年（1908）9月1日から12月29日まで、全117回にわたって『東京朝日新聞』および『大阪朝日新聞』に連載され、翌年には単行本が刊行された。

This work by Natsume Sōseki was serialized in *Tokyo Asahi Shimbun* and *Osaka Asahi Shimbun* in 117 installments from September 1 to December 29 in Meiji 41. One year later, it was published as a single volume.

「受験生の手記」 *"Memoir of an Entrance Exam Student"*

久米正雄（1891～1952）は、夏目漱石の弟子だった小説家。漱石の娘に恋するが、おなじく漱石の弟子だった松岡譲との競争に敗れ、失恋してしまう。本作は、『黒潮』の大正7年（1918）3月号に掲載された。

Kume Masao (1891–1952) fell in love with the daughter of his teacher, Natsume Sōseki, but failed to win her away from fellow pupil Matsuoka Yuzuru. This work first appeared in the March and May editions of *Kokuchō* in 1918.

『ぼくは勉強ができない』 *I'm No Good at Studying*

山田詠美（1959～　）作。作品の大部分は、平成3年（1991）5月から平成4年12月までの『新潮』に掲載されたが、番外編の「眠れる分度器」のみ、『文藝』平成3年秋号～冬号の発表である。平成5年3月に、新潮社から単行本が刊行された。

Most of this work by Yamada Eimi (b. 1959, better known in English as Amy Yamada) appeared in *Shinchō* from May 1991 to December 1992, but the chapter "Dozing Protractor" came out in the 1991 Fall and Winter editions of *Bungei*. Shinchōsha published the book as a single volume in March 1993.

1章 『学問のすゝめ』

福沢諭吉

写真提供：
日本近代文学館

●作品への入り口

「天は人の上に人を造らず、人の下に人を造らずと云えり。」言いかえると人間は平等であり、平等であるからには自分で考え自分で行動できなければいけない——福沢はその状態のことを「独立」と言う。本書は、その独立のため新たに身につけるべき教養や技術のことを「学問」と呼んで、読者に「すゝめ」るのである。個人的なレベルの話だけではない。自由や平等とは何か？ あるいは国家のあるべき姿とは？ そんな大きな課題にも手を広げながら、福沢は最終的に日本人一人ひとりが独立することで日本が一人前の国家になれる、という壮大なストーリーを展開してみせる。当時の日本はまさに文明開化の夜明け。価値観も秩序も大転換し、いきなり世界という荒海へ放り込まれつつある中で、本書は新時代を生き抜く指針として強烈なインパクトを読者に与えた。

All people are equal, and owing to this equality, must act as self-interested individuals — this, for Fukuzawa, is "independence." In this book, he encourages readers to learn, that is, to acquire the knowledge and skills to become independent. But what about the nation? Independence is not just about the individual, as Fukuzawa proposes, since the independence of every Japanese person is the precondition for Japan itself becoming a fully-fledged nation for each individual. With the dawn of Westernization and great changes to values and the established order, this book was a compass guiding Japan as it navigated its way in a turbulent world.

原・文・の・世・界

有名な初編の冒頭部分。
「天は人の上に人を造らず……」の一節は、
アメリカ合衆国独立宣言からの引用と言われている。

　天は人の上に人を造らず、人の下に人を造らずと云えり。されば天より人を生ずるには、万人は万人皆同じ位にして、生れながら貴賤上下の差別なく、万物の霊たる身と心との働を以て、天地の間にあるよろずの物を資り、以て衣食住の用を達し、自由自在、互に人の妨をなさずして、各安楽にこの世を渡らしめ給うの趣意なり。されども今広くこの人間世界を見渡すに、かしこき人あり、おろかなる人あり、貧しきもあり、富めるもあり、貴人もあり、下人もありて、その有様雲と坭との相違あるに似たるは何ぞや。その次第甚だ明なり。実語教に、人学ばざれば智なし、智なき者は愚人なりとあり。されば賢人と愚人との別は、学ぶと学ばざるとに由て出来るものなり。又世の中にむずかしき仕事もあり、やすき仕事もあり。そのむずかしき仕事をする者を身分重き人と名づけ、やすき仕事をする者を身分軽き人と云う。都て心を用い心配する仕事はむずかしくして、手足を用ゆる力役はやすし。故に医者、学者、政府の役人、又は大なる商売をする町人、夥多の奉公人を召使う大百姓などは、身分重くして貴き者と云うべし。

『福澤諭吉著作集』第3巻（慶應義塾大学出版会、2002）6ページより抜粋
※『実語教』。平安時代に書かれた漢文体の往来物。人が「知育るを以て貴しと為す」云々、学習の大切さを説く。江戸時代から明治初期にかけて子どもの教材として広く使われていた。

英・訳・の・世・界

It is said that heaven does not create one man above or below another man. This means that when men are born from heaven they all are equal. There is no innate distinction between high and low. It means that men can freely and independently use the myriad things of the world to satisfy their daily needs through the labors of their own bodies and minds, and that, as long as they do not infringe upon the rights of others, may pass their days in happiness. Nevertheless, as we broadly survey the human scene, there are the wise and the stupid, the rich and poor, the noble and lowly, whose conditions seem to differ as greatly as the clouds and the mud. The reason for this is clear. In the *Jitsugokyō* we read that if a man does not learn he will be ignorant, and that a man who is ignorant is stupid. Therefore the distinction between wise and stupid comes down to a matter of education.

Moreover, there are difficult and easy professions in society. The person who performs difficult work is regarded as a man of high station. One who performs easy work is called a person of low station. For work involving intellectual effort is considered more difficult than work done through one's own physical strength. Consequently, such persons as doctors, scholars, government officials, merchants who manage large businesses, farmers who employ many hands, are considered noble and of high station.

Fukuzawa Yukichi. *An Encouragement of Learning*. Translated by David Dilworth and Umeyo Hirano. Tokyo: Sophia University, 1969. p. 1.

新しい「智」を身につけることで何が変わるのか。当時の日本人の全員が全員、イメージが結べたわけではない。「智」とは knowledge、福沢も後の書物でこれを「智力」(the power of knowledge) と書きかえ、効用を強調している。

● フレーズを斬る ●

原文 学問をするには分限を知る事肝要なり。(p. 8)

英訳 Knowing your own limits is crucial for learning.

何ごとも新天地に乗り出す前に、自己点検が肝心である。to know where you're coming from、つまり現在の自分がどれぐらいの能力やキャパシティー (capacity) を持っているかを先に見すえないと、せっかくの学習も空回りし、前進はできない。knowing your own limits はもちろん、自己規制ではなく離陸するためのチェックと心得たい。その上でこそ、The sky's the limit! (天井知らずだ〜)。

E S S A Y

　豊かな人生を送るのにそれなりの努力が必要なことは、江戸時代の日本人は百も承知だ。我々も小さいときから、勉強せよとせき立てられ、ほぼ全員大人に育っている。さて勉強の中味だが、福沢が勧めるのは新しい時代にふさわしい「人間普通日用に近き実学」、つまり公教育の基礎科目となる現代国語や算数、地理、歴史のことである。近代的学校制度が導入されるのが明治5年 (1872) 8月のことで、『学問のすゝめ』初編刊行から半年経っている。毎日の生活に「間に合わない」インプラクティカルな学びを、福沢は生徒に推奨しない。

　「学問をする」とは、教室や図書館に閉じこもって study するだけではなく、広い世界に出て、生活しながら知恵を蓄えていくことを含意とする。そういう意味では、"learn" に近く、一冊の書名を *An Encouragement of Learning*、あるいは *Advice on Learning* と訳してもいい。

　啓蒙家・福沢諭吉の才能は、表現のこういうところで光っている。読者一人として取り残すことなく、新しい生き方を誰にも分かりやすく、普通の言葉で丁寧に説明してくれる。たとえば「分限」。当時の士族 (福沢も属した旧武家階級) ならば家の rank や position、つまり「身の程」くらいの意味合いだったが、ここでは国民それぞれの自覚や努力次第、誰もが超えられる壁として捉えなおしている。日本語の、日常的な意味を踏まえつつ、主張したい新たな方向へと持っていく。福沢自身が若いとき、オランダ語や英語を学ぶ際にしっかりと身につけた知恵の一つであった。

2章 『三四郎』

夏目漱石

写真提供：
日本近代文学館

● 作品への入り口

熊本から上京し、東京帝国大学に入学したばかりの小川三四郎。なつかしい故郷を離れた彼は、同郷の先輩である野々宮宗八や、高等学校に勤める広田先生らによって学問の魅力を知るが、その一方で、広田先生の家で知りあった里見美禰子がいる華やかな青春の世界にもひかれてゆく。三四郎は美禰子に淡い恋心を持つが、技巧にたけた彼女に翻弄されるばかりで、ついに美禰子は彼の知らない男に嫁いでしまった。新しい生活にとまどいながら、次第に都会へとなじんでゆく三四郎を主人公にして、明治の東京における学生生活が生き生きと描かれている。美禰子を失った三四郎がつぶやく「迷羊（ストレイ・シープ）」という言葉は、悩める若者の名句として有名。

Ogawa Sanshirō has just moved from Kumamoto to enroll at Tokyo Imperial University. Far from home, he discovers the appeal of learning by way of Nonomiya Sōhachi, an elder from his hometown, and Hirota, a high school teacher. On the other hand, he is charmed by the brilliant youthful world of Satomi Mineko, whom he meets at Hirota's house. He feels faint stirrings of love for her, but she merely plays him for a fool with her artful ways and eventually marries someone unknown to him. Bewildered by his new life, Sanshirō gradually gets used to the city — and with such a protagonist the novel vividly depicts student life in Tokyo during the Meiji Period. The words Sanshirō mutters after losing Mineko — "stray sheep" — became a motto for troubled youth.

・・・・・・原・文・の・世・界・・・・・・

毎日学校へ通い、週に40時間もの講義を聞く三四郎。
あきれた与次郎は、三四郎を電車で街へ連れ出す。
別れ際に「大いに物足りた」と礼を言う三四郎に対し、
「これから先は図書館でなくっちゃ物足りない」と返す与次郎。
その翌日……

　其翌日から三四郎は四十時間の講義を殆んど、半分に減して仕舞つた。さうして図書館に這入つた。広く、長く、天井が高く、左右に窓の沢山ある建物であつた。書庫は入口しか見えない。此方の正面から覗くと奥には、書物がいくらでも備へ付けてある様に思はれる。立つて見てゐると、時々書庫の中から、厚い本を二三冊抱へて、出口へ来て左へ折れて行くものがある。職員閲覧室へ行く人である。中には必要の本を書棚から取り卸して、胸一杯にひろげて、立ちながら調べてゐる人もある。三四郎は羨やましくなつた。奥迄行つて二階へ上つて、それから三階へ上つて、本郷より高い所で、生きたものを近付けずに、紙の臭を嗅ぎながら、——読んで見たい。けれども何を読むかに至つては、別に判然した考がない。読んで見なければ分らないが、何かあの奥に沢山ありさうに思ふ。
　三四郎は一年生だから書庫へ這入る権利がない。仕方なしに、大きな箱入りの札目録を、こゞんで一枚々々調べて行くと、いくら捲つても後から後から新らしい本の名が出て来る。仕舞に肩が痛くなつた。顔を上げて、中休みに、館内を見廻すと、流石に図書館丈あつて静かなものである。しかも人が沢山ゐる。さうして向ふの果にゐる人の頭が黒く見える。眼口は判然しない。高い窓の外から所々に樹が見える。空も少し見える。遠くから町の音がする。三四郎は立ちながら、学者の生活は静かで深いものだと考へた。それで其日は其儘帰つた。

『漱石全集』第5巻（岩波書店、1994）318–319ページより抜粋

英・訳・の・世・界

　As of the following day Sanshiro cut his forty hours of class time nearly in half and started going to the library. It was a long, wide building with a high ceiling and many windows on both sides. Of the stacks, only the doorway was visible. From out here it seemed there must be a lot of books inside. As he stood looking, someone would emerge from the stack entrance every few minutes with two or three thick volumes in his arms and turn left into the faculty reading room. One man took a volume from the shelf, spread it open and, still standing, proceeded to look something up. Sanshiro envied them. He wanted to go into the recesses of the library. He wanted to climb up to the second floor, the third floor, far above the streets of Hongo, and read amidst the smell of paper without a living thing nearby. But faced with the question of what to read, he had no clear idea. It did seem that there ought to be many things inside that he would want to read.

　As a first-year student, Sanshiro was not allowed to enter the stacks. He had to use the card catalogue. Stooped over the cabinet, he went through one card after another. No matter how many titles he flipped past, a new one took its place. Finally his shoulders started to ache. He straightened up for a moment and looked all around him. In the silence of the reading room there were many people. He saw those at the far end as a black blur of heads, their features indistinguishable. From the high windows he could see a few trees and a patch of sky. The sounds of the city came from afar. Standing there, Sanshiro thought to himself how very quiet was the scholarly life, and profound. Then he went back to his room.

Natsume Sōseki. *Sanshiro*. Translated by Jay Rubin. Tokyo: University of Tokyo Press, 1977. p. 35.

> 入れない書庫を入口から覗（のぞ）くしかない三四郎の視線。彼から見ると「入口」、中にいる人からは「出口」となる。文章の中で二つの視線が重なり、一つの扉が別々に見えてしまう。こういう視点の切り替えを日本語はごく自然にこなせるが英語はやや慎重。訳は三四郎の視線を貫いている。

● フレーズを斬る ●

原文 愚の至りだ。(p. 344)
英訳 That's totally lame!

律儀にノートを取っていた三四郎を大学の友人与次郎がたしなめた言葉。友達の勘違いをキッパリ否定したいときは、That's totally lame! が有効である。調子を強めていくと That's ridiculous! となり、文章にすると How stupid to think she'd come back to you so soon!（彼女がそう簡単によりを戻そうだなんて、バカじゃないの？）のように、この手の表現は英語にはこと欠かない。気をつけてほしいのは、相手に直接 You're ridiculous! をかまさないこと。英語では喧嘩の種、先に言ったほうが「愚の至り」。

E　　S　　S　　A　　Y

　熊本から上京したてのころ、三四郎はまじめに大学へ通っていた。静かで重厚な本郷キャンパスと、そこから波紋のように広がりゆくビビッドな現実世界。男と女の織りなす誘惑と競争の世界に、三四郎がだんだんと降りてゆき、成長する。

　学ぶ意欲はあるが、やり方が分からない。小説の前半で三四郎が学ぶことを模索、というより「検索する」姿が何回か映し出されている。

　「苔の生えた煉瓦造り」のガランとした図書館が学生のたまり場だ。毎日、「入口しか見えない」書庫で眠っている本を一抱え借り出してきては、下宿に持って帰る。読んでも内容がぼんやりと目の前を流れて、意味が掴めない。英文小説など、読んではみたものの、ストーリーが憶えられない。

　そういう三四郎だが、ひどく感心することが一つあって、それは何かというとどんな地味な本でも、必ず誰かが先に読破している、という事実だ。手あかや鉛筆でぎっしり書かれた落書きを見ると、顔も知らない先輩との心の交信ができたような、軽微な興奮に包まれる。こういったところに、若い人が今も特権のように持つ、学ぶことに対する憧れと嫌悪感のミックスした気分がにじみ出ている。三四郎が誕生する前の日本ではなかなか表現されない気分で、彼の世代で「近代」が始まり、私たちと繋がっていることを気づかせてくれるのである。

3章 「受験生の手記」

久米正雄

写真提供：
日本近代文学館

● 作品への入り口

去年、第一高等学校（一高、現在の東京大学前期課程）の入試に失敗した「私」は、今年こそは！と意気込む浪人生。東京に住む姉の家に下宿して、受験勉強に余念がない……はずだったが、義理の姪である澄子に恋してしまい、勉強がまったくはかどらない。そのうちに故郷から弟も上京してきて、一緒に一高をめざすと言う。弟のほうが成績はよいし、なんだか弟と澄子との仲もあやしい。勉強にはますます手がつかないが、月日はどんどん進んでゆき、ついに試験の当日がやってくる……。中流の家庭が増えた大正時代は、同時に受験戦争が激化した時代でもあり、本作の悲劇的な結末にもそうした風潮はあらわれている。受験生の苦しみは、今も昔も変らない。

The protagonist, "I," has failed the entrance exam for Tokyo First Higher School, but he's upbeat about his chances this year. Living with his older sister in Tokyo, he ought to be immersed in prep school, but instead makes little headway in his studies after falling in love with Sumiko, his niece by marriage. His higher-achieving younger brother arrives to join him for test preparation and gets along suspiciously well with Sumiko. Having lost his grip on studying, exam day arrives in no time. Competition over entrance exams intensified with the rise of the middle class during the Taishō Period (1912–1926). The phrase "exam hell" was born around this time, but students still feel the same distress today.

・・・・・・・原・文・の・世・界・・・・・・

水道端(すいどうばた)の寺(西光寺(さいこうじ))に下宿している主人公久野健吉が
一高入学試験を前に胸中を綴ったシーン。
松井は隣室に住む受験生で、
金沢の第四高等学校をめざして勉強していた。

　豫期はしてゐても、七月の來やうが餘りに早かつた。そして今日では試驗までに、もう三日しかなくなつて了つた。もう泣いても吠えても、追ひつきやうはなかつた。私は観念した。それでも兎に角一と通り調べ終へたのが心頼みだつた。

　隣室の松井は、二三日前に金澤へ出發した。彼は今年は四高を選んだ。彼がとう〳〵四高を選んだ心持は、私にも涙ぐましい程よく解つた。

　「俺も今年は都にゐたゝまれないよ。」

　近所の蕎麥屋へ行つて、二人きり心ばかりの訣別をした時、彼は感慨に滿ちて云つた。「そこへ行くと君はまだ、一高を受ける勇氣があるだけでも偉い。」

　「俺か。俺のはデスペレートな勇氣さ。」

──────────────

『日本現代文學全集』第57巻「菊池寛・久米正雄集」(講談社、1967) 245ページより抜粋
※豫期―予期、餘り―余り、出發―出発、四高―金沢に設立された、戦前の旧制高等学校

英・訳・の・世・界

　The approach of July came much faster than I thought it would. Only three days remained until the exam. Too late for howling and yelping, I was resigned to it. And yet somehow I figured I would get through the exam okay.

　Matsui from the next room over had left for Kanazawa two or three days before. This year he had chosen Kanazawa Fourth Higher School. His inclination to do so in the end was painfully understandable to me.
"There's no way I can stay in the capital this year."
　This is what he said, full of emotion, at the neighborhood soba restaurant where the two of us had gone alone to say our goodbyes.
"You're really something just to have the courage to try for Tokyo First Higher School."
"Me? What I've got is desperate courage."

「いたたまれない」には強い遠心力がある。これ以上じっとしていられない、とにかく一刻も早くここを脱出したい、というような。英語にはない語感だ。東京を離れる松井の強い意志を受けて、自分はdesperate courageと健吉が切り返す。離れて落ち延びる人と、食らいつく人それぞれの心性が浮き立って見える。

◀ フレーズを斬る ▶

原文 ……よかれ惡しかれ今日が終りだと思ふと、何となく氣が浮き立つた。(p. 249)

英訳 **For better or worse**, today would be the end of it all, and as that occurred to me I felt kind of light.

For better, for worse とくれば「死に別れるまで」、結婚式の誓言にある有名な文句である。決意を固め、新天地に飛び立つ前に口にする言葉だ。神の前では将来のことを見すえて誓い合い、ここでは健吉は、痛い過去にピリオドを打とうとつぶやいている。

E　　　S　　　S　　　A　　　Y

　大学受験という、長く暗い日々の話。若者たちが波うって年々まったく同時進行で味わう独特の空気がある。冬から早春、全国に広がり、年齢を問わず全国民の上に重くのしかかってくる。日本文化の一つ、と言ってもよかろう。そういった受験のことを、はじめて中編小説のテーマに据え、多くの読者の心を掴んだのが久米正雄の「受験生の手記」である。

　地元・熊本にいて名門第五高等学校（「五高」）で学び、晴れて東京帝国大学に入学を果たした三四郎とちがって、健吉は進路が定まらないまま、東北から東京にやってくる。帝大に入るため越えなければならない難関・第一高等学校（「一高」、戦後東京大学教養学部に統合再編）受験をひかえての上京だ。しかし健吉は、現役合格に向かっているわけではない。去年すでに一度滑り、浪人となって、下宿する親戚の家でも何となく冷たくあしらわれている。頭も要領も上等な弟健次がいて、おまけに女の子にもてるという。言葉にならないような長男の嘆き、聞こえてくるようではないか。

　「大正時代」と言うと、ロマンであるとかデモクラシーといったポジティブなイメージがつきものだが、近代的な入学システムが全国に張り巡らされる中、志ある青年は悩み、苦しみ、何とか前へ進もうと奮闘する。人はいいが粘り気に欠ける主人公は、自分の中心を見失い、力を落とし、脱色されていくしかない。最後にいいことなど一つもなかった東京を離れ、健吉は夜汽車に乗って湖に向かう。100年近く経ってもラストを読むと、胸が締めつけられる。

4章 『ぼくは勉強ができない』

山田詠美

写真提供：新潮社

● 作品への入り口

時田秀美は17歳の高校生。恋多き母親ともっと恋多きおじいちゃん（！）に育てられ、サッカーと食べることと女の子が好きで勉強なんか大嫌い。みっちり勉強して大学に行くことしか頭にない優等生、虚無感だ何だと悩むのが高尚だと思っている友達、高校生のセックスを「不純異性交遊」だと怒る先生、そんな周りの人たちにはどうもしっくりこない。でも理解ある桜井先生やバーで働く年上の恋人、桃子さんもいるし、ごまかしばっかりのオトナの論理じゃなくて、もっと納得できるものを見つけたいんだ！　自由なまなざしで物事を見つめる高校生を主人公に、世間のフツウを清新な感覚で捉えなおした、粋でかっこいい青春小説。

Seventeen-year old student Tokita Hidemi likes soccer, eating, and girls, but hates studying. He doesn't fit in with the people around him — honor students worried only about getting into college, friends anguishing nobly over nothing, and teachers raging about "illicit sexual relationships." But then there's also Mr. Sakurai, a sympathetic teacher, and Momoko, his older girlfriend who works at a bar. Hidemi wants to find something more convincing than the logic of grown-up hanky-panky, and this stylishly cool novel of youth takes a fresh look, through his gaze, at what passes as normal in society.

・・・・・・・原・文・の・世・界・・・・・・・

中間試験の成績をクラスの優等生、脇山にばかにされ、
ムッとした時田は「でも、おまえ、女にもてないだろ」と反論。
そして幼な馴染みの真理に、
脇山に気のある素振りを見せるよう耳打ちをした。

　しかし、彼にとっての悲劇は、期末試験の直前に起きた。真理は、彼にこう告げたのだ。
　「私、勉強しか取り得のない男の人って、やっぱ苦手みたい。つまんないんだもん」
　こんなにも呆気なく自分を否定されたら、どういう気分だろう。しかも、こんなに軽い言葉で。だって、つまんないんだもん。その上に、どのような讃辞を付け加えても補うことは不可能である。なんと可哀想な脇山。はははは、真理、良くやった。
　ぼくって悪い奴なのだろうか。思わず笑った後、口を押さえながら思う。ほんの少し考え方を変えさせてやろうと思いついたことが、脇山にとっては、大事件だったのかもしれない。考えてみれば、ぼくが十一位落ちるのと、入学から、ずっと一位を保ち続けて来た彼が十一位落ちるのとでは意味が違う。試験結果が出た後の彼の憔悴ぶりから察すると余程のことだったのだ。

─────────────
『ぼくは勉強ができない』（新潮文庫、1996）26ページより抜粋

・・・・・英・訳・の・世・界・・・・・

For him, though, the tragedy happened right before the final exam. This is what Mari told him. "I really can't stand guys who are only good at studying. They're like so boring, you know?"

I wonder how I'd feel if I were rejected so easily. And in such simple words. "They're like so boring, you know?" On top of that, making up is impossible no matter how many compliments you pile on. Wakiyama, how pitiful. Ha ha ha, Mari — you did a brilliant job!

Am I a bad guy? I wondered as I hushed myself up after blurting out a laugh. Coming up with the idea to alter Wakiyama's way of thinking a bit may have turned out in the end to be a huge incident for him. Come to think of it, my dropping down 11 ranks in class was totally different from him falling the same height after staying in first place since entering school. It was easy to guess this from his worn-out look after the results of the final exam came out.

若者の日本語って端折っていない？「お前も、暇ないよね」→「暇なくない?」のように。明言を避け、「バカみたい！」など「みたい語」も跋扈している。日本だけの現象かと思っていたらさにあらず、ここで真理が言う「They're like so...」のlikeがこれに相当する。主語の後ろにそっと落とし込むと、ほどよい距離感が出て、調子がいいみたい。友達としゃべるときに使って、文章などにはあまり使わないほうがいい。

● フレーズを斬る ●

原文 脇山、恋って知っているか。勉強よか、ずっと楽しいんだぜ。ぼくは、それにうつつを**抜かして**来て勉強しなかった。(p. 23)

英訳 "Wakiyama — you know anything about love? It's a hell of a lot more fun than studying: I've gotten so **addicted** I never even get around to studying."
(I've gotten so **hooked on** it I haven't done any studying.)

「A をやっていればいいのに、この人は B のことしか頭にないね」という日本語のニュアンスは、少し伝わりにくい。be addicted to は「没頭する」ぐらいの意味で、He's *addicted to* soccer. などのように使っている。

E S S A Y

　ふられたショックでクラスの順位戦に負けてしまった、かわいそうな脇山君。ふりかえると明治以来、彼のような人物は日本の小説のいたるところにいたのに……と言っては踏んだり蹴ったり ("he takes a real beating") と言われるかもしれないけれども、三四郎と健吉のひたむきに迷う姿、その図太さやズルさと比べれば影はとても薄い。ヒールと考えても、脇山に膨らみが足りない。出世街道を上りつめようとまじめに勉強する男子のストーリーが、平成の初めに、ここまでリアリティを欠いて、地に落ちたのか。
　「ぼくは勉強ができない」と堂々と宣言して走り回る主人公秀美君は、実はタイトルとは裏腹に、否定形の生きざまを演じているわけではない。教室で生徒として彼に出会うのはまっぴらだが、しかし桜井先生のように、放課後に街に繰り出し、いっしょに遊べたら、きっといいやつだなとすぐに納得しそうだ。斜に構えているわりには人なつこい。ほんとうは勉強もサッカーも、セックスと同じ程度にとは言えないにせよ、興味が湧き、熱くもなる。アンチ優等生ぶりに筋が通っているので、迷いを恐れず、「出世」などとは縁遠いが、その風貌を 90 度ほど反転した角度から見れば、何となく、三四郎に少し似ているところもあるように思うが……。

II　その海を越えて
●世界へ飛び出すJブンガク

英語を学ぶ、その先には——
旅行や留学をはじめ、海外が視野に入ることも多いだろう。
その先に無限の可能性を秘めた海は、文学を生み出す源なのかもしれない。
第Ⅱ部でのラインナップは、鎖国の世であった江戸時代、「海の向こう」を想像した井原西鶴の『好色一代男』から、巨魚・怪魚を求めてアマゾンの大自然に立ち向かった現代の名紀行文、開高健『オーパ!』まで。

『好色一代男』
井原西鶴・著／横山 重・校訂
岩波文庫

『米欧回覧実記』(一)
久米邦武・著／田中 彰・校注
岩波文庫

『舞姫 うたかたの記 他三篇』森 鷗外
岩波文庫

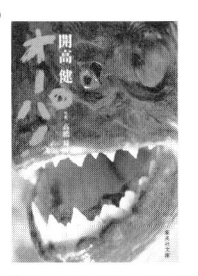

『オーパ!』開高 健・著／高橋 昇・写真
集英社文庫

●●インフォメーション●●

『好色一代男』 *Life of a Sensuous Man*

井原西鶴（1642〜1693）は大坂の俳人、浮世草子・浄瑠璃作者。西鶴が活躍した元禄時代（17世紀末〜18世紀初頃）は上方（京都・大坂地域）を中心に町人主体の享楽的な文化が花開いた。大坂の町人である西鶴はこの『好色一代男』（1682年刊）で「浮世草子」と呼ばれる小説ジャンルを開拓する。それまで小説は教訓的なものが主流だったなか、遊郭を舞台に色男が活躍する本作は、江戸時代の文学に現実的で娯楽的な小説という新たな展開をもたらした。

Ihara Saikaku (1642–1693) pioneered the novelistic "tales of the floating world" with this work, introducing a pleasurable current of realism into the mainstream didactic fiction of his day, which saw merchant culture flourish in the region of Osaka and Kyoto.

『米欧回覧実記』 *An Account of the Iwakura Embassy*

久米邦武著、明治11年（1878）刊。明治新政府が派遣した岩倉使節団が明治4年から6年（1871〜1873）にかけてアメリカからヨーロッパを経て計12か国を歴訪した際の報告書として、同使節団に随行した久米が執筆した。本書の出版は、視察の成果を公表して国民の利益と啓発に供するという目的のもと、その出発前から企画されていた。

Published in 1878 with copperplate illustrations, this eye-witness report by Kume Kunitake follows the Iwakura Embassy's twelve-country tour of America and Europe from 1871 to 1873 — a nation-building mission dispatched by the new Meiji government.

「舞姫」 *"The Dancing Girl"*

森鷗外（1862〜1922）の作。明治21年（1888）に留学先のドイツから帰国した鷗外が、留学中の経験をモデルにして書いた作品である。明治23年1月3日発行の『国民之友』に掲載された。

Mori Ōgai (1862–1922) wrote this work based on his experience studying in Germany, after returning to Japan in 1888. The novella was first published in the January 1890 edition of *Kokumin no tomo*.

『オーパ！』 *Opa!*

小説家にして釣りの名手でもあった開高健（1930〜1989）による、アマゾン河の釣り紀行。昭和53年（1978）2月から9月、『月刊PLAYBOY』に連載された。

Kaikō Takeshi (1930–1989), novelist and expert angler, published this diary about fishing on the Amazon River in the Japanese edition of *Playboy* from February to September, 1978.

5章 『好色一代男』

井原西鶴

● 作品への入り口

　主人公世之介は稀代のプレイボーイ。7歳にして家の女中を口説いてその片鱗を見せると、その後生涯を通じて情を交わした相手は、女3,742人、男725人！　そんな世之介の華麗なる(？)恋愛遍歴を追った本作だが、決してハチャメチャな愛欲の物語ではない。町人たちが経済力を付けて大都市の文化が盛り上がりを見せた当時、大人の遊び場である遊郭では遊女との疑似恋愛を楽しみつつ格好良く振る舞うことが「粋」としてもてはやされた。西鶴は世之介をそんな「粋」を追求する求道者に仕立て上げたのである。本作は、遊女たちと世之介のめくるめく恋の駆け引きや華やかな遊興の様子を描いた、いわば当時の遊びのスタイルブックであり、一方でだましだまされる恋の残酷さや金が支配する遊郭の現実をも暴露した現場ルポとも言える。西鶴はそれを軽妙な中にも優美さの備わった一流の筆致で描き出して大評判を博した。

The matchless playboy Yonosuke seduces a maid at age seven, then moves on to passionate relationships with 3,742 women and 725 men! The story follows this extraordinary love quest, but isn't just a senseless tale of lust. In the figure of Yonosuke, Saikaku investigates the ways of the "stylish man," that is, the "chic" insider who knows best how to enjoy the adult playground of the licensed district. Describing his amorous tactics and showy merrymaking, this work is not only a style guide for its times, but also reportage revealing the cruelty of love's betrayals and the reality of money's power in the pleasure quarters. Endowed with the grace studded wit of Saikaku, the work has achieved great renown.

原・文・の・世・界

最終巻の最後の部分。
世之介ら7人は船にたくさんの宝や道具を積み込み、
海の彼方(かなた)にあるという女だらけの島へ旅立とうとしている。

　「これぞ二度(ふたたび)都へ帰るべくもしれがたし。いざ途首(かどいで)の酒よ」と申せば、六人の者おどろき、「ここへもどらぬとは、何国(いづく)へ御供(おとも)申し上ぐる事ぞ」といふ。「されば、浮世の遊君(いうくん)・白拍子(しろびやうし)・戯女(たはれめ)、見のこせし事もなし。我をはじめてこの男ども、こころに懸(かか)る山もなければ、これより女護(にょご)の島(しま)にわたりて、抓(つか)みどりの女を見せん」といへば、いづれも欲(よろこ)び、「譬(たと)へば腎虚(じんきょ)してそこの土となるべき事、たま〳〵一代男(いちだいをとこ)に生(うま)れての、それこそ願ひの道なれ」と、恋風(こひかぜ)にまかせ、伊豆(いづ)の国より日和(ひより)見すまし、天和(てんわ)二年神無月(かみなづき)の末に行方(ゆきがた)しれずなりにけり。

『新編日本古典文学全集』第66巻「井原西鶴集1」(小学館、1996) 249ページより抜粋

英・訳・の・世・界

"You know," Yonosuke said, "we'll probably never get back to the capital again. So let's drink some parting cups of saké." Six of the men, astounded, asked exactly where it was he intended to take them and why it was they weren't ever going to return.

"Well," Yonosuke replied, "we've seen every kind of quarters woman, dancing woman, or streetwalker there is in the floating world. Look around you. There are no more mountains anywhere to block any of our hearts' horizons. Not yours, not mine. Our destination's the Island of Women. The one with only women living on it. There'll be so many women there, well, all you'll have to do is just reach out your arms." At that the men were delighted.

"You may exhaust your kidneys and vital fluids," Yonosuke continued, "and get yourself buried there, but, well, what of it? All of us here happened to be born to live our whole lives without ties or families. Really, what more could we ask for?"

The men finally found fair weather at Izu, at the southern tip of eastern Japan. From there, following the winds of love, they sailed out into the ocean at the end of the Tenth Month, the Godless Month, in 1682, and disappeared, whereabouts completely unknown.

Ihara Saikaku. "Aids to Lovemaking: Sailing to the Island of Women," in *Life of a Sensuous Man*. Translated by Chris Drake. *Early Modern Japanese Literature: An Anthology, 1600–1900*. Edited by Haruo Shirane. New York: Columbia University Press, 2002. pp. 56–57.

> 江戸小説を翻訳しようとすると必ず頭を抱える難所だ。日本語の「遊女」を意味する言葉は、地域ごと、ランクごと、そして漢語・和語にわたって実に豊富な意味の世界を持っているのに対して、英語は素っ気ない。ふだん使わない quarters woman（「遊郭の女」）に訳者の苦労がしのばれる。

● フレーズを斬る ●

原文　それこそ願ひの道なれ

英訳　Really, what more could we ask for?

原文とぴったり寄り添った英訳である。日本語に直訳すると「ほんとうに、これ以上何の望みがあるだろうか」だ。島をめざす世之介の覚悟が伝わってくる。

E　S　S　A　Y

　女護の島、つまり女しかいない想像上のパラダイスに逃亡する場面で、世之介の一代記は完結する。完結というより、船出のシーンなので、終章で「出発する」と言ったほうがいいのかもしれない。仲間と乗り込む船は「好色丸」、積み込まれる荷物は強精剤に媚薬、「責め道具」、遊女の形見、不思議な玩具の棚卸しを西鶴は延々と述べている。ふざけた旅人だ。

　世之介が世をはかなんで悲壮の渡海、という解釈もあれば『源氏物語』の光源氏、在原業平の東下り（『伊勢物語』）をパロデしたもの、近世前期、町人たちの青春応援歌だという等々、この短い一場面だけでも、従来より捉え方はさまざま、数えきれないほどの説がある。近年、近世初期に何度も行われ、西鶴も知っていただろう「補陀落渡海」（僧侶が入水往生——海の彼方にあるとされる観音浄土をめざして大海に出る）という仏教の行をコミカルに見立ててみせた物語であるという説が優勢だ。

　母親から受け継いだ膨大な財産を潰しながら、世之介は27年もの間「色」の一文字に忠実に、還暦まで生きてきたが、この小説は彼の足跡を京都から江戸、佐渡、九州にいたるまで丁寧にたどっている。最後に、極めつきの充足を「海の向こう」の楽園に求めるが、当然のことながら、元禄時代にあっては、生きては帰れない。

（参考文献：中嶋隆「『好色一代男』終章の「俳諧」」『初期浮世草紙の展開』若草書房、1996）

6章 『米欧回覧実記』
久米邦武

久米美術館蔵

● 作品への入り口

岩倉使節団は特命全権大使岩倉具視を筆頭に、新政府の中心人物や国際的な経験や知識を持つ官僚など総勢46名で編成された。その主な目的は欧米諸国の制度や文物を視察することと、不平等条約の改正を交渉することで、結果的に後者は期待された成果を得られなかったが、一行は目標とする欧米諸国を直に体感しながら日本の近代化のビジョンを具体化させていった。その記録を任務とした久米は、会見した人物や見学した施設については勿論、移動中の風景や町ですれ違う人々にも触れ、時には訪れた国に対する感想や分析も盛り込みながら本書をまとめ上げた。アメリカでは自主と独立を重んじる政治体制にカルチャーショックを受け、イギリスでは忙しく稼働する工場群にその国力の源を見いだし、一方で公衆の面前で堂々と手を握り合う欧米の男女の道徳観に驚く。その内容は、当時の日本指導層の文明観の縮図とも言えよう。

The forty-six member embassy of government insiders, world-travelers, and knowledgeable bureaucrats surveyed advanced institutions and cultural accomplishments, while also pursuing revisions to unequal treaties. Expectations remained unfulfilled with the treaties, but the group succeeded in forming a concrete vision for Japan's modernization. As official recorder, Kume wrote tirelessly about interviewees and observed establishments, but also touched on people he passed by in cities and the countryside, incorporating his own impressions and analysis along the way. American respect for independence came as a culture shock, and he saw England's source of national power in its busy factories. In short, the report reflects in miniature the cultural values of Japanese leaders at the time.

原・文・の・世・界

1872年2月3日（旧暦12月25日）、
シエラ・ネヴァダ山脈を越える車中の使節団一行。
ツルキー山（トラッキー山）の駅から河沿いを下り、
ワットスウォルチュ（ワーズワース）を経て、
ネヴァダの大平原をめざす。

〔「ツルキー」山駅ヨリ、「ワットスウォルチュ」マテ、地勢下ルコト一千七百七十尺〈フィト〉、此山坂ヲ越エ、「ネバタ」ノ大野トナルマテ、夜中ニ経過シ、景況如何ヲシラス、〕

夫ヨリ尚四十五英里〈マイル〉ヲ走リ、「ブロウェン」ノ小駅ヲ過ルトキ昧爽〈まいそう〉トナレリ、車窓ヨリ望メハ、茫藐〈ぼうばく〉タル荒野ニ、山嶺散起シ、昨夜ノ大積雪モ、イツノマニカ已ニ夢ヲ隔テ、只山頂ニ麡斑〈カノコマダラ〉ノ白ヲト、メルノミ、野ニ片雪ノ痕ヲミス、此辺ノ野ハ水面ヲヌク四千尺〈フィト〉ノ平地ナリト云、〇是ヨリ進行スレハ、「バンボールド」河、鉄路ト相左右シテ東ス、二時間行ニテ「バンボールド」村ニ達ス、停車二十分時、朝食ヲ辨ス、此辺ヲ「バンボールド」ノ荒野ト名ク、元亜墨利加沙漠トイヒシ所ナリ、四顧ノ山嶺ハ、処々ニ散起シ、爾タル枯草天ニ際シ、山ニ一樹ナク、谿〈たに〉ニ一泉ナシ、河流散漫シ、四モ人家ヲミス、李華カ弔古戦場文ニ平沙無垠〈りか〉、夐〈はてしなく〉不レ見レ人、河水縈帯、群山糾紛、其景況真ニ迫ルヲ覚フナリ

――――――――――――――――
『米欧回覧実記』（一）（岩波文庫、1977）130–131ページより抜粋
※マテ―まで、夫ヨリ―それより、已ニ―すでに、云―いう、名ク―名づける、亜墨利加―アメリカ、谿―谷

・ ・ ・ ・ ・ 英 ・ 訳 ・ の ・ 世 ・ 界 ・ ・ ・ ・ ・

Forty-five miles beyond Wadsworth we went through the small station of Brown's as dawn suffused the sky. The view from the train windows was of a barren wilderness, broken here and there by mountain peaks. Without realising it, we had left behind, as though in our dreams, the huge snowfalls of the previous night. Only occasionally could we see scattered patches of snow on the peaks, resembling the markings on a deer. On the desert itself there was no trace of snow. This stretch of track is said to be 4,000 feet above sea-level.

The track wove back and forth along the left and right banks of the Humboldt River as it proceeded eastwards. After two hours we reached the village of Humboldt, where we stopped for twenty minutes to have breakfast. This region is now known as the Humboldt Wilderness; originally it was called 'the American Desert'. We were surrounded by scattered mountain peaks. Dry desert with sagebrush stretched in all directions to meet the sky at the horizon. The river meandered across the arid landscape in broken streams. No trees grew on the hillsides, no springs welled up in the canyons and no houses were visible in any direction. [The Chinese essayist] Li Hua, lamenting the dead on an ancient battlefield, wrote:

Endless desert
With no living soul in sight.
Girdled by a river,
And dotted with jumbled peaks.

That landscape of Li Hua's rose vividly in my mind as I looked out over the barren Humboldt Wilderness.

The Iwakura Embassy 1871-73. A True Account of the Ambassador Extraordinary & Plenipotentiary's Journey of Observation Through the United States of America and Europe. Volume I The United States of America. Translated by Martin Collcutt. The Japan Documents, 2002. pp. 125–126.

・・・・・・英・訳・の・世・界・・・・・・

久米は荒野を走りながら現地で入手したガイドブックと時刻表を手に、アメリカ人も知らないような僻地(へきち)の名前をいっぱい記録した。耳ではなく目で覚えているから勘違いが多く、もとの英語に遡(さかのぼ)るのに骨が折れる。「バンボールド」の「バン」は、日本語で書き写している間に起きたミスだろう。

◀ フレーズを斬る ▶

原文 （午後ニ、府ノ東鄙ノ温泉ニ至ル、市中ヨリ一英里余ナル山角
ニアリ、）鹹泉ニテ温度ハ肌ニ適ス (p. 139)

英訳 The temperature of the briny springs **felt
comfortable** to the skin. (p. 136)

ここは feels just right でもよかったが comfortable のほうが丁寧だ。お湯の温度にかぎらず、たとえば座り心地や話し相手との距離感なども、I feel comfortabele (here, with him). のように、居心地を簡明に伝えることができる。

E　　S　　S　　A　　Y

　車窓から鳥の影一つとして見かけない、不毛の赤土をエリート集団はひたすら疾駆する。北米大陸を横断する鉄道が開通したのはわずか2年前のことで、冬に入ると線路は雪に埋もれ、落石は頻発、土地をめぐる長年の戦いに疲れたネイティヴ・アメリカンたちも停車するたびに寄ってたかり、物をもらっては去ってゆく。当時の日本にはない風景。最新式の寝台車に乗り込んだ使節団はそういう風景をどう見たか、というより、どうやって日本語に置きかえようとしたのか、が問題である。「風景」の発見、と簡単には言うが、唐代の文章家、李華の名文を引用していることからも分かるように、彼らには古典（『古文真宝』後集〈漢代〜宋代の名文を収集したもの〉など）の景色が言葉としてすでに身についていた。引き合いに出される「古戦場を弔ふ文」は、その作者が、辺境の砂漠を黄河が流れ、山々が周囲に入り乱れて屹立する光景を目の当たりにしながら、中国の王侯がかつて異民族と闘った悲惨な歴史をふりかえっている。久米も、まさしくアメリカの広大な大地とそれをめぐる闘いの痕跡とを目の前にしたときに、この一編を思い出し、重ねてみた。風景の「発見」への発射台として働く古典でもある。

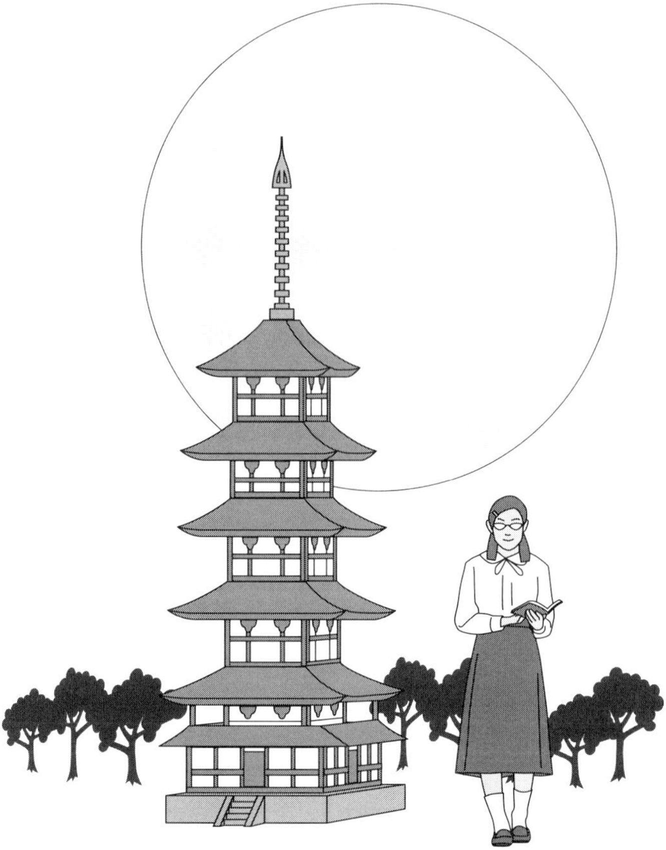

7章 「舞姫」

森 鷗外

写真提供:
日本近代文学館

● 作品への入り口

海外視察のため、官庁からドイツに派遣された太田豊太郎は、典型的な明治のエリート青年である。ところが彼は、ヨーロッパの自由な空気のなかで貧しい踊り子エリスと出会い、恋に落ちてしまう。それによって職を失った豊太郎は、エリスとともに暮らしはじめたが、ある日、親友の相沢謙吉によって天方大臣に紹介されて以来、次第に大臣に信頼されるようになり、ともに日本に帰ることまで勧められる。出世の道を選ぶべきか、エリスとの愛を選ぶべきか、豊太郎は思い悩んだすえ、ついに帰国を決断した。しかし彼の子を身ごもっていたエリスは、それを聞いて錯乱状態に陥ってしまう……。19世紀末のベルリンを舞台に、エリートコースと自由な生活との間に引き裂かれた悲恋を、美しい文章で詩情深く描き出した、鷗外の代表作である。

The government has dispatched Ōta Toyotarō, model youth of the Meiji elite, to study in Germany. In the liberating atmosphere of Europe, however, he falls in love with Elise, a dancer, with whom he takes up residence after losing his job. One day Toyotarō's close friend Aizawa Kenkichi introduces him to Minister Amagata. The minister comes to trust Toyotarō, and eventually suggests they to return to Japan. Torn between a successful career and his love for Elise, Toyotarō decides at last to return home with the minister, but Elise, now pregnant with his child, goes mad when she hears the news. Set in Berlin at the end of the 19th century, this representative Ōgai work is a tragic love story written with deep poetic feeling and beautiful prose.

原・文・の・世・界

太田豊太郎がドイツに派遣されてから3年が過ぎたころ。これまで学問や仕事に励んできたときには意識しなかったが、消極的、機械的になっている自分自身に気づきつつあった。

　……今二十五歳になりて、既に久しくこの自由なる大学の風に当りたればにや、心の中なにとなく妥(おだやか)ならず、奥深く潜(ひそ)みたりしことの我は、やうやう表にあらはれて、きのふまでの我ならぬ我を攻むるに似たり。余は我身(わがみ)の今の世に雄飛すべき政治家になるにも宜(よろ)しからず、また善く法典を諳(そらん)じて獄を断ずる法律家になるにもふさはしからざるを悟りたりと思ひぬ。
　余は私(ひそか)に思ふやう、我母(わがはは)は余を活(い)きたる辞書となさんとし、我長官は余を活きたる法律となさんとやしけん。辞書たらむは猶ほ堪(た)ふべけれど、法律たらんは忍ぶべからず。……

───────────

『新日本古典文学大系　明治編』25「森鷗外集」(岩波書店、2004) 7ページより抜粋

英・訳・の・世・界

Now, however, at the age of twenty-five, perhaps because I had been exposed to the liberal ways of the university for some time, there grew within me a kind of uneasiness; it seemed as if my real self, which had been lying dormant deep down, was gradually appearing on the surface and threatening my former assumed self. I realized that I would be happy neither as a high-flying politician nor as a lawyer reciting statutes by heart and pronouncing sentence.

My mother, I thought to myself, had tried to make me into a walking dictionary, and my department head had tried to turn me into an incarnation of the law. The former I might just be able to stand, but the latter was out of the question.

Mori Ōgai. "The Dancing Girl" Translated by Richard Bowring. *Youth and Other Stories*. Edited by Thomas Rimer. Honolulu: University of Hawaii Press, 1994. p. 10.

それまでの自分とはちがう「まことの我」が、徐々に意識の表に浮上してくる。静かな文語文に乗って「我」と「我」がせめぎ合う場面だが、英語に写しかえると作者の冷徹な論理がそのまま浮き立ってみえるのである。

● フレーズを斬る ●

原文 〜は忍ぶべからず

英訳 ... is (was) out of the question.

絶対ダメ、No way! などに通じる言い方ではあるが、こちらのほうが一段と丁寧であり、キッパリ感がつまっている。丁寧さ＝強さ、という点でいえば日本語の敬語や丁寧語にも似ているかもしれない。英語でも、何かを拒んだり、あるいは断るときは、相手の顔をよく見ながら、選んだ一言の下で No! を伝達する。どちらの言語でも、かなり気を遣うことではある。

E　　　S　　　S　　　A　　　Y

　エリスの傍を去った豊太郎は日本へ帰国する途中。乗っている船はインド洋をぐるりと回って北上し、ヴェトナム——当時はフランス領——の首都サイゴン（現在のホーチミン）に寄港する間にこの手記を認めているという。東西の一人称小説のかなりの数がそうであるように、「舞姫」の語り手もどこで、何のためにこの文章を書いているのかを自らが語り、ストーリーに一種のフレームを与えている。映画でいえば、「タイタニック」のヒロイン・ローズが100歳になって探検船へ乗り、大海原を眺めながら若かりし頃の悲恋を孫娘に対して語り出す、という設定に何となく似ている。

　人間関係、そして生きる道を選ぶことにおいて豊太郎はかなり優柔不断。原文から分かるように、本人は悩みが母の過剰な愛、一方では長官の大きな期待などから起因すると考えているようだが、ここにようやく、25歳にして帰りの船室の中で「妥なら」ぬ気分に襲われはじめるのだ。ふりかえって自分の弱さ、自分にも人にも与えたダメージの大きさに気づく、という瞬間である。

　誰でも壁に当たると、自分に良い顔とそうでない顔があるということに気がつく。そういった心の動きを、克明に表現する言葉を持ち合わせているかどうかが大切であって、豊太郎、ひいては鷗外自身が「近代」を代表する書き手となったカギもここにあったように思う。

8章 『オーパ!』
開高 健

写真提供:時事通信

●作品への入り口

ピラーニャ、トクナレ、ドラド、ダンバッキー、ピラルクー、スルビン、カスクード……。言葉の魔術師、開高健によって、彼がアマゾンで釣りあげた無数の魚はページの上を跳躍する。熱帯の甘く湿った空気や、アマゾンに生きる人々のざわめきまでも、鮮やかによみがえらせる彼の文章には、新しい世界にふれる歓びと、生命の逞しさへの感動があふれている。選びぬかれた珠玉の言葉と、高橋昇による迫力の写真が織りなす圧倒的な存在感。開高が体験した世界はあまりにも広大だが、しかし彼の内部で消化され、熟成され、骨太の文体で綴られたその世界は、読者を魅了するきらめきに満ちている。

Piranha. Tucunare. Dorado. Tambaqui. Pirarucu. Surubim. Cascudo. Under Kaikō's verbal spell, the many fish he caught on the Amazon seem to leap right off the page. Here is the robustness of life embracing a new world, captured in a prose style steeped in sweet moist tropical air and the sounds of local life along the river. Interwoven among the gems of writing, fierce photographs by Takahashi Noboru practically overwhelm the reader. The world Kaikō experienced was truly vast, but he assimilates it in this work with a sturdy style, full of glowing fascination.

・・・・・・・・ 原・文・の・世・界 ・・・・・

サンパウロ在住の作家、醍醐麻沙夫（だいごまさお）氏からの手紙がきっかけで、開高たちはアマゾン河での「釣りルポルタージュ」を計画する。1年後の1977年8月、広大なアマゾン河を目の前に、「無敵艦隊のオオカミ（ロボ・ダ・ダルマダ）」船上の開高から感嘆の声がこぼれる。

　甘い海。迷える海。大陸の地中海。漂い歩く沼。原住民や探検家や科学者たちはそれぞれの眼からさまざまま定義と名をあたえ、日本人移民はただひとこと「大江（たいこう）」と呼び習わした。どの命名もこの河の性格の一片を正確無比にとらえて必要条件をみたしはしたけれど完全というには遠かった。おそらく今後も——いつまでかはわからないが——この河はダムや橋を拒んだように言葉を拒みつづけることだろうと思う。ライオンという言葉ができるまでは、それは、爪と牙を持った、素早い、不安な悪霊であったが、いつからともなく〝ライオン〟と命名されてからは、それはやっぱり爪と牙を持った、素早くて、おそろしい、しかし、ただの四足獣となってしまったのである。必要にして完全な条件をみたした定義がアマゾンにあたえられて不安が人間から消え、ただ大きな河となってしまうのはいつのことだろうか。その条件はダム、橋、堤防、土手などのうちの、何だろうか。私にはわからない。しかし、いま、この無窮の展開からうける不安には歓びがひそんでいる。完璧におしひしがれて無化されたのに私は愉しい。ナーダにしてトーダ。何にもなくてすべてがあると歌うあの二つの恋歌はこの河の上でこそふさわしいのかも知れない。絶妙の暗合を感じさせられる。

『開高健全集』第16巻（新潮社、1993）403–404ページより抜粋

・・・・・英・訳・の・世・界・・・・・

The sweet sea. The bewildering sea. The land-locked sea. The meandering swamp. It has been named and defined in different ways by native peoples, explorers, and scientists. Japanese immigrants simply called it "the big river." Although each of these names achieves faultless accuracy in terms of a single aspect of this river's character, they are far from dealing with the whole. Perhaps for the present time — and who knows for how long — the river will keep rejecting words as it has rejected dams and bridges. Until the word lion came about, it was an agile and uneasy evil spirit with claws and teeth, but once upon a time, after it was given the name "lion," it went right on being agile and frightening, with claws and teeth, but at the same time turned into a mere four-legged beast. When will the Amazon be just a river, satisfactorily defined in terms of the whole and releasing people from their uneasiness about it? What would be the last straw — a dam, a bridge, a levee or embankment? I'm not sure, but there is delight lurking within this uneasiness born of an infinite spreading out. And for me, there is pleasure here despite the fact that I am totally overwhelmed and nullified. "Nada" and "Toda" ("Nothing" and "Everything"). Maybe these two love songs — about how nothing means everything — are appropriate for this river. What exquisite harmony.

命名する瞬間から人は自然を組み伏せ、支配しようとした。開高は人々の営みと、自分の釣りと、それら全てを呑み込むほど大きな力を秘めた大河からひらめきを獲ている。タイトルの「オーパ!」(ポルトガル語で「すごい!」)も、言葉を拒む河へのエールに聞こえる。

● フレーズを斬る ●

原文 絶妙

英訳 perfect

フレーズではなく、今回はあっさりと一つの単語を持ってきた。「絶妙のタイミング」のように、私たちはある言葉を一日何度も使っているが、さて、それは英語では何と言ったっけ……とつまずくことも多かろう。"perfect timing" "perfect form"（テニス、ボウリングなどに使える）など活用できる場面がいろいろ。superb, magnificent などで何かを評価することもあるが、少し改まった感じがする。

E　　　S　　　S　　　A　　　Y

　「甘い海」だと。ふつう誰もアマゾン河の水をそのように想定しないだろう。湿ったジャングルを延々と流れる、重く、危険なイメージが頭をよぎる。
　しかし毎日毎晩、大河を遡りながら釣りを続けている開高にとって、浄化され安全に飲める飲料水よりも、アマゾンの一雫(ひとしずく)に「極上」の旨(うま)みが宿る、と別の箇所では言っている。そこまで海を渡ってきた一人の日本人が、ブラジルの大地を知り尽くし、愛おしく思えた証拠と言える。と同時に、この一文を読むと、ブラジルの大地とその上に生きるすべての人間と動植物の命を脅かす開発の爪跡に、彼がとても敏感であったことも分かる。釣りに関する徹底したルポルタージュだが、そのなかに交じって、かつて楽園と呼ばれた自然環境の破壊、その破壊を目の当たりにしながらも自分が道楽（pastime）に興じる姿を、とても冷静に描いている。土地のイメージと、そこへ渡ってきた人間との関わりを考えさせるハードな一編である。

III お恨みを伝へまいらせそうろう
● 恋文のJブンガク

電話、メール、ケータイ、SNSなど、めざましい発達を遂げる現代の通信手段。それでもなお、古今東西の想いを伝える手段と言えば「恋文」。恋心は日本語と英語の壁さえも越えるだろう。
第Ⅲ部でのラインナップは、一目惚(ぼ)れの相手への恋文から始まる江戸時代の仮名草子『薄雪物語』から、谷崎潤一郎が3度目の結婚相手に宛(あ)てた「松子夫人への手紙」まで。

『世間胸算用 万の文反古 東海道中膝栗毛』
神保五彌、中村幸彦、棚橋正博・翻訳
小学館

『日本の名随筆』別巻36「恋文」
村松友視・編、作品社
(「或る男の恋文書式」)

••インフォメーション••

『薄雪物語』 *The Tale of Usuyuki*

著者未詳、江戸初期（1600年代初め）成立。当時流行した「仮名草子」（仮名書き主体の娯楽的読み物）の代表作の一つで、若い男女の数十通に及ぶラブレターのやりとりを追いながら恋の顛末を描いた書簡体小説。男の情熱と女の揺れ動く心を描いた恋愛読み物として、そして恋文例文集として人気を博した。

The author of this early Edo Period work remains unknown. A representative example of *kanazōshi*, the work consists of dozens of love letters exchanged between a young man and woman. It achieved popularity both as an amorous tale and collection of model love-letters.

『万の文反古』 *An Old Letter Scrapbook*

元禄9年（1696）刊、井原西鶴著。くず紙の山から出てきた書き損じの手紙（反古）たちという設定の書簡体小説。「手紙にこそ人の心の真実が見える」という西鶴の巧みなコンセプトのもと、本作には借金の申し込みから仇打ちの経過報告まで、生々しい人生のさまざまな断片が短編集のように散りばめられている。

Ihara Saikaku cast these short fictional pieces (published, 1696) in the form of a bunch of clumsy letters from a mountain of trash paper. From loan applications to revenge plot reports, they reveal the human heart with bits and pieces of life in the demimonde.

「或る男の恋文書式」 *"One Fellow's Form Letter for Love"*

作者、岡本かの子（1889～1939）は、与謝野晶子に師事した歌人・小説家。その強烈かつ劇的な一生は、画家である息子太郎の『一平かの子』などに詳しい。本作は『週刊朝日』昭和2年（1927）6月5日号に掲載された。

This work by poet and novelist Okamoto Kanoko (1889–1939) was published in a June 1927 edition of *Shūkan Asahi*. Kanoko's son, the artist Tarō, detailed her intense and dramatic life in the biography *Ippei and Kanoko*.

「松子夫人への手紙」 *"A Letter to Matsuko"*

明治から昭和にかけて活躍した小説家、谷崎潤一郎（1886～1965）の手紙。昭和7年（1932）10月7日づけで、根津松子に宛てて送られた。松子は当時人妻であったが、のちに谷崎と結婚し、彼の3番目の妻にして終生の伴侶となった。

Tanizaki Junichirō (1886–1965) wrote this letter to Nezu Matsuko on October 7, 1932. She was married to another man at the time, but later remarried Tanizaki, becoming his third wife and life-long companion.

9章 『薄雪物語』

●作品への入り口

ある日清水寺を訪れた主人公園部の衛門は偶然見かけた美しい娘に一目で恋に落ちる。「何とかお近づきになれないものか……」。その願いを清水の観音様が聞き届け、娘にお仕えする下女と知り合う幸運を手に入れると、そこから園部の衛門はラブレターで猛アタックを開始する。ところが薄雪という名のその娘は実は人妻。貞節を説いてきっぱりと断るのだが、園部の衛門はひるまずにそれを乗り越えてこそ恋の情趣を知ることができるのだと切々と訴える。そしてついに薄雪が情に負けて二人は密かに契りを結ぶのだが、わずかな幸せを経て物語はそのまま薄雪の急死、悲嘆に暮れる園部の衛門の出家と往生という悲恋の結末を迎える。本作の核となる二人の手紙の贈答は、物語や和歌などの故事を引用しながら理知的に、かつ情熱的に繰り広げられる。その王朝時代の貴公子と姫君の恋物語のような優美さが、作品をつらぬく愛と貞節という恋愛の究極のテーマを一層鮮やかなものとしている。

It's love at first sight when protagonist Sonobe no Emon catches a glimpse of beautiful Princess Usuyuki at Kiyomizu Temple. His subsequent prayers to the goddess Kannon for a way to get closer to her are answered when he meets her maidservant — and so his frenzied letter-writing commences. The princess advocates fidelity since she is a married woman, but Emon overcomes her rebuffs with ardent appeals. They exchange secret vows, but the tale reaches its tragic conclusion after only a brief interval of bliss, when the princess suddenly dies, followed by Emon. A brilliant unleashing of passion at its extreme, the work also exhibits intellectual refinement in its references to classical literature.

・・・・・・ 原・文・の・世・界 ・・・・・・

薄雪から園部の衛門に宛てたある日の手紙。
平安時代の歌物語である『伊勢物語』から
和歌を引用しつつ、思いを綴っている。

　仰せのごとく、過し世はなれなれしき御言の葉、さてさて御はもじさにて候。誠に他念なく御いもじさ、中々かりそめぶりに見え参らせ、今さら思ひのたねとなり参らせ候。七夕の契りとはあふ夜の数少く共、二葉の松の千代かけて、たがひにへだてなく變らぬ色との御事にや。ともかくも此上は力なし。二人の親の見給はぬやうにと、恥ぢ入参らせ候。肌へをなにとなふ御身のたはぶれにうちなびき、うつつなうなよたけの風情にて、臥しみだれ参らせ候。くれぐれ御はもじにて候。御いもじとも御ゆもじとも、さらに何の心も知り候はぬわが身に、そもじ様の御たはぶれにより、思ひのたねとなり、今さらなかだちをうらみ入（る）ばかりにて御いり候。うらめしのうき世やな。添はぬ昔は思ひあり、逢ふての今はいよいよ深き思ひぐさの、御はもじながら、

　　なかなかになれてくやしき新枕夕な夕なに思ひ増すかな

　　忘るなよほどは雲居に成ぬともそらゆく月のめぐりあふまで

どなたもおなじ御心にて候。御見もじの時、申（し）まいらせ候べく候。かしく。

――――――――――――――
『日本古典全書』第94回配本「假名草子集」上（朝日新聞社、1960）205–206 ページより抜粋

・・・・・・英・訳・の・世・界・・・・・・

　As you said, we did talk all night long — I still blush whenever I recall your words. Your constant devotions once seemed fake to me, but now those same attentions leave me perturbed.

　The lovers' trysts on Star Festival night are known for their infrequency, but did they not make up for brevity with the endurance of their love, whose colors, like the double-leafed pine, would never fade away?

　I am at a total loss. It mortifies me to think my parents should see me like this. Dazed, malleable like thin bamboo, I gave in to your flirtations. How shameful! Your whims have left me with no peace of mind, and I don't even know what you're thinking, whether you are kind and noble, or just the opposite. Time and again I curse the woman who brought us together. What a bitter life in this world: before embracing I longed for your presence, and afterwards I'm abashed, stuck in the throes of love.

　Barely used to our first pillow shared, I fret now
as night upon night my desires for you grow stronger.
　Do not forget me, even when you stray beyond the clouds,
until the moon circles around for us once more.

　Anyone would feel like I do. When we meet, I will speak to you of my feelings. Yours truly.

「御はもじ」（女房詞で「恥ずかしい」）を繰り返しながら、薄雪は男との逢瀬を思い出し、不安と喜びに浸っている。恥ずかしさを相手に訴えるところに日本のエロスが感じ取れるが、英語になっても、薄雪のじれったさは十分に伝わる。

● フレーズを斬る ●

原文 忘るなよ

英訳 Don't forget me.

いたってシンプルな表現で一見取り上げるに値しない。けれど、恋文には必ず、この心情は表れている。一時(いっとき)も、私のことを忘れるなよと。新幹線の扉が閉まる直前に言いそびれても、翌日、遠い場所から手紙で書けば気持ちは落ち着く。メールではたぶん伝わらない重みがある。

E S S A Y

　近世初期、京都の町を発祥の地とした仮名草子は、伝統的な啓蒙と生活教訓が行間にぎっしりと詰まっている。と同時に、当時の「現代文学」をめざす要素が強い。その二つの性格から、研究者は仮名草子を中世と近世、新旧の二つの時代を繋ぐ大事な橋渡しとして注目している。

　『薄雪物語』をひもとくと、一編のほとんどが往復書簡から構成され、そこに生活に必要な手紙の書き方、コミュニケーションを優美に運ぶヒントが盛りだくさんある。また男女の文面を読んでいくと、二人の駆け引きを支えているのが『伊勢物語』『平家物語』『太平記』などの古典知識、なかでもお伽(とぎ)草子(ぞうし)がふんだんに引かれている。本作を読めば男は男、女は女でそれぞれ駆使すべき日本の教養を、居ながらにして身につけることが可能となる。しかも緊張に満ちた悲しいラブストーリーなので、敵なしである。

　男が女を見かけたとたん、うれしさの余り木陰へ駆け寄って硯(すずり)に向かい、「文の書き方など弁(わきま)えない」と言いつつも恋文を書く。その文がきっかけで、二人の文通は始まる。現在あまり読まれなくなった作品だが、映画化すればかなりおもしろいと思う。

10章 『万の文反古』
巻5「御恨みを伝へまいらせ候」

井原西鶴

● 作品への入り口

「遊女の身は偽りを言ってこそ成り立つものとは申しますが……」こう言って遊女白雲は「七二」なる馴染み客に手紙を書き起こす。——まだ駆け出しの頃から特に目をかけてくださったあなた様を信じてきたのに、最近あなた様は他の遊女に心変わりなさったとか……。誰かさん（実はライバルの遊女で七二の心変わり先）が、私があなた以外のお客と仲良くしてたなんて告げ口したみたいですけど、それもおかげさまで私が人気の遊女になれたからこそ。あくまで仕事であって、あなた様が本命であることは少しも変わりません。それに何度も起請文（二人の仲を神仏に誓った文書）も書いたし、指切り（愛を誓って小指を切る）だってしたでしょう？
私だって女の意地があります。事によっては死ぬ覚悟。どうかお返事を……。
——本来かりそめの愛に生きる遊女が、命まで持ち出して真の愛を訴え客を引き止める。西鶴はそのたくましさを白雲の「恨み」に乗せて描き出した。

Shirakumo begins a letter to her favorite customer Shichini by saying how her life as a prostitute is made up of lies. She knows that some other courtesan (in fact her rival) has snitched on her, but if she has taken on other customers, it's only because of her popularity, which grew like crazy because of Shichini's kind support. They're just routine: you've got the keys to my heart, she assures him. Besides, hasn't she written out dozens of oaths to gods, even chopping off part of her pinky to prove her love? She is prepared to die for her love, but how will he answer? In this letter, Saikaku shows the resilience of a strong woman seeking certainty in a world of transient passions.

原・文・の・世・界

遊女の白雲が、心変わりしてしまった馴染み客の
七二に宛てた手紙の前半部分。
挨拶(あいさつ)の言葉もなく、「御恨みを……」という表題とも相まって、
切迫感のある書き出しになっている。

　今更なげき申(まう)す事にはあらず候へども、あまりなる御しかた、むごひとも、つらひとも、恨みありとも、御むりとも、わけては申がたく、とかくなみだに筆(ふで)はそめしが、手もふるひ、文(ふみ)さへかゝれぬに候。もつともつとめは、皆偽(いつ)はりの身にさだめ置(おき)てから、それもことによるべし。ちかふとつて、命をすつるより外はなく候。神(しん)ぞ〳〵しにかねぬ女に候。

　はじめより、つねとは各別(かくべつ)のあいやう、かたさま此里(このさと)に御立入(おたちいり)あそばし候うちは、外の女郎(ぢよらう)に夢にも御あいあるまじきとの御事は、そなた様より御申出(いだ)し、「それは御気(お)づきにて、かつうは御なぐさみにならず。われ事は、おあきあそばすまでかはゆがりておたづねあらば、みぢんぢよさいにおもはぬに候。まづ〳〵すゑをたのみにお目にかゝるに候。それよりうちに、御見はなしあそばし候おろかなる事もあるべく候。ずいぶんつまらん事のなきやうにお気(き)をとつて、そのうへはたゞ、かはらぬお情(なさけ)に逢女(あふ)、なじみの男とては外になし」と申候。其(その)時は、かたさまより外にはなく候。

　されども、人も名をしる程に成(なり)まいらせ、すぎし年よりは、隙日(ひまび)なくつとめ申候も、まだしき時にかたさまの御心づかひゆへと、それは〳〵あだにぞんぜぬに候。今の身はやるにつけて、同じ男になじみをかさねしを、にくまれはいたされぬに候。しかし、かたさまにおもひかゆるなど、いかにあさましき身にても、さのみ御んわすれぬに候。

『新日本古典文学大系』第77巻「武道伝来記　西鶴置土産　万の文反古　西鶴名残の友」（岩波書店、1989）459–460ページより抜粋

英・訳・の・世・界

It is too late now for complaining, but, given the way you are treating me, I have no choice. How can I express all the pain and suffering you've put me through? How can I tell you how bitter I feel, how senseless it all is? But I must try to put this tear-stained brush to paper. I can't even write a letter, my hand shakes so.

True, a courtesan has to lie and give into others to get ahead, but it depends on the situation. The only way left for me now is suicide. I am a woman who is ready for death — I give you my solemn word.

From the very beginning ours was a special affair. You said you would have nothing to do with other women as long as you set foot in these pleasure quarters.

'But you'll feel tied down,' I replied, 'and you won't be able to enjoy yourself. I'd be perfectly happy if we have our fling until you've had enough of me. Whatever happens, happens. Chances are you'll leave me before too long, anyway. In the meantime, I'll cater to your every whim and make sure you're never unhappy. You can trust me. My heart belongs to no other man.'

At that time you were the only man in my life, but since then I've become quite popular. Why, this past year not a day went by without a customer. Believe me, I consider myself very lucky to have enjoyed your patronage ever since my early days as a rank beginner. But now that I have won a name for myself, you mustn't be offended by my intimate affairs with other men. I could never replace you. No degree of misery in this profession could ever make me forget you.

Ihara Saikaku. *Yorozu no fumihōgu*. Translated as "An Anguished Courtesan Speaks Her Mind" by Virginia Marcus. *Monumenta Nipponica*, Volume 40, Number 3 (Autumn, 1985). pp. 279–280.

薄雪と異なって、白雲は饒舌で、うんと理屈っぽい。恋文の模範解答とはとてもいかない。そこにこそ西鶴一流のユーモアがあって、My heart belongs to no other man など、聞いて呆れる台詞でもくすくす笑いがこみ上げてくる。

● フレーズを斬る ●

原文 それは御気づまりにて……

英訳 But you'll feel tied down.

底抜けに明るくすぐにでも使ってみたい、というフレーズは恋文にはあまり出てこない。I feel tied down. もその一つ。「一緒にいると、なんだか気詰まりだよ」、とやられた日には堪(たま)ったものではない。直訳して「拘束された気分」。日本語も英語も、恋の行く末に「縛り」「縛られる」世界があったということである。

E　　S　　S　　A　　Y

　客が愛想を尽かし、逃げようとしていることは文面から明白だ。彼女のことを無名の時代から庇(かば)い、入れ揚げ、我慢もしたのに、人気が出ると掌(てのひら)を返したように他の男にばかり顔を向ける。ならば、他の遊女へと食指が動く。
　筆を執った遊女はそれを引き留(と)めようと必死である。江戸時代から伝わる実際の艶書(えんしょ)(懸想文(けそうぶみ)、ラブレター)を読むと、遊女は寂しい、会いたいわと、心細さをシンプルに認(したた)めて客の来店を促すのが大半である。が、白雲の文はそうではない。手紙の冒頭に必ずおく美文の挨拶もなければ、いきなり「むごい」「恨み」など直球で馴染みをアタック。断り無しに他の遊女と遊ぶのなら、こちらだって自殺するまでと脅し、その上「只(ただ)ひとり行(ゆく)夢路の旅、わき道のなひ所にて、いつまで成(なり)とも相(あい)まち申(もうしそうろう)候」と釘(くぎ)を刺す。西鶴は遊女の心理、というより手練手管と遊廓の楽屋落ちを一編に詰め込んでみせている。古典教養をぎっしり積んだ『薄雪物語』と似ているところもあるが、こちらは徹底して「今」を描き、過去をふりかえらない。

11章 「或る男の恋文書式」
岡本かの子

写真提供：
日本近代文学館

● 作品への入り口

あの夜、あなたと別れてから、私は夢中で走ってゆきました。あなたの姿を見てしまっては、離れるのがもっとつらくなりそうだから。でも、立ち止まってふりかえってみると、あなたはもういなかった。本当は走ってゆく私を、あなたに向けて、恋人との別れを惜しむ女の姿を見事に演じきった私のことを、ずっと見ていてほしかったのに。

一見すると、女が男に宛てたラブレター。しかし実は、女にふられた男が、たまにはこんな手紙がほしいと送ってきた、恋文の模範書式であった。筆者にそれを見せてくれた女は、反発しつつも口もとの微笑を隠せない。男が手紙に描いた女の自意識、受け取った女の自意識、絶対に私自身の手紙ではありませんよと読者に念を押す筆者の自意識。虚実を反転させる巧妙な仕掛けのなかに、女心の陰翳（いんえい）が鮮やかにあぶり出されている。

I ran off in a daze that night . . . after all, staying there and looking at you would have been unbearable . . . but at the same time, I wanted you to keep watching this fleeing me, this me in the magnificent role of a woman loathe to part with her lover. This is how the missive goes; and at first glance, it seems to be written by a woman to a man. Yet in fact it's a love-letter sample, written by a man to the woman who's just jilted him, to let her know how lonely he is, and how great it would be to get steamy letters like this once in while. The narrator uses this clever inversion to sever any personal identification with the letter — lighting up the shadows of a woman's heart all the more.

・・・・・・・原・文・の・世・界・・・・・・

「ラブレター」の冒頭部分。
女性である「私」が、男性である「あなた」と別れた後の思いを想像して綴ったものと見せかけている。

　お別れしてから、あの煙草屋の角のポストの処まで、無我夢中で私が走つたのを御存じですか。あれはあなたにお別れしたくない心が、一種の反動作用を、私の行為の上に現はしましたの。それから私、走りながらも夢中の夢のやうに考へましたことは私がもし一寸でもふりかへつたら私はまたあなたの方へ……いつひにあなたへ走りかへつて、永遠にあなたから離れられない、あの月夜の、月の雫が太く一本下界に落ちて、そのまゝ停つたやうに真新らしく白く木肌をかゞやかした電柱の下にしよんぼりと私を見送つてたつてゐらつしやつたであらうあなたのおそばから。それから私は、夢中で走りながら、まだこゝろのなかで、はつきり意識したことがありましたの。それは、あなたが、私の走るうしろ姿を見送る眼に、これはまた、同じ月の雫でも、実に、それを濃まやかにあなたの眼に点附したやうなあなたのお涙が……それが、あなたの特長である、幅広の二重まぶたの所へあふれ出てしまはないうち、つまりそのお涙をたゝへたまゝのあなたのお眼によって、昨夜のお別れの最後のなかからなくなる私の姿を完全にみまもつていたゞき度いといふ意慾を、あの夢中で走る私の胸にはつきりと私、意識してゐましたの。

『日本の名随筆』別巻36「恋文」（作品社、1994）21–22ページより抜粋
※いつひ→え

英・訳・の・世・界

　Were you aware that I ran off in desperation after we parted by the mailbox on that tobacconist's corner? My heart, with no desire to part from you, outed itself in a kind of reflex. And then, running, as if dreaming within a dream, thinking what if I were to look back for an instant, me, facing you again . . . no, I would run back to you, not separated from you forever, on that moonlit night, away from the place where you, dejected, had watched me go, just standing there in the moonlight that fell in one thick drop lighting up the new white wood of the telegraph pole. And then, running, dreaming, there was something I felt keenly. It was as if your eyes were watching me from the back as I ran, this very same drop of moonlight illuminating your eyes, your tears, delicately . . . this was your virtue, that before they could flow out from between your hooded eyelids, from those eyes still shedding tears, I was distinctly aware of my desire for you to see me off all the way in my disappearance, on our last farewell that evening, that me running off in a dream.

　男の妄想に付き合わされた女の身にもなってよ〜と言わせるような妄想的な恋文である。男の許(もと)から走り去る女の迷いを、一文の長さと、景色と記憶と心理状態とがまぜこぜになったところで調合されている。ちなみに「二重まぶた」、案外英語にぴったりくる言葉がない。英訳は hooded eyelids で挑戦した。

● フレーズを斬る ●

原文 何といつても昨夜はうれしい夜でした。(p.22)
英訳 Anyway, I really enjoyed our night together.

虚構の恋文で、ほんとうはゆうべ何も起きはしなかったが、手紙の最後に、男の執筆者はこのように艶っぽい一滴をたらしている。ないものねだり、asking for the moon というものだ。ふつうはデートの後や同窓会の翌朝のメールには、I really enjoyed our evening together. などと書きたい。英語の night together と evening together、その違いお分かりになりましたか？

E　　　　S　　　　S　　　　A　　　　Y

　二重にも三重にも捻りが効いた書簡体短編小説である。複雑だが、そのまま英語化しても注釈は無しに日本語の原文と同じくらいに意味がすっと通るであろう。点描される街角の景色も、書簡を書く「女」(実は男)の神経も、いたってモダンで分かりやすい。読者が最後の「あとがき」数行を読んで膝を打ち、笑顔を浮かべるが、顔に浮かんだシニカルな微笑みは現在に通じる表情だ。

　昔は『薄雪物語』から線を引くのなら、かの子の短編は「往来物」という部類に入る。中世からずっと大正期あたりまで、手習い用に作られ、子どもが手放さずに文字と人生訓を同時に学んでいった書簡の模範文例集だ。かの子の世代は全員学校で使っているはずだし、「恋」とは無縁のもの、だからこそ「書式」の執筆者がまじめに書くほどに、大笑いをそそるのである。

12章 「松子夫人への手紙」

谷崎潤一郎

写真提供：
日本近代文学館

● 作品への入り口

昭和2年3月、芥川龍之介を囲んだ席上で、谷崎は木綿問屋の「御寮人様」松子と出会った。谷崎は、当時妻であった千代とかねてから不仲であり、昭和5年8月には彼女を離別して佐藤春夫に譲った、「細君譲渡事件」を起こしている。その翌年、谷崎は婦人雑誌の記者であった古川丁未子と結婚した。ところが、松子が夫と別居状態になったため、秘めていた思慕が燃えあがる。彼は結局、昭和8年5月に丁未子と離婚し、翌9年3月から松子と同棲をはじめた。続いて松子も離婚し、昭和10年1月28日、二人は結婚するのである。

この手紙は、谷崎がまだ丁未子と結婚していたころのものだが、松子への熱い思いが綴られている。松子を「御主人様」と呼んで下僕のようにふるまう点、言葉を塗り込めるような饒舌な文体など、谷崎の文学との関連がしばしば指摘される、著名な書翰である。

Tanizaki met Matsuko at an Akutagawa Ryūnosuke gathering in March 1927. The infamous "wife transfer incident" erupted when Tanizaki separated from his wife Chiyo in August 1930 and gave her up to fellow author Satō Haruo. The following year Tanizaki married Furukawa Tomiko, a reporter for a women's magazine, whom he eventually divorced in May 1933. He had been smoldering with desire for Matsuko ever since she had separated from her husband, and in the following March moved in with her at last. They got married on January 28, 1935. Written while Tanizaki was still married to Tomiko, the letter burns for Matsuko in the magniloquent style reminiscent of his fiction.

・・・・・・・原・文・の・世・界・・・・・

それぞれ別の相手と結婚していた時期に、
谷崎が松子へ宛てたある日の手紙。
終始へりくだって、松子に許しを請うている。

　御主人様、どうぞ／＼御願ひでございます御機嫌を御直し遊ばして下さい
ましゆうべは歸りましてからも氣にかゝりまして又御寫眞のまへで御辭儀を
したり掌を合はせたりして、御腹立ちが癒へますやうにと一生懸命で御祈り
いたしました眠りましてからもぢつと御睨み遊ばした御顔つきが眼先にちら
ついて恐ろしうございました、…（中略）…外のことは兎も角も私の心がぐら
ついてゐると仰つしやいましたことだけは思ひちがひを遊ばしていらつしやい
ます、それだけはどうぞ御了解遊ばして下さいまし、そして今度伺ひまし
た節にはたつた一と言「許してやる」とだけ仰つしやつて下さいまし

　（中略）…もう／＼私はあなた様のやうな御方に近づくことが出來ましたの
で、此の世に何もこれ以上の望みはございません、決して／＼身分不相應な
事は申しませぬ故一生私を御側において、御茶坊主のやうに思し召して御使
ひ遊ばして下さいまし、御氣に召しませぬ時はどんなにいぢめて下すつても
結構でございます、唯「もう用はないから暇を出す」と仰つしやられるのが
恐ろしうございます、

――――――――――
『谷崎潤一郎全集』第 25 巻（中央公論社、1983）129–131 ページより抜粋
※寫眞─写真、御辭儀─お辞儀、不相應─不相応

英訳の世界

Dear Master,
After having been given the high honor of wishing for the restoration of your good mood yesterday evening, I returned home, and, my own perturbation persisting, made obeisance before your photograph, my palms pressed together as I prayed fervently for the abatement of your indignation, and yet even with my eyes shut, I was haunted by the fierce glare of your countenance and grew afraid . . . please understand just this, that you were under the wrong impression only when you said that my heart wavered about that other matter, and so, upon some future occasion when I might have the opportunity to call upon you, I would ask you to simply say these words, "I forgive you" . . . indeed there is nothing greater I could have wished for in this world than to have been afforded the privilege of finding myself in such close proximity to a lady such as yourself, and on account of how my words are so utterly inappropriate to my lowly position in life, I ask for you to think of me as a mere tea-server, forever at your side, to employ as you see fit even to the point of abusing me if that be your wish, for I fear only to hear you utter the words, "as I have no further need of you, you are discharged."

ひたすら頭を下げ、許しを請う文面なので、英語もしたがってフォーマルになる。日常的にあまり使わない obeisance（敬礼、屈従）とか、indignation（憤慨）とか、countenance（顔貌）とか、抜き出してみると谷崎ワールドがそのまま立ち現れるようである。

● フレーズを斬る ●

原文 どうぞ〳〵御願ひでございます御機嫌を御直し遊はして下さいまし

英訳 **Please cheer up!**

原文と同じくらいこってりした英訳を、あえて変えてみた。要はどうかご機嫌を直して、仲直りをしようよ、ということである。いきなり Cheer up! を向けると、逆効果で切れることもあり、まずは How's your mood?（いま気分どう？）あたりから怒りの温度を測るといい。それでも通じないときは最後の一発、Get over it!（ぐずぐずしてないで機嫌を直せ！）をかましてみる価値はある。

E　　S　　S　　A　　Y

　「ラブレター」4 通のうち、これが唯一「本当」の手紙。文豪谷崎潤一郎が求愛中の根津松子さん（後の松子夫人）に宛てた文面そのままである。谷崎は 40 歳代の後半から約 10 年間、20 通ほどの手紙を松子さんに宛てている。数こそ少ないが、その一通一通は、小説家の当時の仕事を考える上で興味深いコンテンツを含み、谷崎ファンにとっては宝の山、今でもよく読まれている。

　お読みになってどうです？とこちらから読者にマイクを向けたくなるほど不思議な文面である。女の「御主人様」、ふつうは Dear Madame で十分だが、松子さんのように有無を言わせずビシッと従わせる（ように描かれた）女性には、Master が相当。谷崎一流の女性崇拝（putting her on a pedestal）が遺憾なく発揮されている。一か月前の手紙でも、もし粗相があって、御主人様に暇（いとま）を出されるようなことがあったら、「私は喜んで芸術の方をすてゝしまひます」と言い、平身低頭の姿勢を貫いている。ちょうど執筆中の「蘆刈（あしかり）」に登場するお遊（ゆう）の姿と、恋文の宛先の面影が重なって映るところに、この作家のしたたかさ（or worse、しつこさ）を感じさせられる。技巧性、操作性という点では、岡本かの子の「恋文書式」を書いたという名も無き男性といい勝負である。

IV ハッとする一瞬
●慌てて驚くJブンガク

慌てる、驚く、吹っ切れる……
「ハッ」と表現される、思わず感情が露(あらわ)になるその一瞬。
英語ではどのように表現されるのだろうか。
第IV部でのラインナップは、『平家物語』より、若き武将・平 敦盛(たいらのあつもり)の最期を描いた「敦盛最期」から、徳冨蘆花『思出の記』より、英語と出会う驚きを描いた場面まで。

『平家物語』(三)
梶原正昭、山下宏明・校注
岩波文庫

『南総里見八犬伝』(二)
曲亭馬琴・著／小池藤五郎・校訂
岩波文庫

『金色夜叉』(上) 尾崎紅葉
岩波文庫

••インフォメーション••

『平家物語』 The Tale of the Heike

作者未詳。成立年代不明（12〜13世紀頃か）。12世紀に日本史上初の武家政権として権力を握った平家一門の興隆から滅亡までを描いた長編の軍記物語で、琵琶法師と呼ばれる人々によって語り継がれながら成立した。豪快な戦闘シーンから胸を打つ人情物語まで、豊富なエピソードに彩られた本作は、勝者・敗者の枠を超えて多くのヒーロー・ヒロインを生み出し親しまれてきた。

Its origins unknown, this beloved tale took shape in the music of blind lute players. Colored with heroic battle scenes and poignant emotion, this military tale about the rise and fall of the Heike clan goes beyond mere winners and losers to offer us dozens of heroes and heroines.

『南総里見八犬伝』 The Eight Dog Chronicles

曲亭馬琴（1767〜1848）著。読本と呼ばれる江戸中後期の小説の代表作で、完結まで28年を要した全106冊に及ぶ長編歴史冒険小説である。八人の勇士達が主家の復興を目指して悪と戦う壮大なストーリーで流行し、名場面の浮世絵化、歌舞伎による上演、キャラクターグッズの登場と一大文化現象を巻き起こした。

Kyokutei Bakin (1767–1848) wrote this 106-volume historical adventure story over the course of 28 years in the late Edo Period. The story — eight brave Muromachi-era warriors fighting evil to restore the house of their master — found expression later on in ukiyo-e, kabuki and countless character goods.

『金色夜叉』 The Gold Demon

尾崎紅葉（1867〜1903）作。明治30年（1897）1月1日から明治35年5月11日まで、断続的に『読売新聞』に連載された。連載中から絶大な人気を博していたが、紅葉の永眠によって未完のまま終わった。

This work by Ozaki Kōyō (1867–1903) achieved tremendous popularity during its intermittent serialization in *Yomiuri Shimbun* from January 1897 to May 1902, but the author died before finishing it.

『思出の記』 Footprints in the Snow

徳冨蘆花（1868〜1927）は、明治大正期に活躍した小説家。明治31年（1898）から32年にかけて発表した「不如帰」が大人気となり、本作はそれに続いて、明治33年3月23日から翌34年3月21日まで『国民新聞』に連載された。

Novelist Tokutomi Roka (1868–1927) published this work in *Hototogisu* from 1898 to 1899. It met with tremendous popularity, and Roka continued the story as a serialization in *Kokumin Shimbun* from 1900 to 1901.

13章 『平家物語』
巻9「敦盛最期」

● 作品への入り口

「驕（おご）れる人も久しからず……」平氏が源氏に徐々に追いつめられる中、その形勢が大きく敗北へと傾いたのが一ノ谷の合戦であった。「敦盛最期」はその戦いも決着が着いた頃、源氏の武士熊谷直実（くまがいなおざね）が、敗走する一人の平氏の武将（平敦盛）を目にするところから始まる。歴戦の強者直実は容易に組み伏せてとどめを刺そうとするが、見ればその武将は美しく化粧をした若武者であった。その高貴な様に圧倒され、その幼い顔に自らの息子を二重映（つわもの）にした直実は途端に助けようとするが、ふりかえれば自分の味方がそこまで来ている。進退窮まった直実に若武者はただ落ち着いて「早く首を取れ」と促し、直実は泣く泣く手にかける。そして敦盛の遺骸（なきがら）から笛を見つけた直実はその雅な心がけにあらためて心を打たれるのであった。武士としての現実的行動と人情の板挟みになる直実、それを超越して死を静かに受け入れる敦盛。直実はこの一件をきっかけとして後に仏道修行の道を歩むこととなる。

The Minamoto clan has finally defeated the Taira clan at Ichinotani. Naozane, veteran Minamoto soldier, sees the Taira commander Atsumori trying to get away, but has no trouble tackling him. When he goes in for the kill, however, he beholds the beautiful face of a young soldier, overwhelming in its nobility and superimposed with the tender face of his own son. Naozane considers sparing his life, but wavers as his mates approach, and so Atsumori urges calmly, "take my head quickly." After the act, Naozane finds a flute tucked away in Atsumori's armor — a discovery which drives home just how cultured his victim was. Caught between the reality of war and feelings of sympathy, Naozane later went on to become a monk.

原・文・の・世・界

一ノ谷の合戦で平家は敗北。
源氏方の熊谷直実が磯のほうへ向かうと、
そこには平家の大将軍とおぼしき武者がいた。

　汀にうちあがらんとするところに、おしならべてむずとくんでどうどおち、とっておさへて頸(くび)をかかんと甲をおしあふのけてみければ、年十六七ばかりなるが、薄化粧(うすげしやう)して、かね黒(ぐろ)なり。我子(わがこ)の小次郎がよはひ程にて、容顔(ようがん)まことに美麗(びれい)なりければ、いづくに刀を立つべしともおぼえず。「抑(そも)いかなる人にてましまし候ぞ。名のらせ給へ。たすけ参らせん」と申せば、「汝(なんぢ)はたそ」と問ひ給ふ。「物その者で候はねども、武蔵国住人(むさしのくにのぢゆうにん)、熊谷次郎直実」となのり申す。「さては、なんぢにあうてはなのるまじいぞ。なんぢがためにはよい敵(かたき)ぞ。名のらずとも頸をとって人に問へ。見知らうずるぞ」とぞ宣ひける。熊谷、「あっぱれ、大将軍や。此人一人(いちにん)うち奉ッたりとも、まくべきいくさに勝つべきやうもなし。又うち奉らずとも、勝つべきいくさにまくる事もよもあらじ。小二郎がうす手負(で)うたるをだに、直実は心苦しうこそ思ふに、此殿(このとの)の父、うたれぬと聞いて、いか計(ばかり)なげき給はんずらん。あはれたすけ奉らばや」と思ひて、うしろをきッと見ければ、土肥(とひ)、梶原(かぢはら)五十騎ばかりでつづいたり。熊谷涙をおさへて申しけるは、「たすけ参らせんとは存じ候へども、御方(みかた)の軍兵(ぐんびやう)雲霞(うんか)のごとく候。よものがれさせ給はじ。人手(ひとで)にかけ参らせんより、同じくは直実が手にかけ参らせて、後(のち)の御孝養(おんけうやう)をこそ仕(つかまつ)り候はめ」と申しければ、「ただとくとく頸(くび)をとれ」とぞ宣(のたま)ひける。

『新編日本古典文学全集』第46巻「平家物語2」(小学館、1994) 233–234 ページより抜粋

・・・・・英・訳・の・世・界・・・・・

As he was leaving the water, Naozane rode up alongside him, gripped him with all his strength, crashed with him to the ground, held him motionless, and pushed aside his helmet to cut off his head. He was sixteen or seventeen years old, with a lightly powdered face and blackened teeth — a boy just the age of Naozane's own son Kojirō Naoie, and so handsome that Naozane could not find a place to strike.

"Who are you? Announce your name. I will spare you," Naozane said.

"Who are you?" the youth asked.

"Nobody of any importance: Kumagae no Jirō Naozane, a resident of Musashi Province."

"Then it is unnecessary to give you my name. I am a desirable opponent for you. Ask about me after you take my head. Someone will recognize me, even if I don't tell you."

"Indeed, he must be a Commander-in-Chief," Naozane thought. "Killing this one person will not change defeat into victory, nor will sparing him change victory into defeat. When I think of how I grieved when Kojirō suffered a minor wound, it is easy to imagine the sorrow of this young lord's father if he were to hear that the boy had been slain. Ah, I would like to spare him!" Casting a swift glance to the rear, he discovered Sanehira and Kagetoki coming along behind him with fifty riders.

"I would like to spare you," he said, restraining his tears, "but there are Genji warriors everywhere. You cannot possibly escape. It will be better if I kill you than if someone else does it, because I will offer prayers on your behalf."

"Just take my head and be quick about it."

From McCullough, Helen Craig, *The Tale of the Heike* translated by Helen Craig McCullough. Copyright © 1988 by the Board of Trustees of the Leland Stanford Jr. University. With the permission of Stanford University Press, www.sup.org. (pp. 316–317)

英・訳・の・世・界

命乞いしない若武者に、直実は I would like to spare you と語りかける。この場合 spare とは助命する、という意味だがもともと相手の痛みを思い、配慮するのが言葉の背景にある。このシーンにぴったりの言い方である。

◀ フレーズを斬る ▶

原文 ただとく〰〰頸（くび）をとれ

英訳 Just take my head and be quick about it.

名句だが、なかなか、日常的に使えそうにない。であればさっと (in one fell swoop) 頸を除き、"Just be quick about it." と縮めてしまおう。「とにかく速くしてよ〜」のように、きわめて便利なフレーズになる。若き敦盛が目下の敵手に同情され痺（しび）れを切らしている表情、目に浮かぶようだ。

E S S A Y

　平家は、寿永3年（1184）2月、一ノ谷（現在の神戸市須磨区）に城郭を構え、再起の好機をうかがっていた。そこへ源氏の大将義経率いる大軍が背面の崖（がけ）から攻撃をかけ、短期決戦で勝利を手に入れるのである。「一ノ谷の合戦」と呼ばれ、『平家物語』後半に展開する三大合戦の初戦に当たる。この巻のタイトル——「越中前司（盛俊）最期」「忠度（ただのり）最期」「重衡（しげひら）生捕」「敦盛最期」「知章（ともあきら）最期」を並べてみて分かるように、ここで平家方の命綱、有望な人材が次々と強敵に遭い、なぎ倒されていく。なかでも敦盛が死を迎えるシーンは、『平家物語』の中で今でも最もよく知られており、謡曲（『敦盛』）、浄瑠璃・歌舞伎（『一谷嫩軍記（いちのたにふたばぐんき）』）など、さまざまに形をかえて舞台の上で花を咲かせ続けている。

　「大将軍」と書かれる敦盛は当時わずかに16歳。公達（きんだち）の身だしなみとして「薄化粧」を施しており、容姿美麗の代名詞として捉えられがちだが、吐く言葉が立派だ。組み伏せられ、首を斬られる寸前のところ、「お前の相手として不足はない！」と凄（すご）み、賤（いや）しい分際（ぶんざい）と見た直実に対して精一杯の無礼を畳みかけている。武者の心の駆け引きが際立ち、手を下す直実の畏怖（いふ）（respect）と無念さ（regret）に一層の深みが加わるのだ。日本における、アクション・シーンの原型と言える。

（参考文献：板坂耀子『平家物語——あらすじで楽しむ源平の戦い』中公新書、2005）

ブンガクこらむ

日本文学を日本語で読むということ

「日本文学をなんで日本語で読むの？」学生にこう切り出すことがある。「センセイ、当たり前でしょう。日本人だし、原文は日本語で書かれてますから……」。あっさり言われると二の句が継げないのだが……しかし何か納得できない。原文でなければならない理由はどこにあるのだろう。

大抵（たいてい）の人は、千年前に書かれた『源氏物語』を原文で読むよりも、今の英語で読んだ方がずっと楽で、一気に読めるから面白い。現代日本語訳もあくまでも「訳」の一つであって、複数の優れた翻訳のなかの一つ、と考えるのが自然ではないか。

とは言え、やはり翻訳できない独自の要素が原文にはいっぱい詰まっている。外国語に変身する瞬間、日本語にあった大切な持ち物が置き去りにされることが多い。つまり、持っては行けない部分が何かを考えることで、先の質問への答えが見えてくるはずだ。

一つ例を挙げよう。話す言葉に限りなく近い文体で書かれる今の日本語と違って、百数十年前までは、文章でしか通用しない独特の書き言葉があった。今ひっくるめて「古文」と呼ぶが、江戸の人間なら手紙や書類には候文（そうろうぶん）、論説には訓読文、文学作品を書く際には擬古文（和文）、俳文、戯作文（げさくぶん）等々、内容と場面に応じて、一人でいくつものスタイルで書き分けるのだ。それぞれが醸（かも）しだす雰囲気や効果を翻訳で捉えることは至難の技（わざ）。本書で言えば「舞姫」（7章）と『夢の浮橋』（26章）。作者は「今」に起きたことを、あえて古めかしい和文で表現した。片方は青年の心の葛藤に、片方は都市災害の悲惨に距離を置くことで、普遍的な物語に仕上げている。クラシカル・ジャポニーズの効用。やはり日本語、それもなるべく原文で読むのが愉（たの）しいのだ。

14章 『南総里見八犬伝』

曲亭馬琴

早稲田大学図書館蔵

● 作品への入り口

　時は室町時代、安房(千葉県南部)の国主里見義実の娘伏姫はある事情から義実の飼犬八房と暮らしていたが、この世を去ろうとする時にその体内から不思議な八つの玉が飛び散った。その後、玉を一つずつ持った八犬士が各地に生を受ける。その一人の犬塚信乃は、成人の暁には主君の許我城主へ足利家の宝刀村雨丸を献上するよう、父から託されていた。しかし村雨丸は陰謀によって偽物にすり替えられ、信乃は迎えた許我城主の成氏にスパイ扱いを受ける。襲いかかる家臣達を信乃は一人でしりぞけ、芳流閣という物見台の上へ逃げるが、成氏は牢獄に捕えていたある男を切り札として送り込む。その名は犬飼見八、実は信乃と志を同じくする八犬士の一人だが今は互いに知るよしもない。二人は楼上で死力を尽くして息詰まる決闘を繰り広げるが決着がつかず、ついには組み合ったまま傍らを流れる利根川上の小舟へ落下していく。

The eight warriors spring up in different parts of Awa (southern Chiba), each holding one of the strange jewels that had flown from the dying body of Fusehime, daughter of Satomi Yoshisane. One of them, Inuzuka Shino, tries to present a jewelled sword to Lord Koga upon reaching adulthood, but someone swaps it with a fake. Suddenly perceived as a hostile spy, Shino flees Koga's attacking retainers and engages in deadly combat atop a tower with Inukai Kenhachi, who is revealed later as one of the eight warriors. The duo, engaged in a duel to the death, fall off the tower's roof down to the Tone River, where a small boat catches then carries them both out of sight.

・・・・・・原・文・の・世・界・・・・・

「芳流閣の決闘」のワンシーン。
実は志を同じくする八犬士でありながら、
互いにそのことを知らない見八と信乃が、楼上で対する。

春ならば、峯の霞か、夏なれば、夕べの虹か、と見る可なる、いと高閣の棟にして、死を争ひし為体、よに未曾有の晴業なれば、見八は被籠の鏃、肱当の端を裏欠までに、切裂れしかど、大刀を抜かず。信乃は刀の刃も続かで、初に浅痍を負ひしより、漸々に疼を覚れども、足場を揣て、撓まず去らず、畳かけて撃大刀を、見八右手に受ながして、かへす拳につけ入りつゝ、「ヤツ。」と被たる声と共に、眉間を望て磴と打。十手を丁と受留る、信乃が刃は鍔際より、折れて遥に飛失せつ。見八得たり、と無手と組むを、そが随左手に引着て、迭に利腕楚と拿り、捩倒さん、と曳声合して、捻つ揉る、ちから足、此彼斉一踏忘して、河辺のかたへ滾々と、身を輾せし覆車の米包、坂より落すに異ならず。高低険しき桟閣に、削成たる甍の勢ひ、止るべくもあらざめれど、迭に拿たる拳を緩めず、幾十尋なる屋の上より、末遥なる河水の底には入らで、程もよし、水際に繋る小舟の中へ、うち累りつゝ、揰と落れば、傾く舷と、立浪に、突と音す水烟、纜丁と張断て、射る矢の如き早河の、真中へ吐出されつ。尓も追風と虚潮に、誘ふ水なる洞舟、往方もしらずなりにけり。

――――――――

『南総里見八犬伝』（二）（岩波文庫、1990）197–200ページより抜粋

• • • • • 英・訳・の・世・界 • • • • •

Just like the mist on a mountain in springtime or a rainbow in the summer evening sky, the duel to the death on the tower rooftop was a spectacle without precedent. Kenhachi's armor and gauntlets were pierced through, and yet he did not draw his sword. Shino's sword was chipped, the pain from a shallow wound inflicted at the outset biting more and more, and yet he marked his stance, resolved against beating a retreat. Kenhachi blocked Shino's relentless sword with a right hand, then yelled out as his fist was deftly manipulated so that it but glanced off his foe's forehead. Then using his bludgeon to block the sword, Shino's blade snapped at the hilt and flew off into the depths far below. "Advantage mine!" cried Kenhachi, grabbing Shino with all his might, but the latter feinted with his left hand, drawing Kenhachi in, and they grappled with their dominant hands in an attempt to topple each other. Legs entwined powerfully, they lost their footing and tumbled over and over in the direction of the river, just like a sack of rice rolling down a hill away from an overturned cart, sliding down across the roof tiles, way up there atop that tower built on a cliff, holding on to each other all the while. Then from such a great height they fell, but not down to the bottom of the distant river, no, for just then a small boat happened to be tied up at the bank and took them in with a thud, careening from side to side with the impact and sending up a great splash. The mooring line snapped, setting the boat free like an arrow from a bow, and the ensuing wind pulled on the tide as they moved off in an unknown direction.

> 馬琴は譬喩（メタファー）の名手である。組み合ったまま二人が屋根から転がり落ちるさまを「覆車の米包」と表現するあたり、要を得て妙なり、と言いたくなる。船に落下した瞬間、英語では with a thud と受け、「たわら」の重みとうまく呼応している。

● フレーズを斬る ●

原文 得たり

英訳 Advantage mine!

しめた！ というほどの意味である。advantage はテニスでもお馴染みの言い方で、deuce 後の最初の1点、とても大事な局面に使う言葉である。

E S S A Y

　日本語の、音とそれを表記する文字の組み合わせに注意するとおもしろい。ぴしゃりと顔を叩き（「破と打つ」）、ガチンと武器を受け止め（「丁と受留る」）、あるいは「ヤツ」と掛け声をあげている。前後を読み進めると、無数の「効果音」が『八犬伝』に響きわたる。「無手と組む」、「滾々と」転がる、「撞と」落ちる、「炎と」水に落ちる音も、屋根の上で組み合い、川に落下する二人のドラマを余すところなく運んでくれている。

　英訳では、まるで申し合わせたかのように、こういった類の擬音語や擬態語は一切登場しない。英語の場合、「効果音」を付け加えなくても、アクションは成立する。たとえば物がぶつかったり、こすり合ったりするような雰囲気は、slap、smear、crash など、非ラテン語由来の動詞の中に潜んでいる。それらは短く、力強い。しかし種類とイメージの喚起力からすると、やはり、日本語のほうに軍配があがるとわたくしは思う。日本語の中で、こういった技に関しては馬琴は無敵、まさに横綱級である。

　真夏の暑い盛り、楼閣の周りにギャラリーができている。「主従士卒は、手に汗握ざるもなく、瞬もせず気を籠て、見るめもいと遐なる」という。どうと落ち、ざんぶと船に落ちるところが、まさしく驚きの瞬間である。

15章 『金色夜叉』

尾崎紅葉

写真提供：
国立国会図書館

● 作品への入り口

第一高等学校に通う間貫一は、鴫沢宮と婚約していたが、彼女は資産家の御曹司である富山唯継に心ひかれてしまう。納得できない貫一は、二人が見合いをしている熱海にゆくが、宮の心が動かないことを知り、浜辺で彼女を蹴り倒して別れを告げた。金の力で二人に復讐しようと考えた貫一は、高利貸となり、冷酷な金の亡者として人々に嫌われるようになっていた。一方で宮は、自分が貫一を愛していたことに気づいて後悔するが、彼の許しは得られない。貫一がようやく宮の手紙を読む気になったのは、旅先の塩原温泉で心中しようとしている男女を助け、二人の愛に胸を打たれてからのことだった。その手紙には、貫一を思う宮の悲痛な言葉が綴られていた。作品はこの場面で中絶したが、それでもなお何度も演劇や映画に翻案された、明治文学を代表するベストセラーである。

Hazama Kan'ichi is a student engaged to Shigisawa Miya, whose heart gets snatched away by Tomiyama Tadatsugu, heir to a wealthy family. Unable to accept this, Kan'ichi goes to Atami where the two are formally interviewing for marriage, and kicks Miya to the ground on the beach once he sees her mind is made up. Resolved to take revenge on them with money, he becomes a much-hated usurer with a cold heart. Meanwhile, Miya regretfully acknowledges her love for Kan'ichi, who nonetheless will not forgive her. He finally reads her letter, which spells out her heartbreak, after coming to the rescue of a couple about to commit double suicide at Shiobara Hot Springs. The Meiji bestseller stops here, but went on to become frequently adapted in theater and in the movies.

原・文・の・世・界

前編のラスト、熱海でのシーン。
必死の説得にもかかわらず宮の心が動かないと知った貫一は、宮を蹴り倒し、我を忘れてののしり続ける。

木を裂く如く貫一は宮を突放して、
「それじや断然お前は嫁ぐ気だね！ 是迄に僕が言つても聴いてくれんのだね。ちえゝ、腸の腐つた女！ 姦婦‼」
其声と与に貫一は脚を挙げて宮の弱腰を礑と踢たり。地響して横様に転びしが、なか〳〵声をも立てず苦痛を忍びて、彼はそのまゝ砂の上に泣伏したり。貫一は猛獣などを撃ちたるやうに、彼の身動も得為ず弱々と僵れたるを、なほ憎さげに見遣りつゝ、
「宮、おのれ、おのれ姦婦、やい！ 貴様のな、心変をしたばかりに間貫一の男一匹はな、失望の極発狂して、大事の一生を誤つて了ふのだ。学問も何ももう廃だ。此恨の為に貫一は生きながら悪魔になつて、貴様のやうな畜生の肉を啖つて遣る覚悟だ。富山の令………令夫………令夫人！ もう一生お目には掛らんから、其顔を挙げて、真人間で居る内の貫一の面を好く見て置かないかい。長々の御恩に預つた翁さん姨さんには一日会つて段々の御礼を申上げなければ済まんのでありますけれど、仔細あつて貫一は此儘長の御暇を致しますから、随分お達者で御機嫌よろしう……宮さん、お前から好く然う言つておくれ、よ、若し貫一は如何したとお訊ねなすつたら、あの大馬鹿者は一月十七日の晩に気が違つて、熱海の浜辺から行方知れずになつて了つたと………………。」
宮は矢庭に蹶起きて、立たんと為れば脚の痛に脆くも倒れて効無きを、漸く這寄りて貫一の脚に縋付き、声と涙とを争ひて、
「貫一さん、ま…………ま…………待つて下さい。貴方これから何…………何処へ行くのよ。」

『紅葉全集』第 7 巻 (岩波書店、1993) 71–72 ページより抜粋

英・訳・の・世・界

　Kwanichi threw her from him, like the wind tears the boughs from a tree.

　"So!" he cried. "You mean to marry him after all! You faithless woman. You……!"

　In an access of fury Kwanichi gave her a kick that sent her sprawling to the ground. And then, standing over her prostrate form, he spoke from the great bitterness of his heart……

　"Lady Tomiyama, it was in your power to make a *man* of me. You have killed my hopes and made a madman of me instead. My ruin lies at your door. I shall give up my studies, and turn blackguard. You shall see me no more, neither shall your parents. Give them my kind regards, and tell them that I ought to have gone back to bid them farewell, but that I could not do so after what happened on the beach at Atami on the 17th of January."

　Miya tried to rise in order to detain him. But the bruises on her thigh, where she had fallen on the sharp stones, prevented her from doing so. But she dragged herself along the ground and clung sobbingly, to his knees.

　"Kwanichi! Kwanichi! W-w-w . . . wait please. Where are you going?"

Ozaki Kōyō. *The Gold Demon*. Translated by A. and M. Lloyd. Tokyo: Yurakusha, 1905. p. 88.

転んで負傷した宮の「脚」をthigh（もも）とし、貫一の「脚」はknee（ひざ）となる。足にうるさい英語らしい工夫だ。ところが肝心な宮の「弱腰」（ウエスト）はどこにも出てこない。ウエストまで上げて蹴る貫一の動作に、訳者は面食らったのかもしれない。まるで空手のようだと……

● フレーズを斬る ●

原文 心変わり

英訳 a change of heart

今回100年も前の翻訳なので英語としてかなりセピア色がかかっている。そして時代を反映して「意訳」した箇所が多い。貫一がお宮をなじる台詞もその一つ、クライマックスの最中に登場する「心変わり」という言葉が抜けている。裏切りに気づき、"You've had a change of heart!" と叫んだ瞬間から、貫一の将来はいっぺんに暗転するのである。

E   S   S   A   Y

『金色夜叉』は、まさに当時のベストセラー小説だった。没落士族の師弟・間貫一は叔父叔母の支援で大学に進み、鴫沢宮と婚約する。しかし、宮は親の強いすすめで金持ちの男、富山（まさに名詮自性！）に嫁がされることになってしまう。

宮を追い熱海に来た貫一は、月の海岸を歩きながら、宮を問いつめる。一介の書生ではあるが、いかに自分が宮を愛しているかを語り、財のみで愛のない富山との結婚がいかに不幸か、親の意見に負けた宮がどれほど不実かを理詰めで、しかしときには涙を見せ、激して失神しながらも訴え続ける。ついに、貫一は「姦婦！」と宮をののしり「脚を挙げて宮の弱腰を礑と蹴たり」とする。膝に血を滲ませた宮を見てうろたえながらも、貫一はすがる宮を振り切って去るのだ。『金色夜叉』は未完ながら、新派、映画、テレビドラマと繰り返し翻案されており、貫一の足元に取り縋り泣き伏す名優たちの熱演を思い出す人も多かろう。

しかし、原作のこのシーンの「意義」とは、おそらく日本のベストセラーの中で初めて「素人」の男女が相対し、お互いの関係について、理屈と涙と暴力（！）をもって対決したという点にある。これ以前、江戸の「男女のもつれ」とは、女性が遊女であったり、素人同士であっても「家」をめぐる問題であり、その解決策とは、近松を見るまでもなく、無数の心中であった。

当時フィクションに描かれた恋愛は、今とは比べものにならぬほど、現実の恋愛との相関が強く、フィクションと現実は互いに重なり合い、往復を続けていた。この「読者の一歩先」を行く熱海のシーンが、当時の社会にどれほどのインパクトを与えたか、想像するに難くない。

16章 『思出の記』

徳冨蘆花

写真提供:
国立国会図書館

● 作品への入り口

九州の田舎に生れた菊池慎太郎は、父の歿後に一家が零落し、苦しい少年時代をすごした。しかし、伯父の助けで勉学に励み、よい友人にも恵まれて次第に成長してゆく。ひとり故郷を出てからは、さまざまな苦難や悲運を乗りこえ、ついに帝国大学を卒業。著述家としての名をなすとともに、親友の妹と結婚して幸せな家庭を築いた。

主人公の人間的な成長を描いた、典型的な教養小説(ビルドゥングスロマン)であるが、明治の人々が持っていた明るく希望に満ちた精神は、今なお読者に強烈に訴えかける。また、知識階級に流行したキリスト教や主人公の出世の鍵となる英語、恋愛結婚など、新しい文化に触れた明治人たちの驚きが精彩をもって描かれていることも、魅力の一つであろう。

Kikuchi Shintarō grows up disadvantaged in the Kyushu countryside after the death of his father leaves his family in ruins. He grows up just fine, however, with good friends and an uncle encouraging him to study. He leaves home alone and ultimately graduates from the Imperial University after overcoming hardships, then makes a name for himself as a writer, settling down into a happy domestic life with his wife. This may be a typical coming-of-age novel, but it also holds strong appeal for the reader today because of its irrepressible Meiji optimism. That spirit is reflected in the excitement with which its characters pursue new opportunities like romantic marriage, Christianity, and English.

原・文・の・世・界

家を飛び出してから100日あまり、
慎太郎は宇和島の西内家で厄介になっていた。
目指す東京はまだ遠く、故郷の母を思うと胸が痛む。

ある日僕は主人の要を帯びて宇和島警察署に行くと、六尺ゆたかの赤髯ぼうぼうたる、しかし人相のいい西洋人が警部巡査を相手に何かしきりに──無論英語で──言っている。警部は一葉の名刺を手にしたるまま呆然としている。巡査も皆茫然、啞然として、しきりに動く洋人の口もとをながめている。けだし一方は日本語が通ぜず、一方は英語が通ぜず、わからぬ同士の問答に果てしなく、双方困り切っているのだ。洋人は絶望という態で、頭をふってにやにや笑う。警部は髯をひねりながら左右を顧みて、

「困ったなあ」と言って、また

「だれか通弁ができる者はおらんかな」と頭をかいた。(中略)

僕はうっかりこの一幕の見物にわが要も忘れていたが、あまり気の毒でたまらず、われを忘れて洋人のそばへ寄り、「何の用ですか」と怪しげなる英語で尋ねた。場内の視線はたちまち僕に集まった。洋人は地獄で仏に会った顔つき、流水のごとく舌をふるって、云々の事を述べる。

───────
『思出の記』上（岩波文庫、1938）185ページより抜粋
※通弁─通訳

• • • • • 英・訳・の・世・界 • • • • •

One day when I went down to Uwajima to call at the Police Station with a message from my master, I noticed a westerner, all of six feet tall and with a great red jungle of a beard, though his face looked friendly enough, talking away earnestly — in English, of course — to an inspector and a small group of policemen. The inspector was standing helplessly with a visiting-card in his hand, gaping with the policemen around him at the busily moving lips of the foreigner. Obviously neither understood the other's language, so the conversation didn't stand much chance of getting anywhere. The foreigner seemed to have given up: he shook his head, smiling.

'Awkward, this is. No one around who could interpret, is there?' said the inspector, fingering his moustache.
[. . .]
Watching them, I had quite forgotten what I had come for, and now, suddenly emboldened by pity for the foreigner in his difficulty, I went up to him and asked him in my halting English, 'What is your business, please?'

Everyone in the room turned to stare at me. The foreigner beamed, like a lost soul stumbling on a Buddha in purgatory, and began chattering down at me like a waterfall.

Tokutomi Roka. *Footprints in the Snow*. Translated by Kenneth Strong. London: Allen and Unwin, 1970; Tokyo: Charles E. Tuttle, 1971. p. 161.

> 主人公がどんな「怪しげなる英語」を口にしたのか。訳語 halting は「口ごもった」「すらすらと出てこない」ことで、意味がおかしいと言っているわけではない。2つの言語が飛び交う場面では、だいたい片方でまとめてしまうので、もう片方がどんなに「怪しい」か、実感が湧かない。虚構より現実が「怪しく」迫る、いい例である。

● フレーズを斬る ●

原文 巡査も皆茫然、唖然として……

英訳 The policemen were all standing there stunned, utterly **speechless**.

「唖然とする」とは be dumbfounded、または be speechless と訳される。どちらかといえば speechless のほうはよく使う。絶句、という意味だが「あきれかえった！」「開いた口がふさがらない」というときにも、I'm speechless! とは言う。

E　　S　　S　　A　　Y

　若きヒーロー慎太郎が故郷を飛び出し、しばらく四国の金貸しでアルバイトをしていたときのことだ。ある日、宇和島警察署に入って異言語バトルを目の当たりにした。闘うのは田舎の巡査とアメリカ人宣教師。大阪に帰りたいが、船はどこだ、と騒いでいるらしいがいかんせんチンプンカンプン。ヒーローは割って入って、勝利をつかむのだが、その「怪しげな」英語に周囲は二度 speechless。異人にも巡査にも感謝され、「微服（しのび姿）の天才」と見た周囲のまなざしに少しだけ照れながら、ちゃっかりと調子に乗ってくる。話の続きはこうである……

　「僕はこれだけの要領をうるに大汗になったが、警部巡査からは一廉の学者であるかのごとく驚かれ、洋人も巡査に伴われて汽船宿に行くとて警察署を出る時、僕の手を握って、懇々礼を言った。署内に居合わした者は皆、あの小僧がどうして異人と話ができるか、きたない風をしているが、これぞ微服した天才であろうと思うかの如く、しきりにじろじろ僕を見るので、僕はきまりわるくそこそこに要をしまって出ていった。」

V 食べることは生きること
● 食道楽のJブンガク

時代とともに変わりゆく食文化。
食を通して、社会と個人とはどう結びつき、
どう変わっていったのか。
第Ⅴ部でのラインナップは、諸国を歩いて出会った美味を漢詩に託して謳歌した柏木如亭『詩本草』から、忘れられない味覚にあがく女を描いた河野多惠子「骨の肉」まで。

『詩本草』柏木如亭・著／揖斐 高・校注
岩波文庫

『北原白秋詩集』北原白秋
ハルキ文庫

『幸せな哀しみの話』
山田詠美・編、文春文庫
(「骨の肉」)

••インフォメーション••

『詩本草(しほんぞう)』 A Poet's Herbs for Healing

柏木如亭(1763〜1819)著、文政5年(1822)刊。詩人の如亭が全国各地を遊歴する中で出会った美味を列挙し漢詩を添えた随筆。書名は中国の本草書(薬草などの種類や効能を広く記した本)で江戸時代にもよく知られた『本草綱目(ほんぞうこうもく)』に由来している。

Published in 1822, this collection of essays garnished with Chinese poetry enumerates the delicacies Kashiwagi Jotei (1763–1819) encountered during his travels around Japan. The title, *Shi Honzō* ("A Poet's Herbs for Healing"), comes from the well-known Chinese medicine text *Honzō Kōmoku*.

『安愚楽鍋(あぐらなべ)』 Sitting Cross-legged at the Beef Pot

仮名垣魯文(1829〜1894)著。戯作者(げさくしゃ)(娯楽的な小説の作家)として活動していた魯文は、明治維新を迎えると新しい時代の風俗や知識などを盛り込んだ『西洋道中膝栗毛(せいようどうちゅうひざくりげ)』や本作などで人気を呼んだ。その後、自らゴシップを得意とする『仮名読新聞(かなよみ)』を創刊するなど、明治最初期のジャーナリズムにおいて重要な役割を果たした。

Kanagaki Robun (1829–1894), a late-Edo writer of *gesaku* fiction, achieved popularity by writing about the dawning Meiji Era's new customs and knowledge. He played a major role in early Meiji journalism, launching his own gossipy newspaper the *Kanayomi Shimbun*.

『桐(きり)の花』 Paulownia Blossoms

詩と短歌、どちらの分野でも近代日本を代表する文学者、北原白秋(1885〜1942)の第一歌集である。大正2年(1913)1月に、東雲堂(とううんどう)書店より刊行された。なお、白秋の第一詩集『邪宗門(じゃしゅうもん)』はこれより早く、明治42年(1909)に出版されている。

Published in 1913 by Tōun-dō, this is the first collection of *tanka* by Kitahara Hakushū (1885–1942), one of modern Japan's leading literary practitioners of modern verse and the traditional poetic form, *tanka*.

「骨の肉」 "Bone Meat"

何でもない日常生活と、倒錯した性愛や幻想とのあわいを描くことに秀抜(しゅうばつ)な技倆(ぎりょう)を持つ、河野多惠子(1926〜)の作品。昭和44年(1969)3月、『群像』に掲載された。

In 1969, the journal *Gunzō* published this work by Kōno Taeko, whose superb writing captures the fleeting illusions and sexual kinkiness of an uneventful daily life.

17章 『詩本草』

柏木如亭

● 作品への入り口

如亭は幕府の小普請方大工棟梁という役職を代々務める家柄に生まれるも、職務そっちのけで漢詩に熱中し、吉原に入り浸る青春期を送るうちに32歳で棟梁職を追われてしまう。こうして如亭は、信越地方や京都をはじめ各地を転々としつつ、作詩を教えたり揮毫料（書画を作成した際の対価）を得たりしながら日々を送る遊歴の詩人としての人生をスタートさせる。本書はその中で出会った各地の美味（酒・茶・蕎麦・魚介類など）を紹介するのだが、ただオススメを書き上げているだけではない。如亭は「食」（「味」）を通して、自分の生い立ちを思い起こしたり、その土地を訪れた（その「食」に出会った）ことが人生に与えた影響を考えたり、あるいは自分と同じようにものの味を絶賛した歴史上の偉人に思いを馳せたりしている。「食」は如亭が漂泊の人生の中で自分の位置を再確認するための重要なキーであった。

Jotei was born into a family of hereditary master carpenters who worked for the shogunate, but early on shirked his duties in favor of Chinese poetry and the Yoshiwara. He carried on this way up until the age of 32, at which point he took to the road, supporting himself by teaching poetic composition and making paintings. The present work introduces the sake, tea, soba, and seafood he discovered along the way, but is much more than a list of recommendations: through food, Jotei meditates on his own history and considers the personal impact of all the places he has tasted. For Jotei, food becomes the key to reaffirming his life as a wanderer.

原・文・の・世・界

冒頭の「引」（短い序文）と古詩「蟹」の一部。
「引」では作者の生い立ちや作品の由来を、
「蟹」では霞が浦（四日市）で食した蟹について記している。
どちらも原文の書き下しである。

　　　　引
　余が性、味を嗜むこと甚だし。而して詩を嗜むこと更に味を嗜むことより甚だし。少小にして厳慈に棄てられ、孑然一身、手に一能無く、惟だ口是れ饞る。青年家を去り、詩を売りて四方に餬口し、数十年来憑りて死せず。止に憑りて死せざるのみに非ず、到る処、家居の致すべからざる味に飽くことを得たり。以謂へらく、是れも亦た一身の清福なりと。今且く紫雲山麓の一小地を卜す。香炉茶鼎、好友往来、唫談して老いを養ふ。但だ侯鯖郁厨においては猶ほ未だ心に忘るること能はず。偶 数十事を省念して、録して数十段を得たり。客の戯れに余を以て詩中の時珍と為す者有り。輙ち酒を呼びてこれを落す。名づけて詩本草と曰ふ。
　　　　戊寅霞月、如亭山人識す。　　　　　　　　　芯堂桑瑞謹んで書す。

　　　　蟹
　但だ見る　盤餮の海錯を列ぬるを
　これに対して如何ぞ楽しまざることを得ん
　我　海国に生れて海味を甘んず
　一酔　須ひず流落を歎ずることを

───────
『詩本草』（岩波文庫、2006）9、63ページより抜粋

英訳の世界

"Preface"

　By nature, I relish the taste of food, though love for poetry exceeds even fondness for food. My father and mother passed away when I was young, leaving me all alone and totally helpless, with only a craving in the mouth. Leaving my home as a young man, I sold poems to put food on the table, and endured for decades without perishing. In fact, I did not merely hang on and survive, I was able to get my fill of flavors the likes of which we never tasted at home. I believe this to be one of the pure pleasures in life. Now I am living in a small retreat at the foot of Mt. Shiun. As I grow old, I cultivate myself with incense and tea, and by meeting friends and exchanging poetry. Even now I cannot forget those rare delicacies upon which I once feasted. For every ten things I remember, I have been able to write ten stanzas. People who visit me joke that I am the Jichin of poetry. So call for drinks and let us celebrate the inauguration of this book. Its title is: *A Poet's Herbs for Healing*.

　Written by Hermit Jotei, 11th month, 1818

[. . .]

"Crab"

Just seeing the generous platter arrayed with food from the sea.
How could I not be thrilled?
I was born in a land near the sea and delight in the sea's flavor.
Once drunk, I need not despair of wandering alone in penury.

日本人が体験したことを漢文で書き、後人がそれを訓読し、また別の人が英語に翻訳する……長い言葉の回廊を経ても如亭の「食べ歩き」詩文集はみずみずしい。Jichinとは李時珍、『本草綱目』の著者のことである。

● フレーズを斬る ●

原文 これに対して如何(いかん)ぞ楽しまざることを得ん

英訳 How could I not be thrilled?

応用がとても利くパターンで、覚えておくと便利である。「そこまでよくしてもらって、困るわ！」と日本語ではとりあえず「困って」みせるのを、英語は「どうして喜ばれないことがあろう」と、ハッピーな反語で返してくる。be thrilled は「ぞくぞくする」。be furious（カンカンに怒る）など、アンハッピーヴァージョンもあり。

E　　S　　S　　A　　Y

　江戸小説は美味(おい)しい！ 端(はな)からそう宣言したかったが残念なことに、登場人物のお皿の上に何が載っているのかが、よく分からない。料理が人々の感情を高ぶらせ、立体感を与えるように仕立てられた小説は皆無と言ってもいい。人間の根本に関わる問いを食べ物からあぶり出すような教養小説も、もちろん、近代以降のもの、西洋からもたらされた発想の産物であったのだ。江戸の作者は、口に物を運ぶ行為自体をなんとなく恥ずかしく、格好良くないものと見て、食うことに執着する人物をこき下ろすのが相場であった。現代日本の感覚とは正反対か。

　『詩本草』は、漢詩文集だ。今日は何ぞ食べた、などというように、料理に光を当てることはないだろう、と思われるかもしれないが、逆である。柏木如亭は、晩年に一生を振り返って言う。若くして両親を亡くして以来、筆一本で生活を立て、全国を旅しながら詩を売ってきたが、数々の忘れられない「味」がそこにはあった、と。伊勢の四日市で食べた「蟹」もその一つで、落ちぶれても美味しい魚にありつくという幸せを教えてくれたのだ。

　生まれつき味に深いこだわりを持ち続けたことを第一声に告げる如亭。食の風景や食材が喚起する古い記憶の目ざめ、そこから豊饒(ほうじょう)なイメージを紡ぎ出しながら自分の過去を見通す通路を発見した。漢詩文が持つ触覚的（tactile）なこだわりと、自分を見つめる力がみごとに結びついた一冊である。

18章　『安愚楽鍋』

仮名垣魯文

● 作品への入り口

明治維新を経て文明開化の波が日本中を覆い、江戸時代には敬遠されていた牛肉も今や大手を振って食べられる時代に。魯文は明治初めの牛鍋屋の店内を斜めから覗き見しつつ、開化フィーバーに湧く世の中の様子を滑稽に描いている。牛鍋をつつくお客はさまざま。ある男は特に根拠も無く「やっぱりこれからは西洋だぜ」と一講釈。かと思えば漢方から西洋医学への切り替えについていけないとボヤく医者あり、海外貿易で一山あてようと目を輝かせる若き実業家ありと、一口に文明開化といっても、その受け止め方は人それぞれである。しかしお客は、どれもとても饒舌だ。どこか浮かれているところもあり、しゃべりながら牛肉を喰う彼らの風貌には、まさに新時代の匂いが染みついている。風刺小説の絶品である。

Eating beef, a rare custom during the Edo Period, triumphed after the Meiji Restoration when "Civilization and Enlightenment" swept over Japan. Robun writes humorously about the rage for all things Western as he peeks into beef restaurants, where a range of customers poke at their plates. One man lectures without any particular basis: "Yep, it's all about the West from now on." A doctor gripes about how we can't keep up with the change from Chinese to Western medicine. A bright-eyed young businessman plans to make it big in foreign trade. Each customer consumes Westernization differently, but all are chatty about it — a superb slice of satirical fiction.

原文の世界

明治時代、日本でも牛肉が食べられるようになってきた。
牛鍋店にはさまざまな客が訪れる。
両国で茶店を営む女性は、まだ牛肉が一般的でないときには
山くじら（イノシシ）を好んで食べたが、
今はやはり牛肉にかぎる、という話をしている。

　お客なんぞのそばで、牛をたべる（のは）ィ大好だ、といつちやア、まだなじみもないお方だから、あんまりいろけがなさすぎて、此惡婆めがと、にらまれやうと、おもふから、あゝはいツたやうなものゝ、實はすきのくわのと、いふだんじやアないヨ。ぜんたい、牛のまだはやらないじぶんから、あくものぐひで、そのじぶんにやア、兩國のならび茶屋で、小川のおとくさんなんぞと、かたをならべて、見世をはツてゐたじぶんで、組合のかしら〔で〕（て）あひが、見世へ來ちやア、山くじらのうまいはなしをするので、たべたくツてならないから、雪がふツて、見世をはやくはねたばんがたに、江戸やにゐたばアやアをさそツて、長い橋をこして、むかふ兩國へゆツてサ、もンぢい屋へはいらふとすると、あかりがかんへついてゐて、まがわるくツて、はいられなかつたは子。その時分は、年もぐツとわかしめけて、ゐたときだから、なんぽきやんでも、はねてゐても、そこは女だけで、やまくじらの店のまへを、行ツもどりつしてゐた所へ、馬場のかしらの子分に、穴熊といふ若イ衆が、てうどぢいをたべにきて、門口で出あツたらうじやアないか。そうするとサア、『何でもいつしよにはいれ。』と、手をひツぱられたのを、いゝしほにして、はいツてたべたのが、お初會サ。それから食つきになツて、霜月のこゑをきくと、いろけよりくひけ、見へもかざりもへうたんも子。その氣でなければ、生物は食へないト、内へ取よせてたべたが、どうもさきでたべるやうにやア、いかないヨ。ダガネ、猪や鹿はずゐぶんうまいが、牛がひらけてから、人さまのはなしをきくと、牡丹や紅葉はあんまり藥ぢやアない。なんでも牛にかぎる。

『安愚楽鍋』（岩波文庫、1967）98–99ページより抜粋

英・訳・の・世・界

If you're sitting next to a guy and blurt out how much you like the beef, that's not so sexy is it, especially if he's a first-time customer. I figured he'd end up calling me an old hag, so [the other day at a party] I pretended otherwise. But actually it's not even a question of liking the stuff — I absolutely adore beef! Back in the days when beef wasn't popular at all and still frowned upon, I was running a teashop near Ryōgoku with a girl named Otoku-san from Ogawa, when a bunch of guild bosses came by talking about how tasty wild boar was. I couldn't help wanting to try it myself, so one snowy evening we closed the shop early, invited the old lady from Edo-ya along, and crossed the long bridge to the other side of Ryōgoku. Just as we were about to enter a wild game restaurant, though, the lanterns were burning brightly so felt awkward and couldn't bring ourselves to step in. I looked extremely young at the time, and even though I was a boisterous tomboy, we still were just a group of women, pacing back and forth in front of the restaurant door. Just then some young guy called Anakuma, who worked for the boss at Baba, arrived to eat some meat himself, and we bumped into each other at the entrance. So what happened was that he said we should go in together, pulling me into the restaurant by the hand. I jumped at the chance, and here I was having my first tryst eating boar! I got addicted to the stuff, and whenever the 11th month came around I'd fold up my sex appeal and go for the meat, forgetting all about appearances. If you don't feel that strongly, there's no way you should be eating fresh meat, and I even tried ordering some to cook at home: but you know, it's always better eaten outside. Wild boar and venison may taste good, but now that beef is on the rise, people are saying that the peonies of wild boar and the fall foliage of venison are no longer medicinal. Only beef is!

煮ても焼いても食えないお婆(ばあ)さんの生きた言葉はすばらしい。どうやって英語に再生するか悩みどころだが、blurt out, bumped into each other などのような、擬音・擬態語でチャキチャキ感を少しは出せたと思う。読み比べてどうですか。英語のほうがやや上品、分かりやすく感じませんか？

● フレーズを斬る ●

原文 牛をたべる（のは）ィ大好だ
英訳 I absolutely adore beef!

何も牛肉に限った話ではない。この一品が一押し！ということで、どんな飲食物でも当てはまる。ここもそうだが I absolutely adore...! と聞くと、なんとなく女性が話しているのを想像する。I'm crazy for beef! など、少しくだけたヴァージョンも知っておくと便利。

E S S A Y

　新しい時代には必ず新しい波に乗ろうとして、乗り切れない人がいる。中途半端な新知識をひっさげて何とか旨い汁を吸おうという魂胆が見える人も。江戸の昔では半可通といい、『安愚楽鍋』が発行された同時代のアメリカでは、南北戦争の復興後、新時代に「金メッキ」the Gilded Age といううれしくない名称を与えた。にせもの政治家、腐敗まみれの財界人、大衆に媚を売るしか能がないジャーナリストたちがバブリーな社会を背景に大量発生した。

　明治維新直後の日本はといえば、政治制度から個人の身なりまで、社会の全面を巻き込むほど激しい変革の嵐の中にいた。『安愚楽鍋』はその変革をもっとも敏感に察知した小説の一つで、東京の牛鍋屋に集まってくる各階級の客をダシに、文明開化に切り込んだ。客の会話を再現する形で物語は進められ、わたくしたちも読んでいるうちに、思わずうなずきたくなるほどリアルである。

　「牛鍋」とは単なる名物ではなく、客たちの人生観を映し出す重要なモティーフになっている。その意味で、食事を真ん中に持ってこない江戸小説とはすでに一線を画している。

　幕末に鳴らした茶店のお婆さん、「文明」の「文」の字も口にしない。世の中が熱中する肉料理を、彼女ははるか昔から食べているし、武勇伝も語ってくれている。英会話も流行りの漢語も駆使できないけれど、周辺にいる生煮えの男たちよりよっぽどいさぎよい。作者魯文の筆は彼女らに対して、実に暖かい。

19章 『桐の花』
北原白秋

写真提供：
日本近代文学館

● 作品への入り口

妖(あや)しいまでに絢爛(けんらん)たる異国趣味に彩られた詩集、『邪宗門』の詩人として知られていた北原白秋は、古くからの伝統を継いだ短歌という詩形式に、強烈な官能の余韻や、激情の背後にある幽愁を託した。感覚の輪郭線を指先でそっとなぞるような言葉によって、詠ぜられたものはゆるやかな空気の中に、一瞬の鮮烈を映し出す。トロムボーン、露西亜煙草(ろしあたばこ)、硝子杯(コップ)、目白僧園(めじろそうえん)。白秋は清新な感性により、旧来の和歌が扱うことのなかった西洋の文物や都市生活の日常など、新しい詩語の領域を開拓し、近代青年の倦怠感(けんたいかん)を耽美的(たんびてき)に歌いあげたのだった。どの歌の中にも、選びぬかれた韻律によって美しい音楽性が感じられる、近代短歌史における記念碑的な歌集である。

Known as the poet of *Jashūmon*, a collection of poetry tinged with the mysterious dazzle of the exotic, Hakushū was also committed to using *tanka* as a vehicle for contemplating intense sensations and violent emotions. Trombones, Russian cigarettes, glass cups and a Buddhist school in Mejiro flash through a mellow space fashioned by language that traces feelings with delicate fingertips. Hakushū aestheticizes the weariness of modern youth, charting new poetic territory with an application of fresh sensitivity to subject matter that had not yet been dealt with in *waka*, such as Western culture and everyday city life. The meter of each verse suggests a beautiful musicality in this monumental collection of modern *tanka*.

・・・・・・・原・文・の・世・界・・・・・・・

歌集『桐の花』冒頭部分の随筆(Essay)。
初夏、紫色の桐の花と黄色のカステラが織りなす
色彩のコントラストを入口に、
歌や芸術に対する繊細な感覚を綴っている。

　桐の花とカステラの時季となつた。私は何時も桐の花が咲くと冷めたい吹笛(フルート)の哀音を思ひ出す。五月(いつ)がきて東京の西洋料理店(レストラント)の階上にさはやかな夏帽子の淡青い麦稈(ばくかん)のにほひが染みわたるころになると、妙にカステラが粉つぽく見えてくる。さうして若い客人のまへに食卓の上の薄いフラスコの水にちらつく桐の花の淡紫色とその曖昧のある新しい黄色さとがよく調和して、晩春と初夏とのやはらかい気息のアレンヂメントをしみじみと感ぜしめる。私にはそのばさばさしてどこか手さはりの渋いカステラがかかる場合何より好ましく味(あぢ)はれるのである。粉つぽい新らしさ、タッチのフレッシユな印象、実際触(さは)つて見ても懐かしいではないか。同じ黄色な菓子でも飴のやうに滑(すべ)つこいのはぬめぬめした油絵や水で洗ひあげたやうな水彩画と同様に近代人の繊細な感覚に快い反応を起しうる事は到底不可能である。
　新様の仏蘭西(フランス)芸術のなつかしさはその品の高い鋭敏な新らしいタッチの面白さにある。一寸(ちよつと)触つても指に付いてくる六月の棕梠(しゆろ)の花粉のやうに、月夜の温室の薄い硝子のなかに、絶えず淡緑の細花を顫(ふる)はせてゐるキンギン草のやうに、うら若い女の肌の弾力のある軟味に冷々とにじみいづる夏の日の冷めたい汗のやうに、近代人の神経は痛いほど常に顫えて居(を)らねばならぬ。私はそんな風に感じたいのである。

──────────

『北原白秋歌集』（岩波文庫、1999) 9–10 ページより抜粋

英・訳・の・世・界

The season for paulownia blossoms and *castella* has arrived. Whenever the paulownia blooms, I recall the mournful sounds of a cold flute. In May, when the bracing scent of light green straw from summer hats pervades the upper floors of a restaurant in Tokyo, the *castella* looks curiously powdery. Its warm yellow freshness harmonizes with the light purple paulownia blossoms flickering in the water of a thin flask on the table before the young customers, and I keenly feel the arrangement of late spring and early summer breath. For me, it's the frank and dryly textured *castella* that occasions the most pleasing taste. Is it not alluring even to touch the cake in its powdery newness and fresh texture? Other pastries with the same yellow color are like runny watercolor paintings or oil paintings glistening like slippery candy — they cannot possibly inspire pleasure in the delicate sensibility of modern man.

What's captivating about the new French art is the curiosity of a fresh touch, keen and refined. The nerves of modern man must always shudder to the point of pain — like pollen left on fingers after barely touching hemp palms in June; like thin light green petals of *kingin* grass trembling on and on under the thin glass of a greenhouse in moonlight; like cold sweat oozing out through the soft pliant skin of a young woman on a summer day. I want to feel like that.

白秋はたくさんの外来語を使っているが、いわゆる和製英語は一個もなく、訳者はそれらをほとんどそのまま取り入れている。ちなみにタツチ（touch）は「感触」ぐらいの意味。しかし白秋はこの一語にもう一つの意味、「筆づかい」「筆致」というのがあることを知っていた。お菓子と油絵のイメージを重ね合わせる感覚が生きている。

● フレーズを斬る ●

原文 なつかしいではないか (p. 10)

英訳 **What fond memories we have!**

　自由詩と違って短歌のルーツは古い。古いなりに光があって捨てがたい、と白秋は言う。それにしても日本語の「なつかしい」はどうしてこれほど訳しづらいのだろう。「以前からあって、いとしい」というそれだけの意味なのに、だ。英語の memories; remember fondly などを当てると過去の景色が中心に来て、そこに立っている人や風景（ここでは短歌のこと）が視界から抜け落ちるような気がする。逆に、I miss you!（あなたがいなくて、寂しい！）は毎日言い続けてもいい英語だが、日本語にぴったりくる一語はない。

E　　　S　　　S　　　A　　　Y

　不思議な磁力をもった短い文章、というより散文詩 (prose poem) である。白秋が 23 歳から 27 歳の間に詠んだ短歌 449 首の冒頭に置いた一文で、「近代人の繊細な感覚」を花と菓子の気配だけで浮き上がらせようとしている。カステラは濃厚ではなく、色鮮やかでさらさらしている。五感から直接感じ取れるカステラの雰囲気は、白秋に言わせると、まさしく短歌そのものに対して求める新しいイメージである。続く文章で、彼は短歌のことを「一箇の小さい緑の古宝玉」と言い放ち、あくまでもデリケートで、いとしいものと見ている。生クリームが乗ったこってりしたケーキではあり得ない、と白秋は思ったことだろう。

　このように明治も終わりにさしかかると、食べ物は、人間の微妙な感覚や神経を表現するまでに半径を広げてくる。もはや『安愚楽鍋』の比ではない。芸術を愛する者はレストランの 2 階に上り、白いテーブルクロスを敷いた食卓について、議論を交わし、愛を語り合う。初夏を越えて 6 月になると、「釣鐘草（つりがねそう）と苦い珈琲の時季」が到来して、詩人歌人の来店を待っている。

20章 「骨の肉」

河野多惠子

写真提供:共同通信社

● 作品への入り口

男が肉を貪ったあとの骨や殻に、女は身震いするような味わいを感じていた。牡蠣殻に残った貝柱の、白い肉片を口許に持ってゆくと、滋味を待ちわびた唇と舌は歓びにおののく。水気のしたたる貝殻から薄肉をすすると、立ちのぼる磯の香と潮の味わいに、忘我の至福を覚える。彼女は感覚を揺さぶる陶酔に夢中になり、それを激しく求めたものだった。

だが男は、女のもとを去っていった。男の残した荷物に圧迫感すら覚えながら、女はそれを始末できない。物語の最後、彼女はその荷物を焼いた灰から、大量の骨や殻が出てくる夢を見る。女はやはり、孤独を嚙みしめる生活の中で、別れた男の残映をしゃぶっていたのだった。エロティシズムをまとった食の描写を通して、女という存在の恍惚と不安とをえぐり出した、作者の腕が冴えわたる傑作である。

The woman shudders at the taste of bones left over by a man who craves his meat. Her lips and tongue quiver in anticipation as she takes the white meat of an oyster to her mouth. When she slurps up the flesh from the dripping shell, she loses herself in the ecstasy of the sea's fragrant tide. She has hungered for this transfixing stimulation, but then the man vanishes. She cannot deal with his belongings, which oppress her. At the end of the story, she dreams of piles of bones and shells emerging from the ashes of his belongings, which she has just burned: in her loneliness, she chews on the image he has left behind. This work is a masterpiece in which the writer uses an erotic portrayal of food to carve out a woman's ecstasy and anxiety.

原・文・の・世・界

一緒に暮らしていた男が去ったあと、
女は後悔の念に苛(さいな)まれ、荷物もそのままになっていた。
そんな中、二人で殻つきの生牡蠣を食した日のことを
女は思い出す。

「おいしい？」
　と女は訊く。男は頷いて、殻を食卓に置くと、その手で大皿の氷の上のをもうひとつ。それが男の手許の小皿に置かれると、女はレモンを滴らしてやった。
　男が三つ目を平げて殻をまた食卓に置く頃になって、女は男の捨てた殻をひとつ自分の小皿に運び込んだ。
「こっちを食べてもいいんだよ」
　と言って、男は大皿のほうを指したようであった。そのために、女はそうはしないで男の取り残した貝柱をフォークで剥がすことに一層の歓びを感じた。フォークの先が漸(ようや)く白い肉のかけらを得て、女の唇(くちびる)にそれを擦りつけた。女は自分の唇がその肉のかけらをしっかり挟んで離したがらず、舌は一時も早く自分の番になりたがって立ち騒いでいるような気がした。貝柱のあった部分は心持ち殻が窪(くぼ)んでいて、男がそこに取り残した肉は、まだおしまいにはならなかった。女のフォークはまたそこへ行き、女は先程のかけらをどこかへやってしまった唇と舌とに手許を催促された。そうして、その待ちきれないような催促ぶりは、フォークを持った女の手を激しい張り合いで戦(おのの)かせもした。で、フォークは一層肉のかけらを剥がしかね、剥げても捕えかね、漸くそれを口許へ運ぶ時にも顫(ふる)えていた。女はフォークと牡蠣殻とを夫々(それぞれ)に持った両手を宙に浮かせたまま、唇と舌とがまた肉のかけらを奪い合うのをじっと味わった。

『骨の肉・最後の時・砂の檻』（講談社文芸文庫、1991）20–21 ページより抜粋

英・訳・の・世・界

"Is it good?" the woman asked. The man nodded, laid aside the shell, and with the same hand took another from atop the ice on the large plate. He placed it on his small plate and the woman squeezed lemon juice over it.

When he had progressed to his third and laid the shell on the table, the woman transferred one of the shells he had discarded to her own plate.

"Have some of these," said the man, indicating the large plate.

At this, she took even greater pleasure in not doing so, and instead scraped with her fork at the bit of muscle left by the man. At last she got a tiny piece of white meat on the tip of her fork, and rubbed it against her lips. She liked to hold the morsel of meat pressed firmly to her lips and feel her tongue become instantly aroused with the desire to have its turn. The hinge muscle lay in a slight hollow of the shell, and she had still not taken quite all of the meat the man had left there. She again moved her fork toward it, urged on by lips and tongue that had already finished off the first piece. As her hand holding the fork responded violently to the impatience of the urging, she found herself struggling with the bit of meat. This made it that much more difficult to get loose; once loosened, more difficult to get hold of; and when at last she lifted it to her lips, her hand trembled. Holding both her fork and the empty shell aloft in her hands, she savored the eager rivalry of her lips and tongue for the meat.

"Bone Meat" By Kono Taeko, Translated by Lucy Lower, from TODDLER-HUNTING AND OTHER STORIES, copyright © 1961 by Kono Taeko, Translation copyright © 1989 by Lucy Lower. Reprinted by permission of New Directions Publishing Corp.

"At this"で始まる段落は、女の口の中で何が起こっているのか、舌と唇の合戦に見立てて延々と述べている。口中バトルを描くのに英語は十分力をつくしているが、まるで意志があるかのように「立ち騒ぐ」舌の感覚など、日本語のほうに迫力があって、少しコミカルに聞こえる。こういう微妙な違いがおもしろい。

● フレーズを斬る ●

原文 こっちを食べてもいいんだよ

英訳 Have some of these.

親しみをこめた命令形。Try some of these.（Try this.）より少し距離が近い。raw oyster はふつう取り分けができないものだから、Would you like one? と言って一個まるごとを差し出しておこう。昔、我が一家が外食するとき、兄妹と母親でいつもワイワイ言いながらシェアしているのを尻目に、父親は Don't touch my plate! と威嚇（いかく）するのだった。まるで食卓上に、越えられない国境みたいな線が見えた。

E　　　S　　　S　　　A　　　Y

　ラワーさんの名訳 "Bone Meat" と出会ったのは、20歳の冬頃と覚えている。胸にずしんときた。男女が愛し合う小さな世界を、食べ物が覆い尽くしている。いっこうに片付いてくれない、食べ物たち。それも料理ならいいが、殻つきの生牡蛎に骨つき牛テールときている。不気味な汁を滴（た）らすものばかりで、一刻もいたたまれないに違いないけれど、しかしその世界を少しでも覗いてみたいと思った……。日本人は、oyster を食べながら、こんなことを考えているのかと妙に納得した自分もあった。20歳の読書、鮮烈であり、自由で、そして完璧（かんぺき）に無責任である！

　江戸育ちの柏木如亭は、辛い現実を紛らすように、白玉を割ったような清浄な蟹の抜き身にかぶりついた（『詩本草』）。対して河野多惠子の「女」は、抜き身だけでは充（み）たされない。現在位置を確かめるように、殻に残った男の食べ残しを一心にしゃぶり尽くしている。貝柱に清浄さはない。それは「女」にとって、快楽を越えて、ナーバスな苦行に転じていく。貝殻を差し出してくれる男に去られると、「女」は道に迷い、脱力状態（a washed-out mess）に陥り、摂食障害を起こしてしまう。小さく奇妙なやりとりから「現代」が覗く短編である。

VI 数え上げ、世界を見つめなおす
●楽しみ数えるJブンガク

日本文学の特徴の一つ、
それは「楽しみ」を「リストアップする」「数え上げる」こと。
そんな特徴が表れている文学作品、一つ、二つ……
第VI部でのラインナップは、教科書でもおなじみの、清少納言『枕草子』
より「うれしきもの」から、占領下の世相を描き、直木賞を受賞した作品
である野坂昭如「アメリカひじき」まで。

『枕草子』清少納言・著／池田亀鑑・校訂
岩波文庫

『橘曙覧全歌集』
橘 曙覧・著／橋本政宣・編注
岩波文庫

『アメリカひじき・火垂るの墓』野坂昭如
新潮文庫

•• インフォメーション ••

『枕草子』 *The Pillow Book*

清少納言（10世紀後半〜11世紀前半頃）著。11世紀初頭成立か。清少納言は一条天皇の中宮定子のもとに女房として仕え、歌人としても名高かった。本作は日本の随筆文学のはじまりとも言われている。

Sei Shōnagon (c. 10th–11th centuries) likely wrote this in the early 11th century, launching the *zuihitsu* genre of literary essays. Highly regarded as a poet, she served in the court of Empress Teishi, the wife of Emperor Ichijō.

『労四狂』 *Weary, at the End of My Rope*

自堕落先生（1700〜1746）著、延享4年（1747）刊。著者は山崎浚明という人物で、幾つかの武家に仕えるも中途退職を繰り返し、医者として生計を立てつつ俳諧を得意としたという。本書は教訓的な内容に滑稽を交えた談義本と呼ばれる小説ジャンルに属し、書名は当時流行していた中国の古典思想書『老子経』のもじりである。

Jidaraku-sensei (1700–1746) published this *dangibon*, a genre of parodic fiction, in 1747. Known also as Yamazaki Shunmei, the writer passed through several samurai households working as a doctor skilled in haiku.

「独楽吟」 "Happy by Myself"

橘曙覧（1812〜1868）著。曙覧は福井の商家に生まれるも、青年期に文学・学問の道を志して独立し、国学者・歌人として活躍した。特に国学の先人として本居宣長を信奉し、日本の古代精神の復興を主張した、幕末の歌人の代表格である。本作は没後明治11年（1878）に刊行された『志濃夫廼舎歌集』に収録されている。

Tachibana no Akemi (1812–1868), born into a Fukui merchant family, went on to support himself as a poet and scholar of Japanese literature. He followed Motoori Norinaga's call for a revival of an ancient Japanese spirit. Published posthumously in his anthology of *waka*, *Dokurakugin* is Akemi's representative work.

「アメリカひじき」 "American *Hijiki*"

神戸に生まれ、米軍の爆撃によって戦災孤児となった、野坂昭如（1930〜　）の作品。作者が戦中や戦後に味わった悲惨な体験は、本作にも影響をおよぼしている。昭和42年（1967）9月、『別冊文藝春秋』に掲載された。

This work reflects the wartime and post-wartime experiences of Kobe-born Nosaka Akiyuki (1930–), who was made an orphan by American bombing raids. *Bessatsu Bungei Shunjū* serialized the work in September 1967.

21章 『枕草子』
「うれしきもの」

清少納言

● 作品への入り口

『枕草子』には今回の「うれしきもの」のように「〜もの」を集めたり、あるいはおなじみの「春はあけぼの」のように「〜は○○」というものを集めた章段がたくさんあり、それらは「類聚(るいじゅ)（同じ種類のものを集めた）章段」と呼ばれている。本章段では「うれしいもの」を次々と挙げていくが、これは清少納言とその周囲の人々、すなわち中宮定子とお付きの女房たちが形成するサロンの中で皆が思わず「こういうのってうれしいよね。あ、そうそう、それも……」と共感しあう、そんな雰囲気を反映していると言われる。清少納言は和歌や漢詩文などに秀でた高い教養の持ち主で、その鋭い観察眼と高い文章力で書かれた本書は、当時の宮中の様子を物語る記録としても重要な価値を持っている。

The Pillow Book contains many list-like collections, based on particular topics or themes, such as the famous section starting with "as for springtime, the dawn," and the section introduced here about "happy things." Such a roster of "happy things" may in fact reflect the atmosphere of the salon assembled by Empress Teishi and her ladies-in-waiting, an environment in which participants chatted away about the things that bring happiness in everyday life. As such, *The Pillow Book* is a precious record of court life at the time, written with sharp observations and literary force by a woman highly educated in both Japanese and Chinese poetry.

・・・・・・原・文・の・世・界・・・・・

類聚章段の「うれしきもの」。
宮中の日常生活のさまざまな場面における
「うれしいもの」を書き連ねている。

　遠き所はさらなり、同じ都のうちながらも隔たりて、身にやむごとなく思ふ人のなやむを聞きて、いかにいかにとおぼつかなき事を嘆くに、おこたりたるよし消息(せうそこ)聞くもいとうれし。

（中略）

　はづかしき人の、歌の本末(もとすゑ)問ひたるに、ふとおぼえたる、われながらうれし。常におぼえたる事も、また人の問ふに、清(きよ)う忘れてやみぬるをりぞおほかる。

（中略）

　にくき者のあしき目見るも、罪や得(う)らむと思ひながらまたうれし。

（中略）

　御前(おまへ)に人々所もなくゐたるに、今のぼりたるは、すこし遠き柱もとなどにゐたるをとく御覧じつけて、「こち」と仰せらるれば、道あけて、いと近う召し入れられたるこそうれしけれ。

『新編日本古典文学全集』第18巻「枕草子」(小学館、1997) 388–390ページより抜粋

英・訳・の・世・界

Then there's the pleasing moment when you've heard that someone who matters a lot to you and who's far from you — perhaps in some distant place, or even simply elsewhere in the capital — has been taken ill, and you're worrying and wringing your hands over the uncertainty, when news arrives that the illness has taken a turn for the better.
[...]
You feel very pleased with yourself when a person who rather overawes you asks you to supply the beginning or end of some bit of poem they quote, and you suddenly recall it. It so often happens that as soon as anyone asks you, even something you know perfectly well goes clean out of your head.
[...]
When someone you don't like meets with some misfortune, you're pleased even though you know this is wicked of you.
[...]
And it's wonderfully pleasing when a crowd of people are packed into the room in Her Majesty's presence, and she suddenly spies someone who's only just arrived at court, sitting rather withdrawn by a distant pillar, and beckons her over, whereupon everyone makes way and the girl is brought up and ensconced very close to Her Majesty.

---

15 line from THE PILLOW BOOK by Sei Shonagon, translated by Meredith McKinney (Penguin Classics 2006). Copyright © Meredith McKinney, 2006. Reproduced by permission of Penguin Books Ltd. (pp. 211–212)

"You know this is wicked of you." の wicked は力強く、いかにも「罪深い」に近い響きを持っている。「とく御覧じつけて」を she suddenly spies someone と言うのも、パーフェクトチョイスである。

● フレーズを斬る ●

原文 うれしきもの

英訳 I feel very pleased with myself when . . .

どういうときがいちばんうれしいか、突きつめて考えたことありますか？ I'm happy when . . . でも通じるが、自分で自分を誉（ほ）めたい、というようなときに I feel very pleased with myself when I remember how to write hard kanji! など如何（いかが）？

E　　S　　S　　A　　Y

　「春はあけぼの。やうやうしろくなりゆく山ぎは」ではじまる『枕草子』は、内容が日記のような部分と、随筆的な部分と、この「春は……」のように、「何々……」に関するさまざまな事例を並べた形式の部分、大ざっぱに三つのパーツから成り立っている。「うれしきもの」「めでたきもの」「すさまじきもの」などは、「何々は……」と同じように、一つの概念を縦に立ててそれをめぐる作者の身近なエピソードを横へ並べる構造になっている。約70段もあるので、『枕草子』の中でかなりの分量だ。分かりやすく生活に密着していて、清少納言の独断が冴えてシャープである。

　一つの分類で束ねられるものを分かりやすく、唱えやすい形にするためにざっと横へ並べてみる。後世では山尽（やまづ）くし、花尽（はなづ）くし、国尽（くにづ）くしのように、さまざまな「ものはづくし」を誕生させた。明治の「鉄道唱歌」も、平成の「世界三大何々」も、根っこは一緒で、日本人が昔から持っていた思考パターンの一つと考えたい。とりあえず横に並べておいて、そこから世界を眺め、記憶して、関わっていこうということである。

　「うれしきもの」とは何か。一つは周囲、特に上位にいる人たちから誉められ、認知されることがすこぶる気持ちいい。もう一つは、不安や痛みの感覚、嫌なものが目の前から消え失せてホッとする、そういった喜びの瞬間であった。社会で認められ、痛みを抱えない、シンプルで分かりやすい基準がいい。

22章 『労四狂』
自堕落先生

● 作品への入り口

自堕落先生は言う。人間は生きるだけで「苦労」し、それが原因で「狂」ってしまう。人は果たして、そのサイクルから逃れることができるのだろうか？ 貧しければ当然生活が苦しいし、金持ちにもそれなりの苦労がある。「だからこそ人生は楽しまないと！ おいしいものを食べたり、楽しい音楽を聞いたり、おもしろいものを見たり……」だって？ うーん、でも待てよ、実はその楽しみを得るためにもやっぱり苦労するわけだろう？ この世には「労」と「狂」があふれているのだよ……。そこに先生がチラつかせるのは「死」という究極の解決法。それを言っちゃあ……と言うなかれ、実は先生、ある年に佯死（ウソ死に）して生きながらこの世との決別を宣言してみせた筋金入りである。時に本気と冗談をスレスレで行き来しながら徹底して合理的に人生の意味を見つめようとした自堕落先生は、江戸時代においても知る人ぞ知る畸人（注目すべき変わった人物）だった。

According to Jidaraku-sensei, people go crazy owing to the hardships of simply being alive. Is there a way to live without getting worn out and going nuts? Poverty obviously makes life difficult, but then again money itself is troublesome. That's why we should just have fun. Eat well, listen to music, and look at interesting stuff, right? No, because fun is hard to come by too. When Jidaraku-sensei realizes the world is nothing but trouble and insanity, he catches a glimpse of the ultimate solution — death — and so parts from daily life by pretending to be dead. Jidaraku-sensei, a must-know eccentric of the Edo Period, flits between jest and sincerity in this thoroughgoing rational look at the meaning of human life.

・・・・・・・原・文・の・世・界・・・・・

人生に苦労はつきもの、だからこそ楽しもうではないか。
では「生を楽しむ」とはどういうことか──
自堕落先生はさまざまな角度から考察し、
リストアップしている。

一　生をたのしむは何の為ぞや。口にうまきを味ひ、耳に音声のあやを分ち聞き、鼻に蘭麝をかぎ、咽に声を出してうた唄ひ、音曲をなし、目は天の日月星辰、地の山海木石、鳥獣虫魚、色は五色間色わかち見ずといふ事なし。その見るに目をよろこばしむる事いくばくぞや。浣紗の嬖娥、嬖ざるよりかほよきを知るは目の徳なり。嬖娥細腰の目を悦ばせ、心に悦ぶもの、衣食住三つの外にして人間苦労の一ッ也。かく眼耳鼻口をよろこばしめて悦ぶものは何ぞや。心也。生也。其眼耳鼻口をよろこばせんと欲るものは何ぞ。又心なり。生也。その心と生の為に、眼耳鼻口をよろこばしめんと欲して、かへつて眼耳鼻口を働かかせ費し、心と生を苦しましめ労するものは何ぞ。心也。生也。

（中略）

一　鞠、楊弓、碁、将棋、或は謡、鞁、笛、尺八、其外己が好めるに随ふ遊芸まなび、たのしみとする人は心に忘る、隙なく、昼夜に工夫をめぐらし上手にいたらんとし、精出して、拾人に秀れば人も誉め、己れもつたなしとは思はず、自ら慢ずる程にいたりても、是れにてよしと思ふ限りはなく、よきが上によからん事を思、猶心にたらずとし、此場は此あぢはひにてはよからず、此所はかくやあらんなど、工夫をめぐらすは、己が芸の熟せるに随ひ、高上になり行まゝ、功と熟との為にくるしみ労す。

────────────

『新日本古典文学大系』第81巻「田舎荘子　当世下手談義　当世穴さがし」（岩波書店、1990）75、83ページより抜粋

英・訳・の・世・界

　What does it take to enjoy life? The mouth savors deliciousness, the ear listens to patterns of sound, the nose smells sweet scents, the throat utters voice to sing and make music, and there is no color combination that the eyes cannot distinguish among the heavenly bodies in the sky or the living creatures and natural features of the earth. How many things are pleasing to the eye? The eye's virtue is in recognizing that Xi Shi's knitted brows make for a finer face than one without such a frown. Yet the eye thrilled with knitted brows and slender figures is but another source of trouble like clothing, food and housing. What pleases the eyes, ears, nose and mouth? It's the heart. It's life.

[. . .]

　Some engage in the study of kickball, archery, go, shogi, Noh chanting, the hand drum, flute, shakuhachi and other artistic pursuits besides. People who enjoy themselves this way never forget their pastimes, all the time thinking up ways in which to become proficient and win praise as well as self-confidence, if only their exertion would turn them into the best practitioner out of ten. But even if you come to feel satisfied with yourself, it's never quite enough, since the better you become the more flaws you notice, and so remain restless in the pursuit of artistry, churning over ideas about what's to be done with this or how something is not quite right with that. It's painful toil — all this skill and refinement — on one's way to becoming the greatest.

冒頭の What does it take to enjoy life? は思い切った訳ですね。直訳すれば For what reasons does one enjoy life? になるが、やや抽象的に聞こえるので、訳者は「生を楽しむのに何が要るのか」と練り直してみせた。ギリギリセーフとしよう。

● フレーズを斬る ●

原文 是れにてよしと思ふ限りはなく……

英訳 It's never quite enough.

「知足」、つまり現状をよしとすることはなかなか困難な課題。デパートでこの服！ときた瞬間にこれを思い出してもらいたい。満足は得られないが、財布はハッピーである。

E S S A Y

　マイナーな作品でも今回のテーマにぴったりくるので、お許しください。わたくしの趣味に付き合わされたなと警戒するなかれ。中味はとにかくおもしろい。

　自堕落先生は快楽、つまり生きていてよかったなと痛感することがらをひたすら数え上げてくれている。しかも遊びにうつつを抜かすな、と説教するためではない。むしろ好きこそ物の上手なれ、What one likes, one does well. ということで、楽しいから上達もでき、極めた頂上に満足が待っていることを先生はちゃんと知っている。が、しかしだ。No pain, no gain. とジムのお兄さんがいつも諭してくれるように、愉快なことを手に入れるためにはいばらの道を踏まなければならない。小さな「うれしきもの」は、大きな痛みのうえに花を咲かせるのだ。咲かせるために人間はどれだけ振り回され、時間を取られ、疲れてしまうのか計り知れない、と言う。一見、江戸一番のテキトー男にも見えるが、この先生は真剣である。たとえば自給自足のエコライフを夢みる読者がいれば、土地と貯金は持っているかい？　いくら切り詰めても毎年一万八千文の費用がかかるぞと、容赦しない。数字に細かい。徹底したリアリストである。結論は、農家も医者も、学者も武士も、身分とか職とかと関係なく、打ち込んでいるのは「皆いづれも己れ〳〵が業の勤にして、今日を送る身の為、生の為に、勤、くるしみ、つかる」。そう呟きながら、先生は算盤を鳴らして、苦楽の数を勘定し続けるのである。

23章 「独楽吟」
橘 曙覧

福井市橘曙覧記念
文学館蔵

● 作品への入り口

「たのしみは〜とき」というパターンの和歌が52首も連ねられた「独楽吟」は曙覧の代表作として知られている。曙覧の暮らしは学問の道に進んでからは楽ではなかったが、本作にはそんな暮らしの中で見つけた、ささやかながらも楽しい瞬間が切り取られている。「気のおけない友達と語り合うとき」、「珍しい本を借りてはじめの1ページを開くとき」、などは現代でもそのまま共感できる幸せであろう。また、「いやなお客が早く帰ってくれたとき」、「お金が無い、というときに人が来合わせて少々恵んでくれる瞬間」、などという歌に至ってはその正直ぶりに思わず笑みが浮かぶ。この素朴さには、日本最古の歌集である『万葉集』を重視し、技巧やレトリックよりも素直な感情の表出を大事にすべきと考えていた曙覧の和歌観が反映されている。

These fifty-two *waka* are linked around the theme of "enjoyable times." Making a living as a scholar was difficult for Akemi, but in this poetic sequence he plucks out those modest moments of joy he came across, for example, "when talking to a friend with whom I feel relaxed" or "when opening the first page of a borrowed rare book." We empathize with such happiness even now, and cannot help but smile at the frankness revealed in a poem about "when an unpleasant guest leaves." This simplicity, prized in Japan's earliest poetry, reflects Akemi's sense that poetry should reveal honest emotions.

・・・・・・・原・文・の・世・界・・・・・・

「たのしみは〜とき」というパターンの
和歌52首から、7首を抜粋。
日常におけるさまざまな「たのしみ」すなわち
幸せについて詠み上げている。

たのしみは朝おきいでて昨日まで無(なか)りし花の咲ける見る時

たのしみは珍しき書(ふみ)人にかり始め一ひらひろげたる時

たのしみはそゞろ読(よみ)ゆく書(ふみ)の中に我とひとしき人をみし時

たのしみは昼寐目ざむる枕べにこと〳〵と湯の煮(にえ)てある時

たのしみはわらは墨するかたはらに筆の運びを思ひをる時

たのしみは衾(ふすま)かづきて物がたりいひをるうちに寐入たるとき

たのしみはいやなる人の来たりしが長くもをらで帰(かへ)りけるとき

──────────

『和歌文学大系』第74巻「布留散東・はちすの露・草径集・志濃夫廼舎歌集」(明治書院、2007) 341–347ページより抜粋
※寐＝寝

英・訳・の・世・界

It's delightful mornings when I'm up and out,
　　and see a bloom that was not there the day before.

It's delightful when I open up to the first page of a rare book
　　someone has lent me.

It's delightful when I see someone like myself
　　in a book I'm perusing.

It's delightful when I wake up from a nap
　　and hear the sound of water boiling near my pillow.

It's delightful when my child blends ink next to me
　　as I consider the brushstrokes I will make.

It's delightful when we're all talking under the covers
　　and I fall off to sleep.

It's delightful when an unpleasant guest leaves
　　after staying for a long time.

日本語の「時」のように、when を文末には持っていけないので、「たのしみは〜とき」という綺麗(きれい)なフレームを英語では作れない。細かいことだが、詩歌は紙の上に現れる文字の姿が大切で、縦1列の和歌と、横2行書きの英語では、意味に入る前からそれぞれ独特の効果、visual effect を放っている。

● フレーズを斬る ●

原文 たのしみは

英訳 It's delightful!

どんな時でも使える、とても明るく上品な言い回しだ。delight は大きな喜び、満足、うれしさの意味、形容詞になっても浮き浮きした気分が伝わってくる。ちなみにクリントン氏が読み上げた英訳では、It's a pleasure when... となっている。
（出典：William J. Clinton Presidential Center）

E S S A Y

　目刺をワラに刺したように「楽しいこと」を一本につなげて、作品に仕上げたのだ。短い歌を52首も積み上げてみると、相当な読み応えがある。歌人は初句と最後の一語だけを揃えて、間の言葉にたよって暖かい、静かな風をわたくしたちに運んでくれるのである。

　先輩の自堕落先生と同じ貧乏暮らし、苦労は絶えなかったという。先生と違うのは、曙覧がそんな不自由な生活の中でもわずかな快楽をとらえ、深く分析しようとしない。日々繰り返される単純なサイクルから幸せの種が芽生える。その芽を育てることで家族は、村は、藩は——やがて国全体は平和を保ち充実するという信念を歌に託しているように見える。さりげなく個人的でいて、しかし最後まで読み進めるとこんな人生、そろそろどう？というふうに読者に呼びかけてくるように聞こえるのだ。父親のふるまい、家族団らんの図、ここはもう江戸ではなくして近代的な理想に近づいた空間だ。曙覧の「独楽」は世間の「衆楽」、つまり多くの人が暮らし合う秘訣を伝えようとした歌のコレクションである。

　最近有名になったのは、1994年6月、天皇皇后両陛下が訪米の際にクリントン大統領が歓迎の席上で読み上げた「たのしみは朝おきいでて…」の一首である。「昨日まで無りし花……」とかけて、両国の不幸な歴史と和解、戦後の経済発展を優美に説いたのだった。大統領も、曙覧の胸中を察したようである。

24章 「アメリカひじき」

野坂昭如

写真提供：毎日新聞社

● 作品への入り口

妻が一度だけ行った海外旅行、その旅先のハワイで知り合いになった老夫婦が、我が家に泊りに来るらしい。アメリカ人を客にして臆面もなくはしゃぎ、息子にまで付け焼き刃の英語をしゃべらせようとする妻を前に、俊夫はとまどいを隠せない。敗戦後、手のひらを返したような日米親善で、片言の英語をお世辞のように使って米兵に話しかけた情けなさ。米軍の補給物資をくすね、豊かな食料や日用品に驚嘆したみじめさ。あれからすでに22年、俊夫は日本の発展ぶりを見せつけて、めりけんをぎゃふんと言わせようと必死になるが、気がつけば卑しく媚を売り、もてなしに奔走しているのだった……。今も昔も日本人の心底にひそむ、あこがれとないまぜになった西洋へのコンプレックスが、関西弁を駆使した饒舌な文体によって見事に描き取られている。

An older American couple visits Japan as the guests of Toshio and his wife. She may be upbeat and poised, but Toshio is thrown off balance. After Japan became friends with America overnight after losing the war, people faced the shame of flattering American soldiers with broken English, the misery of marveling at fancy food and goods swiped from the U.S. military. Twenty-two years later, Toshio is bent on putting the American in his place with a display of Japan's progress, but instead finds he's grovelling around trying to show him a good time. Written with liberal use of the Kansai dialect, this is an admirable portrayal of the lingering complex that the Japanese have about the West.

・・・・・・・原・文・の・世・界・・・・・・

ハワイで知り合ったアメリカ人夫婦が来日すると
妻の京子に聞かされた俊夫。
アメリカ、と聞いて俊夫は、戦後すぐの時代、
街でチューインガムを差し出す米兵たちの姿や、
米軍からの配給のことなどを思い出す。

　チーズやろか、アンズやろか、草色の箱にはなれっこで、これは米ではなく、アメリカの給与物資、砂糖漬けのアンズは食べでがなかったが、チーズはさすがに滋養がつく感じで、味噌汁にまぜるとえらいうまい、一同見守るうち米屋のおっさん出刃で箱を切り裂き、あらわれいでたのは眼もあやな赤と緑の包装紙のちいさいケース、なんやろと不審がるのを制するように、「米の代替配給、チューインガム七日分や、この箱」と、宝石箱のようにみえるそれを一つ抜き出し、これで三日分。
　箱の中には五枚入りチューインガムの包みが五十入っていて、俺は一家三人七日分で九つをかかえ、どっしりと重いそれはいかにも豊かな感じではあったが、そして「やあ、それなんやの」妹がとびつき、チューインガムときくと歓声上げ、母は、近所の大工に、疎開しとった晴着と交換でつくらせた、いかにも不器用な白木の仏壇の、戦死した父の遺影に箱一つそなえてチンと鉦をならし、さて、楽しかるべき水入らずの晩さんは、チューインガムの皮むいては、クチャクチャとだまりこくって嚙み、一食がほぼ二十五枚の見当、とても一枚一枚はかったるい、口に嚙みしめるガムの、やがてかすかに消えるその甘さ追っかけてあたらしくほうりこみ、さらに一枚追加し、口もとだけみとったらアンパンか大福まんじゅうでもいっぱいにほおばるようやが、「これ、出さなあかんねんやろ」妹が嚙みつぶした褐色のガムのかたまり指に支えていい「そうや」いったとたん、このガムで七日を過ごす、なんの腹の足しにもならんこのガムでと気づき……

『アメリカひじき・火垂るの墓』（新潮文庫、1972）59–60 ページより抜粋

英訳の世界

What would it be this time? Cheese? Apricots? I was used to these olive-drab cartons and knew we weren't getting rice but American provisions. The sugar-cured apricots had nothing to them, but you felt you were getting some nourishment from the cheese, which tasted pretty good in bean-paste soup. We all watched as the rice man split open a carton with a big kitchen knife and came out with these little packets wrapped in dazzling red-and-green paper. As if to keep our curiosity in check, he said: "A substitute rice ration — a seven-day supply of chewing gum. That's what these cartons are." He pulled out something like a jewel case. This was a three-days' supply.

I carried off nine of these little boxes, each containing fifty five-stick packs, a week's rations for the three of us. It was a good, heavy load that had the feel of luxury. "What is it? What is it?" My sister came flying at me and screeching for joy when she heard it was gum. My mother placed a box on the crude, little altar of plain wood. The local carpenter had made it in exchange for the fancy kimono my mother had taken with her when we evacuated the city. She dedicated the gum to my father's spirit with a ding of the prayer bell, and our joyful little evening repast was under way, each of us peeling his gum wrappers and chewing in silence. At twenty-five sticks each per meal, it would have been exhausting to chew them one at a time. We would throw in a new stick whenever the sweetness began to fade. Anyone who saw our mouths working would swear they were stuffed with doughy pastry. Then my sister, holding a brown lump of chewed gum in her fingertips, said: "I guess we have to spit this out when we're through." The second I answered "Sure," I realized we had to live for seven days on this gum, this stuff that made not the slightest dent in our hunger.

Nosaka Akiyuki. "American *Hijiki.*" Translated by Jay Rubin. *Contemporary Japanese Literature: An Anthology of Fiction, Film, and Other Writing Since 1945.* Edited by Howard Hibbett. New York: Knopf, 1977. pp. 444–445.

※原典の表記どおり、主人公の回想場面はすべて斜体としました。

英・訳・の・世・界

とにかく記憶される少年の意識の流れ、しかも会話の部分では強烈な関西弁を駆使しながら描くので、そのテンポも方言も英語でとらえるのに無理がある。英語コンテンツを日本語に置きかえるときに、同じ壁にぶつかる。その場合、この英訳のように淡々と透明に流れる文体がいい。

● フレーズを斬る ●

原文 一時のしのぎ (p. 60)
英訳 **Anything is better than nothing.** (p. 445)

厳密に言えば、原文には「何もないよりマシだ」に相当する一文はない。訳者のいわゆる poetic license（詩的許容）の範疇にあって、なかなか上手い。お小遣いが少ないとだだをこねる子どもなどに言っておくといいだろう。

E　　　S　　　S　　　A　　　Y

　白いお米の代わりにチューインガム、それも母子家庭3人分、一週間の配給であるという。この一編を読む前に、同じ作者による「火垂るの墓」を読んでいた。冒頭に描かれる〝浮浪児清太〟の凄絶な死ほど、せつない文章はないと思っていたが、「アメリカひじき」のほうでは、その清太がもし生き延び、高度成長期まっただ中の1967年に36歳となり、敗戦直後の辛い日々を振り返ったのならば、このようにヴィヴィッドな記憶を次々と叩きだしてきただろう、と思った。記憶の部分はテンポが速い。畳みかけるように少年の周りに散乱するあらゆる物資——特に食べ物——をリストアップしている。

　自分は未成年、母と妹の面倒をみるのに精一杯なのだから、なくては生きられない生活物資から目を逸らすはずはない。爆弾の後に天空から降りてくるものは草色の丸いドラム缶。その中味を町内会で開けるシーンでは、「びっしりチーズが入っとる、ベーコンがある、ハムがある、豆やら砂糖やら、俺はそこにおる奴、皆殺してでも一人じめしたかった」という具合に、一家の手に入らないようなものが一つ二つと積み上がってくる。数え上げたものから世界を見つめる、というテーマからすると、主人公俊夫の視点に「たのしみ」はない。おのずと狭く、暗いものだ。タイトルの「ひじき」も物資の一つで、黒い糸屑、これだけ煮ても焼いても食えたものではない。後になって、アメリカの紅茶の葉っぱだったと分かるのである。「数え上げること」の記憶は主人公を縛って離そうとしない。

Ⅶ わざわいを刻み込む
●災害のJブンガク

地震、火事、水害……人間の力が及ばない災害。
しかし、人間関係が希薄と言われる都市生活では、
災害のときほど人間の絆が試されるのではないだろうか。
第Ⅶ部でのラインナップは、戦乱の時代の災害体験などを通じて世の無常を綴った、鴨長明『方丈記』から、谷崎潤一郎『細雪』の、昭和13年の大水害を描いた場面まで。

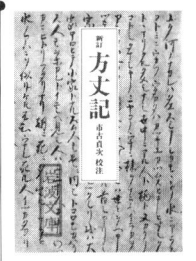

『新訂 方丈記』鴨 長明・著／市古貞次・校注
岩波文庫

『きもの』幸田 文
新潮文庫

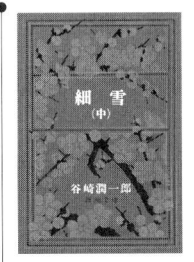

『細雪』(中) 谷崎潤一郎
新潮文庫

••インフォメーション••

『方丈記』 An Account of a Ten-Foot-Square Hut

鴨長明（1155?～1216）著の随筆。建暦2年（1212）成立。長明は歌人で、50歳で出家・隠遁すると、54歳の時に京都の日野に一丈（約3メートル）四方の庵を結んで終の棲家とした。

Kamo no Chōmei (1155?–1216) wrote this *zuihitsu* in 1212. At 50, he retired to become a monk and four years later built his final dwelling place — a square hut measuring about three meters across — in the area of Kyoto called Hino.

『夢の浮橋』 The Bridge of Floating Dreams

大田南畝（1749～1823）著、文化5年（1808）頃成立。武士の家に生まれ、狂歌や黄表紙（大人向けの絵本）といった滑稽のジャンルで文芸の才能を発揮する。その後46歳になって幕府の役人登用試験を受験しトップで合格、幕臣として重職を務めるなど、江戸後期を代表するマルチタレント知識人であった。

Ōta Nampo (1749–1823), a samurai by birth, his genius as a humorous writer of *kyōka* (wild verse) and *kibyōshi* (illustrated books for adults). At 46, he aced the test for advancing to a high post in the shogunate. Nampo was a multi-talented luminary of the late Edo Period.

『きもの』 Kimono

作者である幸田文（1904～1990）は、明治から昭和にかけて活躍した文学者、幸田露伴の娘である。随筆家として高い評価を受けるが、小説にも優れた作品が多い。本作は『新潮』に昭和40年（1965）6月から昭和43年8月まで連載され、作者の死後である平成5年1月に単行本が刊行された。

Kōda Aya (1904–1990), daughter of Kōda Rohan, was active as a writer from Meiji to Shōwa. In addition to her highly praised essays, she wrote distinctive fiction. *Shinchō* serialized this autobiographical work from 1965 to 1968, and it came out as a paperback in 1993.

『細雪』 The Makioka Sisters

谷崎潤一郎（1886～1965）作。はじめ『中央公論』に発表されたが（昭和18年（1943）1月・3月）、戦時下にはそぐわない内容として掲載が禁止され、上巻だけが私家版として昭和19年に刊行された。戦後、昭和21年から23年にかけて、相次いで単行本が刊行されて完結した。

This novel by Tanizaki Junichirō (1886–1965) first appeared in *Chūō Kōron* in 1943, but was banned for unsuitable content. The first volume was published privately in 1944, then the entire novel — Tanizaki's longest — appeared serially from 1946 to 1948.

25章 『方丈記』

鴨 長明

写真提供：
国立国会図書館

● 作品への入り口

「ゆく河の流れは絶えずして、しかももとの水にあらず……」世の無常を語る有名な冒頭の言葉に続いて、長明は立て続けに若いころに京都で体験した災害の様子を書きつけている。大火事・突風・遷都（都の移動）・飢饉・大地震、そして長明は直接触れないが、その時代は『平家物語』の戦乱の時代でもあった。また、これもはっきりとは書いていないが、実は若き長明は下賀茂神社の禰宜（神職）の家に生まれるも、約束されたはずの跡継ぎの道を閉ざされるという苦い経験もしている。自分を苦しめ翻弄するこうした運命に疲れた長明は老年に至って出家し、山奥の小さな庵に身を寄せる。最低限の生活をしながら心の安らかさを取り戻していく中で、長明は過去の自分の人生と向き合い、一つの決着を付けていったのである。

The account opens with this famous line about the world's uncertainty: "The current of the flowing river does not cease, and yet the water is not the same water as before." From there, Chōmei writes about the disasters he experienced as a young man, including fires, gale-force winds, capital relocation, famine, and earthquakes. He does not mention it directly here, but as a young man he had also been denied a hereditary leadership position at Shimogamo Shrine. Worn out by his agonizing fate, Chōmei took to his small hermitage in the mountains where he sought tranquility in a simple life and ended up coming face to face with his past.

原・文・の・世・界

有名な冒頭部分「ゆく河」。
世の無常（この世のすべてのものは常に変化し続ける、という仏教由来の考え方）について述べている。

ゆく河の流れは絶えずして、しかももとの水にあらず。よどみに浮ぶうたかたは、かつ消え、かつ結びて、久しくとどまりたるためしなし。世の中にある人と栖と、またかくのごとし。たましきの都のうちに棟を並べ、甍を争へる高き賤しき人の住ひは、世々を経て尽きせぬものなれど、これをまことかと尋ぬれば、昔ありし家は稀なり。或は去年焼けて、今年作れり。或は大家ほろびて小家となる。住む人もこれに同じ。所も変らず、人も多かれど、いにしへ見し人は、二三十人が中にわづかにひとりふたりなり。朝に死に夕に生るるならひ、ただ水の泡にぞ似たりける。知らず、生れ死ぬる人いづかたより来りて、いづかたへか去る。また知らず、仮の宿り、誰がためにか心を悩まし、何によりてか目を喜ばしむる。その主と栖と無常を争ふさま、いはばあさがほの露に異ならず。或は露落ちて、花残れり。残るといへども、朝日に枯れぬ。或は花しぼみて、露なほ消えず。消えずといへども、夕を待つ事なし。

『新編日本古典文学全集』第 44 巻「方丈記　徒然草　正法眼蔵随聞記　歎異抄」（小学館、1995）15–16 ページより抜粋

英・訳・の・世・界

The current of the flowing river does not cease, and yet the water is not the same water as before. The foam that floats on stagnant pools, now vanishing, now forming, never stays the same for long. So, too, it is with the people and dwellings of the world. In the capital, lovely as if paved with jewels, houses of the high and low, their ridges aligned and roof tiles contending, never disappear however many ages pass, and yet if we examine whether this is true, we will rarely find a house remaining as it used to be. Perhaps it burned down last year and has been rebuilt. Perhaps a large house has crumbled and become a small one. The people living inside the houses are no different. The place may be the same capital and the people numerous, but only one or two in twenty or thirty is someone I knew in the past. One will die in the morning and another will be born in the evening: such is the way of the world, and in this we are like the foam on the water. I know neither whence the newborn come nor whither go the dead. For whose sake do we trouble our minds over these temporary dwellings, and why do they delight our eyes? This, too, I do not understand. In competing for impermanence, dweller and dwelling are no different from the morning glory and the dew. Perhaps the dew will fall and the blossom linger. But even though it lingers, it will wither in the morning sun. Perhaps the blossom will wilt and the dew remain. But even though it remains, it will not wait for evening.

Kamo no Chōmei. *An Account of a Ten-Foot-Square Hut.* Translated by Anthony H. Chambers. *Traditional Japanese Literature: An Anthology, Beginnings to 1600.* Edited by Haruo Shirane. New York: Columbia University Press, 2007. 624.

---

whence（どこから）とかwhither（どこへ）とか、恐ろしく古い英語である。ふつうの文章ではまず使わないがクラシカル・ジャポニーズの名文とくれば、かえって落ち着く。日本語と同じように、英語にも古い「書き言葉」がたくさん存在する。

● フレーズを斬る ●

原文 ゆく河の流れは絶えずして、しかももとの水にあらず。

英訳 The current of the flowing river does not cease, and yet the water is not the same water as before.

日常的に使うようなフレーズではないが、クラシカル・ジャポニーズの世界でこれほど有名な文句は他になかろう。思い切って暗記しては如何。瞬時も留まることのない人生の流れに身を任せて、深呼吸しながら。

E　S　S　A　Y

　長明が「世の中にある人と栖」とテーマを端的にまとめてくれるように、人間の安全にとってもっとも重要なものは住居である。文学では豊富な主題を生みだしてきたテリトリーだが、災害が絶えない日本列島であればなおのこと、住居の消滅が一つの中心、人間の力と限界を大きくとらえ、解釈するきっかけと考えられたのも当然である。上代の『古事記』『日本書紀』から数え、現代の小説に至るまで世界に類を見ないほど豊富な災害描写、被災に苦しみ復興へと向かう人の心を、この国の文学者はひるまず、ずっと刻み込んできた。

　権力を競ってやっと建てた豪奢な邸宅が、暴風に吹き飛ばされ、水に浸かり、燃え、地震の衝撃で倒壊する。先を争うように変わって、消えていく都の住環境を、長明は山中に建てた庵から見下ろして、書くことにした。山中暮らしも5年が経つと、長明は「ただ仮の庵のみのどけくしておそれなし」と人生の矛盾に気づき、世の無常さを受け入れるように自らも変えていった。

　大火と辻風に続き、それ自体災害と長明が見なした突然の都遷り（福原遷都、1180年）の後始末も加え、飢饉および大地震という五つの災厄を軸に随想を綴る。過密都市京都で発生する災害は、そのつど街の不安を煽り、そして降りかかるであろう戦乱と破壊を人々に予言していた。不吉な情報が渦を巻き、悪循環を作り、人々が「わざわい」の外に広がる風景を想像する力をだんだんと失っていく。今日読んでも、胸が痛い。

26章 『夢の浮橋』
大田南畝

写真提供：
国立国会図書館

● 作品への入り口

文化4年（1807）8月19日、隅田川にかかる永代橋の橋桁が群衆の重さに耐え切れず落下し、犠牲者は四百数十人、あるいはそれ以上とも言われる大惨事が発生する。永代橋は日本橋と深川を結ぶ長さ約200メートル・幅約6メートルの江戸第一の橋で、事故発生時はちょうど深川八幡宮の祭礼の日にあたり、江戸市中から見物人が大勢詰めかけていた。本書はこの未曽有の大事故に関する情報を南畝が公的記録からうわさ話まで幅広く収集して書きつけたものである。事故の瞬間の橋の様子、人々が助けを求める修羅場の情景、あるいは事故が生んだ別れや出会いのドラマなどが、文芸界から政界まで広がる豊かな人脈を通して南畝のもとへ届く。それを南畝は敢えて感情を表に出さずに書き留めながら、このショッキングな事故の実態とその意味を冷静に見つめようとしている。

In 1807, the 200-meter long Eitai Bridge spanning the Sumida River collapsed under the weight of a large crowd. According to one count, upwards of 400 people died in the catastrophe, which happened just as sightseers were flocking into Edo for the Fukagawa Hachimangū festival. Nampo wrote about the disaster in this work by assembling a broad range of sources, from official records to rumors. He dared to write dispassionately about the shocking event — capturing the moment the bridge fell along with the carnage and ensuing drama — by looking calmly at the facts.

原・文・の・世・界

文化4年8月19日、深川八幡宮（富岡八幡宮）の
祭礼の日に永代橋が落下し、多数の死傷者が出た。
京橋水谷町(みずたにちょう)のある商家では、愛人を作った夫に
腹を立てた妻が使用人と祭へ出かけ、そこで事故に遭った。

一、京橋水谷町に材木商ふ家有、此家のあるじ豊志とは名さき頃より隠し妻をもちて、銀座二丁目に、手拭、小裁やうの物を店のはしにかけて、それを商ふやうに思はせて、まことはかの女を隠し置けり、宿の妻うす〲聞しりて、目しろを置て、ことのやうをさぐる、さるほどに、此女をいて祭見に行といふ事をきゝつけて、以ての外に腹立ければ、それとはいはで、あはたゞしう髪かきあげ、きぬきかへなどして、いざ祭見に参らん、ともなひ給へかし、もしきたなげなる物をいておはするがうるさくおぼさば、ひとり留守し給へ、といひかけて、小もの一人具して出行ぬ、しゐてとゞめば、口論になりて、はてよからぬ事をもいひあらはすべきつらつきなりければ、夫もまけて遣しつ、拟、女のもとへもゆかれず、せんかたなく家に有ほどに、永代の橋落て人多く溺れぬ、ときくに、さすがに胸おどりて、先人をはしらせて見するに、小者は助りて妻は死ぬ、亡骸を見るに、憎かりし事も忘れて、哀に覚へける、左様に思ひける計にや、其夕より、かの女のもとに妻の姿あらはれて、うらめしげに打まもりおるほど、家のうちにもさゞめき、あたりの人もやう〲いひさわぐほど、其七日に当る日の夕つ方、京橋の方より蜂いく千ともなく群がり来て、かの手拭見世の軒に集りけるを、店の者驚き、手まどひをして払ひ出しければ、南の方をさしてみな飛行けり、是もまた亡妻の霊なり、と誰いふともなくおそれあへり、

『燕石十種』第4巻（中央公論社、1979）179–180ページより抜粋
※拟―さて

英・訳・の・世・界

There was a lumber dealer called Tōbei in Kyōbashi Mizutani-chō. For a while, he had been lodging a secret mistress in Ginza Ni-chōme at a place that was made to look like a mere shop on account of the hand towels and needlework hanging out in front. His wife got scent of this and sent a spy to look into the matter, finding out that her husband planned to accompany this woman to the festival. Furious, the wife said nothing about it but hastily made up her hair and changed her clothes, saying that she wanted to participate in the festival herself. If her husband thought she looked unkempt and didn't want to go together, then he could stay home all by himself: in mid-sentence, she walked out the door with a servant in tow. She had prevailed over him with a look that said it would not be a good idea to hold her back with arguments. As it turned out, he was still at home, not yet having gone to meet his mistress, when he heard the news — his heart skipping a beat — that Eitai Bridge had collapsed and many people had drowned. He sent someone to investigate and found out that although the servant had tried to help his wife, she had died in the accident. When he saw her corpse, he forgot about their bitterness and gave himself up to grief. That night, the figure of his wife appeared before his mistress and glared at her with reproach, entering her house with a loud voice that alarmed the people inside. Seven days later in the evening, thousands of bees swarmed toward Kyōbashi and gathered near the eaves of the hand-towel shop. The workers waved their arms about and shooed the bees off to the south. No one dared mention that it was the ghost of the dead wife.

> 記録なのでできるだけ飾らず、情景が立ち上がってみえるように訳している。擬古文の雰囲気が伝わらないのは少し残念ではあるが……。抑えが利いた文だけに、最後に ghost of the dead wife が現れるとドキッとする。

● フレーズを斬る ●

原文 宿の妻うす〳〵聞しりて……

英訳 His wife got scent of this.

今日は少しだけ意地悪なチョイス。英語も日本語も、大人の遊びを誰かが「嗅ぎつける」、火遊び play with fire、火のない所に煙は立たぬ Where there's smoke, there's fire. なども、英語と日本語が完全一致している。匂い、煙、炎と、夏の虫がいかにも好きそうなイメージばかりではないか。

E S S A Y

　南畝は、優れた文学者であると同時に、幕府の能吏として玉川上水の治水に実際に関わる（事故の翌年）など、社会インフラに対しても高い関心を払っていた。江戸市民の記憶に長く留まることになるこの痛ましい事件を、彼が目撃したかどうかは定かでない。むしろ目の当たりにしなかったからこそ、積極的に情報収集を行い、落ちた橋の過去と現在、川に流され、あるいは奇跡的に生き残った人々の真の姿を記録しようと筆を執ったのかもしれない。仲間を総動員しながら、それぞれの周辺で聴き取ったエピソードを短くまとめさせ、手許に集め、編集したのが『夢の浮橋』である。仕掛け人だった南畝は、あらゆる角度から都市災害を検証しようとした。

　とは言え、『夢の浮橋』は文学として読ませる意図も同時にはっきりしている。南畝が動員した仲間とは、一般の武家・町人と思われる人もいるが、ほとんどが当時の、もっとも実力ある狂歌師、浮世絵師、和学者など一世を風靡した文化人ばかりである。日ごろから共に遊び、学び、文章も切磋琢磨していた。京橋水谷町の材木商藤兵衛の話もそうだが、どれも一見内容とは不釣り合いなほど優美な擬古文で書かれている。当時の知識人が好んだ古めかしい日本語である。抑制の利いた、クールな叙情性が特徴だ。今のジャーナリズムからすると不思議なスタンダードだが、破壊と迷走、因縁にからむ人々の姿をとらえるのに大きな力を発揮した。事件の真実と教訓を伝えると同時に、日本語のフロンティアを一歩先へと広げる知識人集団の試みである。

27章 『きもの』
幸田 文

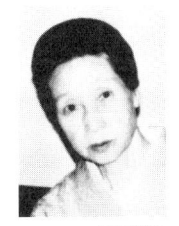

写真提供：
日本近代文学館

● 作品への入り口

るつ子は幼いころから、着物に敏感だった。着心地のよい手拭地や羽二重なら、不格好でも季節外れでも気にならないが、メリンスやセルではたちまち肌がかぶれ、熱まで出てしまう。そんなるつ子をよく理解し、着物とのつきあい方を教えてくれるのはおばあさんだった。女学校の入学試験と学生生活、姉たちの結婚、母の病気とその死、彼女はそのたびごとに、着物を手がかりにして場に応じたふるまいを学んでゆく。るつ子の縁談もちらほら舞い込みはじめ、これから幸せになろうという矢先、関東大震災が一家を襲った……。誰もが日々行っている、着るといういとなみを通して、人の生き方や人情の機微などを描き出した、幸田文の自伝的作品。未完に終わったものの、作者の研ぎすまされた観察眼は隅々にまでゆきとどき、つきせぬ味わいを与えている。

Rutsuko has been sensitive to kimonos from an early age. It doesn't matter if they are misshapen or out of season, just as long as they are made of a comfortable towel weave or *habutae* and not muslin or serge, because then she's prone to break out in a rash. She learns from her sympathetic grandmother how to rely on kimono as a way of dealing with school entrance exams, her sister's marriage, and her mother's fatal illness. And she seems to be heading toward happiness when the marriage proposals start coming in, but then a major earthquake strikes her home. In this work, the writer's observant eye penetrates deep into life and the intricacies of emotion.

原・文・の・世・界

大正12年9月1日の昼、突然起こった関東大震災。
るつ子とおばあさんは、近所の人たちとともに
上野へ避難することにした。
下町のあちこちで大きな火災が発生して、
太陽があるのに空は煙でくもっていた。

　みんな恐怖のある目付きをしていた。空はソマのいう通り太陽はあるくせに、赤黒くくもっていて、一面になにかわからないごみが舞い上っていたし、くわあんというような名状しがたい音響が、中空でだか、地を這ってだか、なり続けていた。むんむんと熱気が、浪を返すようにかぶさってきた。ただむなしく立っている、なにもしないで群集の途切れを待っている、そのいらだたしさ。我慢している辛さ。それ、といってソマは出発した。駈けださないとついていけない早足だった。おばあさんはるつ子の手をかりて、さすがに息を切らせ、顔があおくなった。群集を突切り、向う側へ渡ってみて驚いたのは、今のさっき軒下をかりていた大きな建物のうしろに、もくもくと大きな黒い煙が湧き上っていることだった。あつかった筈だとおもう。けれどもソマのいう、火には火の道があるというそれは本当だろう。煙はその軒をまともに呑もうとしてはいなくて、ちょっと外れた方角へ吹きつけていた。不意に、父と兄の無事を祈る、しめつけるような感情があふれた。しんがりの綱を握り、おばあさんの腕をかい抱いて、るつ子は感情をおしつけ、火なんぞ見まいとして歩いた。

『きもの』（新潮文庫、1996）260ページより抜粋
※ソマ—杣（材木の伐り採りを職業とする人）

英・訳・の・世・界

　Everyone had fear in their eyes. Just like the woodcutter had said, the sun was shrouded in red and black clouds, debris whirling around everywhere, and an indescribable noise kept on booming in the sky or maybe it was creeping along the ground. The stifling heat hung above like a wave coming in. They stood there in vain, fretting as they waited for a break in the crowd. It was too distressful to endure. The woodcutter said, "onward," and took off fast. They had to run to keep up. Grandmother took Rutsuko's hand and started gasping for breath, predictably, her face going pale. They thrust into the crowd and went to cross to the other side, noticing with surprise that big black clouds of smoke seethed up from behind the big building under whose eaves they had just been sheltered. That's why it was so hot. But it was true what the woodcutter said, that a fire blazes its own path. The smoke wasn't about to swallow up those eaves but instead blew in a slightly different direction. Suddenly Rutsuko prayed for the safety of her father and older brother, overcome with a sense of tightness in her chest. She gripped the rope linking them together and pressed her feelings into her grandmother's arm, walking without looking at the fire.

もとの日本語に深い陰影があるわけではなく、どちらかというと叙事（description of events）の力強さに読者がどんどん引き込まれていく。Everyone had fear in their eyes. など、大変なことが起きてしまった瞬間、誰もが感じる静かな恐怖が染み出ている。

● フレーズを斬る ●

原文 駈けださないとついていけない早足だった。

英訳 **They had to run to keep up.**

「ついていく」keeping up the pace はいろんな場面で使いそうなフレーズである。マラソンを走るときでももちろんかまわないが、勉強であるとか、流行であるとか (Can't keep up with the times!?)、何でも目の前を駆けぬけていくようなことがらに対してはOKだ。注意すべきは、「あの人にはついていけない！」、と言うときに、I can't keep up with him (her). ではなく、I refuse to go along with him (her). ときっぱり態度を示すことが肝心だ。でないと、とんでもない誤解が起きそうである。

E   S   S   A   Y

　関東大地震の見聞記は地震の発生直後から大量に書かれ、新聞、雑誌、単行本などが全国書店の書棚を賑わせていた。破壊された首都の名所を激写した写真集と写真絵はがきが売れに売れて、今でも古書店に行けば簡単に手に入る。そういった地震ルポルタージュが大きく躍進したのは幕末時代、江戸を襲った安政大地震（1855年）。地震直後から絵入りのいわゆる地震誌が大量に制作され、地方へと運ばれ、不安定な政治情勢に拍車をかけたのであった。『きもの』の後半に突然起きる地震も、その衝撃、人々の反応、避難、街の炎上、復興への兆しをめぐって、日本文学がたどった長い災害記述の歴史の上に成り立っていると見て間違いない。

　るつ子とそのおばあさんは、激震のショックから立ち直ると、すぐさま最低限の非常食を小さな風呂敷に包み、水筒と濡らしたタオルを身に巻き、町内会の面々と運命共同体を組んでひたすら上野の山を目指す。静かな山もいっぺんにけが人の阿鼻叫喚となり、その間に用意周到にタンスまで運び出せた場所取り上手な勝ち組難民も混ざっている。消息が分からず心配した父親がたどり着くと、るつ子はホッとすると同時に、父親が勤める会社の社長から恵まれた新品スーツを着ているのをちらっと見て、呆れかえるのだ。非常時であっても、大人は節度ある服装を選ばなければならない。父はいつもそう言うのにと、親に対して内心ガッカリする。丈夫な生地、その風合いと色目、仕立てのよさと場面に合った着こなしから、下町の若い女性は惨状を見て、生きる力を温存する。

28章 『細雪』

谷崎潤一郎

写真提供：
日本近代文学館

● 作品への入り口

蒔岡家は古くから大阪船場に暖簾を持つ格式の高い商家で、近年ではその家業も人に譲ってしまったが、それでも鶴子、幸子、雪子、妙子の四姉妹を中心に、芦屋の地で不自由のない日々を送っていた。時代は昭和の10年代、次第に濃くなってくる戦争の影をよそに、蒔岡家では花見、蛍狩、観月といった伝統的な行事や舞の会などが催される、ゆるやかな時間が流れていた。雪子の5回にわたる見合いや奔放な妙子が引き起す恋愛事件、また昭和13年に実際に神戸を襲った大水害など、一家を取り巻くさまざまな出来事を通して、美しい伝統文化や富裕階級の閑雅な生活様式が、あでやかな絵巻物のように展開されてゆく。『源氏物語』の影響を受け、滅びつつある日本の風俗を哀惜の念をもって描いた、谷崎最大の長篇である。

The Makioka family has sold its venerable old business in Senba, but the four sisters at the center of the family — Tsuruko, Sachiko, Yukiko, and Taeko — continue on with lives of ease and social privilege. It's the late 1930s in Ashiya and the shadow of war deepens, but the sisters host dances and engage in cherry blossom-viewing, firefly-hunting, and moon-viewing. This opulence and traditional refinement unfolds like a picture scroll as the family struggles with, for example, Yukiko's marriage prospects and a flood brought on by air raids in Kobe. Influenced by *The Tale of Genji*, the novel grieves for the destruction of old Japanese customs.

原・文・の・世・界

昭和13年7月、阪神地区で大水害が起こった。
次女・幸子の夫である貞之助は、
四女・妙子の安否を確かめに本山の洋裁学院へ向かう。
立ち往生している汽車に避難して様子を見る貞之助だが、
水嵩（かさ）が増すにつれて、次第に絶望感に襲われはじめる。

　貞之助は渦巻の中をリヤカーが一台廻転しながら流れて行くのを、ぼんやり眺めていた。彼は家を出る時、自分は冒険的なことはしない、危いと見れば途中から引っ返すと云って来たのに、いつの間にかこう云う状態の中へずるずると這入り込んでしまった形であったが、でもまさか「死」と云うことは考えられなかった。女や子供ではないのだし、いざとなったらどうにかなると云う高を括（くく）った気持が何処かにあった。それよりも彼は、妙子の行っている洋裁学院の建物が、大部分平屋であったことをその時ふっと思い出して、ひどく不安にさせられていた。そう云えば先刻の妻の大袈裟（おおげさ）な心配の仕方は、少し常識を外れているようにあの時は感じたが、やはり肉身の間柄で虫が知らしたのではなかったであろうか。──今から一箇月前、先月の五日に「雪」を舞った時の妙子の姿が、異様な懐（なつか）しさとあでやかさを以て脳裡（のうり）に浮かんだ。あの日彼女を中心にして家族が写真を撮ったこと、あの時も妻が何と云う理由もなく涙ぐんだこと、などが一つ一つ回想された。それにしても、事に依（よ）ると今頃はあの建物の屋根にでも上って助けを呼んでいる最中かも知れないのに、つい目と鼻の距離まで来ていながら何とかならないものであろうか。自分は此処にいつ迄こうしていなければならないのか。此処まで来てしまったからには、少々の危険は冒しても、何とかして彼女を連れて帰らなければ妻に申訳がないような気がする。……その時の妻の感謝に満ちた顔と、さっきのあの絶望的な泣き顔とが、かわるがわる眼の前にちらついた。

『細雪』（中）（新潮文庫、1955）53–54ページより抜粋

英・訳・の・世・界

　Teinosuke stared absently at a cart tumbling over and over in the stream. He had promised his wife that he would do nothing rash, that he would turn back as soon as the way began to look dangerous. Now he faced a crisis, hardly knowing how it had happened. Even so he did not think of death. He was not a woman or a child, he could still tell himself, and when the time came he would escape somehow. He was worried about Taeko: he remembered that her school was a one-storey building. He had dismissed his wife's fears as exaggerated and unreasonable, but had not the knowledge that someone near her was in very great danger come to her intuitively? The figure of Taeko dressed to dance "Snow" but a month before came into his mind, the more poignant for its freshness. And he thought too of how they had lined up for a family photograph with Taeko in the middle, and how for no reason tears had come to Sachiko's eyes. Perhaps even now Taeko was on a rooftop crying for help — was nothing to be done, now that his goal was before his eyes? Must he sit here inactive? He felt he could not go back to Sachiko unless he braved a little danger. He saw her grateful face in alternation with the desperate, tear-stained face he had left at the door.

From THE MAKIOKA SISTERS by Junichiro Tanizaki, translated by Edward G. Seidensticker, copyright © 1957, copyright renewed 1985 by Alfred A. Knopf, a division of Random House, Inc. Used by permission of Alfred A. Knopf, a division of Random House, Inc.

谷崎の語りは、三人称でありながら貞之助の心中がフィルターとなり、限りなく彼の気持ちと感覚に寄り添って描かれている。その場合、代名詞をたくさん使う英語（He was not a child...など）と違って、日本語ではずっと人物の中に潜り込み、誰かがどこかでこのストーリーを操っている、ということを忘れさせてくれる。心を伝える上では、大きな力である。

● フレーズを斬る ●

原文　（妙子のことで）ひどく不安にさせられていた。

英訳　**He was worried about Taeko.**

He couldn't get Taeko out of his mind. でもよかったのかもしれない。いずれにせよ危機一髪 by the skin of her teeth で助かった妙子のこと。大水の中を探し回っている身になれば、不安にさせられるのは当然である。

E　　　　S　　　　S　　　　A　　　　Y

　『きもの』では、巨大な火の玉が東京の下町を這い回るように次々と建物をなぎ倒していく。対して『細雪』では、3日間の豪雨が川を氾濫させ、高級住宅地を一気に濁流の海へと沈めるのだ。神戸市内では山津波が起き、水害と土石流で鉄道と国道が寸断され、阪神地方では死者200人、行方不明者400人という大惨事へと発展した。小説は、雨量がピークを迎える朝から異変について書き起こしている。「明け方からは俄に沛然たる豪雨となっていつ止むとも見えぬ気色であった……」。

　そこから丁寧に、今まで公共空間になどまったく注意を払ってこなかった語り手は、壊れた橋、道路、交通手段など、ライフラインがどうなっているのかを微に入り細にわたって読者の目の前に繰り広げるのだ。長い実況描写の間、会話という会話はほとんど描かれない。膜のように小説を覆っている濃厚な関西弁もとぎれ、不思議な沈黙の中を幸子の夫・貞之助は一歩ずつ、助けを待つ義理の妹の許へと急ぐ。立ち往生もするが、やっとの思いで到達すると、妹子はすでに他の男に救助され、無事であった。住宅の赤瓦の屋根の上で立ちすくみ、「体じゅうの戦慄が止まらないと云った風であった」。婿養子の立場をつねに忘れない貞之助だったが、この時ばかりは、命をかける必死さが顔に伝わり、美しい輪郭となっている。

VIII 旅の苦労は人生の宝なり

●貧乏と放浪のJブンガク

交通網、交通手段が限られていた時代において、
「旅」とは命がけ、苦難の連続であった。
しかしその苦労から得たものは、人生の宝であったに違いない。
第VIII部でのラインナップは、2,300キロにも及ぶ長旅のエピソードを綴った俳諧紀行、松尾芭蕉『奥の細道』から、幼いころは行商人の両親とともに、後に自身も上京して放浪の半生を送った林芙美子の自叙伝、『放浪記』まで。

『芭蕉 おくのほそ道』
松尾芭蕉・著／萩原恭男・校注
岩波文庫

『若山牧水歌集』伊藤一彦・編
岩波文庫

『大菩薩峠』1　中里介山
ちくま文庫

『放浪記』林芙美子
新潮文庫

••インフォメーション••

『奥の細道』 Narrow Road to the Deep North

松尾芭蕉（1644～1694）著の俳諧紀行。成立は元禄6年（1693）頃か。芭蕉は元禄2年3月から8月にかけて、門人の曾良とともに江戸から現在の東北・北陸地方を経て大垣（岐阜県）まで旅行した。本書はその旅行の行程を追いながら、旅のエピソードと発句から成る短い章段の集合で構成されている。

Matsuo Bashō (1644–1694) probably wrote this *haikai* travel diary in 1693. Short episodic sections, replete with *hokku*, trace the six-month journey he and his disciple Sora made in 1689 from Edo to the northeastern and northern reaches of Japan.

『海の声』 Voices of the Sea

若山牧水（1885～1928）は、酒と旅を愛した漂泊の歌人として知られる。15冊を数える歌集のうち、第一号に当たる『海の声』は明治41年（1908）に自費出版で刊行された。ほかに、『みなかみ紀行』（大正13年）をはじめとする紀行文の秀作でも知られている。

Wakayama Bokusui (1885–1928), the wandering poet known for his love of travel and drinking, self-published *Umi no koe* (*Voices of the Sea*, 1908), the first of his 15-volume anthology of poems. He is also the celebrated author of a travelogue titled *Minakami kikō* (*Travels in Minakami*, 1924).

『大菩薩峠』 Daibosatsu Pass

中里介山（1885～1944）作。大正2年（1913）9月12日の『都新聞』にて連載が開始され、以後『大阪毎日新聞』『隣人之友』『国民新聞』など、多くの新聞や雑誌に書き継がれた。連載終了後も書き下ろしの単行本が4冊刊行されたが、作者の死によって未完となった。

This unfinished work of historical fiction by Nakazato Kaizan (1885–1944) first appeared in *Miyako Shimbun* from 1913, but continued on as a serialization in many newspapers and magazines before finally coming out in four volumes and then later as a twenty-volume paperback.

『放浪記』 Memoirs of a Wanderer

行商人の両親を持ち、自身も単身上京して放浪の前半生を送った、林芙美子（1903～1951）の作品。昭和3年（1928）10月から昭和5年10月までの『女人芸術』、および昭和4年10月の『改造』に掲載され、彼女の文壇出世作となった。昭和5年に『続放浪記』が、昭和24年に『放浪記第三部』が刊行されている。

This autobiographical work was written by Hayashi Fumiko (1903–1951), the daughter of itinerant merchants. Serialized from 1928 to 1930, it was an overnight bestseller and secured her place in the literary establishment. A sequel and third installment were published in 1930 and 1949, respectively.

29章 『奥の細道』

松尾芭蕉

早稲田大学図書館蔵

● 作品への入り口

『奥の細道』のもととなった芭蕉の旅は、徒歩でおよそ半年間、距離にして2,300キロにも及ぶ長大なものだった。芭蕉は、西行をはじめ歴史上の旅人たちが作り上げてきた、旅と文芸の織りなす漂泊の詩人の伝統世界を強く意識しており、この旅はその伝統に自らを重ね合わせるための重要な実践の場であった。そのことは、各地の名所や旧蹟、歌枕（伝統的に和歌に詠み込まれる地名）を積極的にめぐる旅の行程にも表れている。そして、本書は実体験をもとにしつつも、その伝統の延長にある理想の旅人の世界を表現するためならば旅の事実に相違することも辞さない、という態度で執筆されたと言われる。江戸時代にあってはまだ「新しい」文芸だった俳諧。それを和歌以来の日本の詩歌の伝統と接続させたところに本書の大きな意義がある。なお、『おくのほそ道』とも表記する。

Bashō traveled by foot for the trip's 2,300 kilometers, using the occasion to insert himself into the longstanding tradition of wandering poets, such as Saigyō, who blended travel and literature. To do this, Bashō's itinerary steers purposefully to famous sites, historical ruins and places whose names had traditionally been invoked in *waka*. So even though the work is based on actual experience, it is not necessarily factual since Bashō wished to extend the tradition by revealing a world of idealized travel. As such, the work holds great significance as a link between *haikai*, one of the Edo Period's new literary forms, and the poetic tradition extending from *waka*.

原・文・の・世・界

冒頭部分、旅立ちの前の一段。
旅立つに至った心境や準備を綴り、
発句（連歌の第一句）で締めくくっている。

　月日は百代の過客にして、行かふ年も又旅人也。舟の上に生涯をうかべ、馬の口とらへて老をむかふるものは、日々旅にして旅を栖とす。古人も多く旅に死せるあり。予もいづれの年よりか、片雲の風にさそはれて、漂泊のおもひやまず、海浜にさすらへて、去年の秋江上の破屋に蜘の古巣をはらひて、やゝ年も暮、春立る霞の空に、白川の関こえむと、そゞろがみの物につきてこゝろをくるはせ、道祖神のまねきにあひて、取もの手につかず。もゝ引の破をつゞり、笠の緒付かへて、三里に灸すゆるより、松嶋の月先心にかゝりて、住る方は人に譲りて、杉風が別墅に移るに、
　　草の戸も住替る代ぞ雛の家
　面八句を庵の柱に懸置。

『新編日本古典文学全集』第71巻「松尾芭蕉集2」（小学館、1997）75–76ページより抜粋

英訳の世界

> The months and days, the travelers of a hundred ages;
> the years that come and go, voyagers too.
> floating away their lives on boats,
> growing old as they lead horses by the bit,
> for them, each day a journey, travel their home.
> Many, too, are the ancients who perished on the road.
> Some years ago, seized by wanderlust, I wandered
>   along the shores of the sea.

Then, last autumn, I swept away the old cobwebs in my dilapidated dwelling on the river's edge. As the year gradually came to an end and spring arrived, filling the sky with mist, I longed to cross the Shirakawa Barrier, the most revered of poetic places. Somehow or other, I became possessed by a spirit, which crazed my soul. Unable to sit still, I accepted the summons of the Deity of the Road. No sooner had I repaired the holes in my trousers, attached a new cord to my rain hat, and cauterized my legs with moxa than my thoughts were on the famous moon at Matsushima. I turned my dwelling over to others and moved to Sanpū's villa.

> Time even for the grass hut
> to change owners —
> house of dolls

I left a sheet of eight linked verses on the pillar of the hermitage.

Matsuo Bashō. *Narrow Road to the Deep North*. Translated by Haruo Shirane. *Early Modern Japanese Literature: An Anthology, 1600–1900*. Edited by Haruo Shirane. New York: Columbia University Press, 2002. p. 211.

最初のくだりを散文詩と見て、詩のように改行しているところがユニーク。ちなみにお灸 moxa のことを、英語圏の読者で分かる人はほとんどいないはずだ。cauterize（焼灼する）も何だか怖い。こういう固有の習慣について、できるだけ訳文の中で自然と分かるように工夫すると一番だが、できないときは読者の想像と検索意欲に任せるしかない。

● フレーズを斬る ●

原文 むざむやな甲(かぶと)の下(した)のきりぎりす (p. 115)

英訳 "How pitiful!"
beneath the warrior helmet cries of a cricket (p. 230)

源平合戦で討たれた斎藤実盛(さねもり)の兜(かぶと)を、芭蕉が小松の神社で見たときの感嘆の声。How sad; How moving などもあり得るが、pity（あわれみ）の気持ちは出てこない。

E S S A Y

　「旅の苦労は人生の宝なり」、という今回のテーマが事実だとすれば、日本でその苦労を芸術の域にまで昇華させた人は松尾芭蕉である。稀代の旅人にして文学者である。少し後のことだが、すでに見てきた自堕落先生（22章）に「旅の論」という文章がある（『風俗文集』所収）。遠い国のことは本を読んで想像するだけではダメで、自分で動き、苦労することが肝心だと説く。旅で辛い目に遭い、景色に浮かれ、人の優しさに感動するおもしろさを同時に発見してこそ、「旅を好み旅を楽(たの)む者なりといふべし」と、最高の賛辞を送っている。実はこの先生、芭蕉の風流が大好きで、『続奥の細道蝶の遊(あそび)』という一冊を書き、その中で夢で象潟(きさかた)（秋田県）まで出かけていっては故・芭蕉と問答するという「夢中紀行文」を出版させている（1745年刊行）。このように旅路にさすらう芭蕉の姿は江戸時代を通して、文学者の憧(あこが)れとなり、目標でもあった。

　また「旅は道連れ世は情け」On the road you need a companion, in life you need kindness. と昔からよく言うように、独り旅はとても辛い（It's no fun to travel alone.）。芭蕉が東北から日本海側の歌枕をめざして江戸を出発する際、曾良(そら)というたのもしい門人が側にいた。二人で街道を歩き、船に乗り、共に宿で休憩する。苦労を分かち合い、歴史的風景に立ち会う証人として曾良は不可欠なパートナーであった。後に芭蕉が『奥の細道』をまとめる際、伴侶(はんりょ)だった弟子を名指して「同行」と呼び、人格を認めている。中世以前の紀行とは大きく異なる一面だ。

（参考文献：白石悌三「同行二人」『芭蕉』花神社、1988）

30章 『海の声』
若山牧水

写真提供：
日本近代文学館

● 作品への入り口

若山牧水の歌が多くの人々に愛されるのは、哀愁をおびた響きで歌われる孤独のうちに、人恋しさが感じられるからであろう。人妻との許されぬ恋の苦悩を、燃えるような言葉で吐露した若き日から、自宅の庭に静かにたたずむ最晩年に至るまで、牧水は流麗な調べで、生きてあることのさびしさと人の懐かしさとを歌いつづけた。とりわけ旅の空にあっては、さすらう作者の目に映った見知らぬ人々のいとなみが、旅先の風景とともに抒情的に詠ぜられている。旅の中に人生の哀歓を見いだす牧水の歌は、つねに郷愁の中に息づいており、漂泊の歌人の名にたがわぬ名作ぞろいである。

Bokusui's poetry is beloved on account of how its loneliness reverberates with pathos and inspires tenderness. As a young man who agonized with fiery language over unrequited love for a married woman, up until his final days, when he stood contemplatively still in his garden, Bokusui searched out refinement and composed poetry about human yearning and the sorrow of living things. Above all, he drifted around writing lyrically about strangers and the scenery he passed through. Revealing the joy and sadness of travel while heaving a sigh of homesickness, these famous poems bear out Bokusui's name as a wandering poet.

・・・・・・・原・文・の・世・界・・・・・・

第一歌集『海の声』475首より、
漂泊感あふれる4首を抜粋。
1首目は中国地方、2首目は高尾山で詠まれたものである。

　　幾山河越えさり行かば
　　　　　　　寂しさの終(は)てなむ国ぞ今日(けふ)も旅ゆく

　　なつかしき春の山かな
　　　　　　　山すそをわれは旅びと君おもひ行く

　　白鳥(しらとり)は哀しからずや(かな)
　　　　　　　空の青海のあをにも染まずただよふ

　　接吻(くちづ)くるわれらがまへに
　　　　　　　涯(はて)もなう海ひらけたり神よいづこに

――――――――――――――――――
『若山牧水歌集』（岩波文庫、2004）9、10、18、19ページより抜粋

英・訳・の・世・界

How many hills and rivers to cross before I reach the land
where loneliness ends — today too I travel on.

This nostalgic springtime mountain — I'm the traveller,
you're what's on my mind, as I travel to the base.

That white bird — how sad it seems, drifting along unstained
by the blue of the sky, the blue of the sea.

Our lips intertwine and in front of us the endless sea spreads out —
where are the gods?

> その白鳥って swan？ それともカモメ？ はたまたどちらでもない、ただの white bird なのか？ 意外にもみんな、この辺のところを曖昧にしていない？ 実は牧水自身、初出の雑誌では「はくてう」とルビを振ったが、単行本を出すにあたって、「しらとり」と改めている。大きくて重い swan、というより「漂う」のはやはりカモメだろう、と気づいたとしよう。ところで「漂っている」のは何羽？ 空？ それとも波の上に？ と想像をめぐらすことは実に楽しいが、翻訳者の身にもなってください。鳥に負けないくらい、哀しい。

● フレーズを斬る ●

原文 君おもひ行く

英訳 You're what's on my mind.

瞼の裏に焼きついたぞ、とちょっぴりキザでホットな宣言。You're what's on my mind whenever I close my eyes. のように、この台詞をそっとつぶやいておくと効果覿面である。

E S S A Y

　明治40年。貧乏学生である牧水は文学者になる意志を固め、同時に恋に落ちる。相手は園田小枝子といい、人妻、年上、子持ちで、大変な美人である。牧水の初めての歌集である『海の声』は、彼女への恋情を歌い上げ、彼女が傍にいないときであっても、見るものすべてが高ぶった心のトーンに染まっている。名歌「幾山河」も、6月に宮崎へ帰省する途中、陸路岡山から広島に入り、備中・備後の国境を独りで越えたときの詠作である。二人はその前、すでに武蔵野をぶらぶら歩いたり、清冽な空気の中で愛を育んでいた。次に挙げた「なつかしき」も、東京の郊外・高尾山で詠んだ一首。「君」（彼女）の面影を牧水はやさしく広がっていく山のすそ野に投影している。

　人目をしのぶ思わくもあったにせよ、この二人は暗く閉ざされた路地裏などには寄りつかず、太陽がまばゆいばかりにドカンと照り、風通しもいい場所で愛し合うことが好きらしい。今でも読むとドキッとするほど、「接吻」の瞬間、手を肩から離した隙のアンニュイさなどをリアルにとらえている。「接吻くる」は、この年の12月末から翌年正月にかけて、冬季休暇に入った牧水が小枝子を連れ、房州南端の根本海岸へ渡って同宿した際に作った一首だ。前後の作も、小枝子の乳房、唇、髪を眩しい海と融け合うようにいとおしく、丁寧に描き上げている。牧水はこのとき、友達に年賀葉書を宛て、「わが居るは安房（千葉）の海に突きいでし最端なれば、日は海より出で海に落つるなり」、富士山が眼前に見え、「海はわがために魂のふるさとなり」と高揚した心の内を打ち明けている。10日間もいれば存分に語り合い、甘美で力強い青春の歌を次々と書き上げられたに違いない。

31章 『大菩薩峠』
中里介山

写真提供：
日本近代文学館

● 作品への入り口

時は幕末。甲州裏街道、大菩薩峠。黒の着流しに放れ駒の定紋、痩身色白の侍が、巡礼の老人に声をかけた。と、次の瞬間、老人は血煙とともに、真っ二つになって倒れていた……。
この侍こそ武州沢井村の剣術師範、刀同士を一切触れさせずに相手を斬り捨てる「音無しの構え」の使い手、甲源一刀流の机龍之助である。御岳神社の奉納試合で、同門の宇津木文之丞を殺した彼は、文之丞の妻お浜を奪って江戸に出奔した。以後、ある時は新撰組や天誅組に加わり、ある時は辻斬りを繰り返す流浪の剣客として、その美貌に惹かれた女たちを不幸にしながら、龍之助は各地をさすらい続ける。大衆向け時代小説の先がけであるが、文庫本で20冊、100人を超える登場人物が織りなす長大な物語には、人間たちの業が浮びあがっている。

It's the end of the Edo Period at Daibosatsu Pass along a back road in Kōshū in the east of Japan. A slender samurai dressed in black calls to an old man on pilgrimage. The next instant, blood sprays up as the old man falls to the ground, cut in half. This is the doing of samurai Tsukue Ryūnosuke, master swordsman of the "silent style." He runs off to Edo with the wife of Utsugi Bunnojō, whom he slays in a duel at the shrine Mitake Jinja. Later, he joins bands of masterless samurai, or wanders around killing people at random to test his sword, breaking women's hearts in the process. In this long narrative, interwoven with over one hundred characters, the workings of karma inevitably rise to the surface.

・・・・・・原・文・の・世・界・・・・・・

第1巻「甲源一刀流の巻」の冒頭部分。
甲州裏街道の大菩薩峠について、
古代からの歴史を引きながら
旅の難所であるゆえんを説明している。

　大菩薩峠(だいぼさつとうげ)は江戸を西に距(さ)る三十里、甲州裏街道が甲斐国(かいのくに)東山梨郡萩原村(はぎわらむら)に入って、その最も高く最も険(けわ)しきところ、上下八里にまたがる難所がそれです。

　標高六千四百尺、昔、貴(ひじり)き聖が、この嶺(みね)の頂(いただき)に立って、東に落つる水も清かれ、西に落つる水も清かれと祈って、菩薩の像を埋(う)めて置いた、それから東に落つる水は多摩川となり、西に流るるは笛吹川(ふえふきがわ)となり、いずれも流れの末永く人を湿(うる)おし田を実(みの)らすと申し伝えられてあります。

　江戸を出て、武州八王子の宿(しゅく)から小仏、世子の険を越えて甲府へ出る、それがいわゆる甲州街道で、一方に新宿の追分(おいわけ)を右にとって往くこと十三里、武州青梅(おうめ)の宿へ出て、それから山の中を甲斐の石和(いさわ)へ出る、これがいわゆる甲州裏街道（一名は青梅街道）であります。

　青梅から十六里、その甲州裏街道第一の難所たる大菩薩峠は、記録によれば、古代に日本武尊(やまとたけるのみこと)、中世に日蓮上人の遊跡(ゆうせき)があり、降(くだ)って慶応の頃、海老蔵(えびぞう)、小団次(こだんじ)などの役者が甲府へ乗り込む時、本街道の郡内(ぐんない)あたりは人気が悪く、ゆすられることを怖(おそ)れてワザワザこの峠へ廻ったということです。人気の険悪は山道の険悪よりなお悪いと見える。それで人の上(のぼ)り煩(わずら)う所は春もまた上り煩うと見え、峠の上はいま新緑の中に桜の花が真盛りです。

――――――――――

『大菩薩峠』1（ちくま文庫、1995) 11–12 ページより抜粋

Daibosatsu Pass is a difficult section of the Kōshū Byroad extending for eight *ri* (approximately 31 km) along the highest and steepest part of Hagiwara Village in the district of Higashi-Yamanashi, 30 *ri* (approximately 118 km) to the west of Edo in the country of Kai.

Long ago a holy saint stood on top of the pass, at 6,400 *shaku* (approximately 1,940 m), and buried a statue of a Bodhisattva, praying for water to flow eastward and westward. It is said that after that the Tama River began flowing to the east and the Fuefuki River to the west, both currents for ever and ever quenching the thirst of people and endowing the fields.

The Kōshū Road leaves Edo, going from the Hachiōji station in Musashi and crosses over the steeps of Kobotoke and Sasago toward Kai, but the right fork in the road at Shinjuku goes for 13 *ri* (approximately 51 km) until Ōme station in Musashi, then continues on up into mountainous Isawa in Kai — this is called the Kōshū Byroad (or the Ōme Road).

According to records, Daibosatsu Pass, about 16 *ri* (approximately 63 km) from Ōme and the most difficult stretch of the Kōshū Byroad, was travelled by Yamato Takeru no Mikoto in ancient times, and Nichiren in the medieval period. Later on in the Keiō Period (1865–1868), when actors like Ebizō and Kodanji rode away to Kōfu, they deliberately crossed over the pass in order to avoid the main Kōshū Road in the area of Hagiwara Village, since the mood there was bad owing to all the scary blackmailing. It appears that the treachery of people was worse than that of the mountain road. That's why people struggled even in springtime to climb up to the top of the pass, where the cherry trees are now in full bloom amidst new green foliage.

> 英語圏の読者にとっては見たことも聞いたこともない地名や人名が長々と綴られていく。もともと日本語が読める人にとっては、これで『大菩薩峠』のイメージは一気に膨らむのだが。日本の優れた歴史小説が欧米であまり売れない背景には、そのような事情があるような気がする。

● フレーズを斬る ●

原文 人気の険悪は山道の険悪よりなお悪いと見える。

英訳 The treachery of people was worse than that of the mountain road.

基本的な行文で、覚えておくと話に深みが出る。The subway ride this morning was worse than all the work that waited for me there. のように、結果としてあまり気に留めていなかったことが、予想していた別の難関よりずっときつかった、という意味になる。worse を better に切り替えると、The trip was better than I expected. など、予想を上回るハッピーなできごとを伝えることもできる。

E S S A Y

　曲亭馬琴の『南総里見八犬伝』もそうだが、『大菩薩峠』を全巻読破した人には、ほとんど会ったことがない（ちなみにわたくしは両方読んだが、かなり忘却している……）。比較的短いものが多い中で、たまに日本の小説で超弩級の長編と出くわすことがあるので、Heads up! 注意しなければならない。この作品もそうで、作者の生業でありライフワークとなった巨大な物語が、作者の命より長く伸びてしまったので、最後は未完のまま読み継がれていくことになる。したたかな江戸の本屋さんたちは、書き継いでくれる別の作者を探してきて、その人もくたびれると三代目の書き手を投入する……当時の読者にとっては、『大菩薩峠』もいつ果てるとも分からない、逆にいつでも再会できる人物たちの足跡を追う「続く文学」として喜ばれていたふしがある。それにしても世界中を探しても見つけることが困難なほど長く、複雑なプロットを組み立ててくれたものだ。冒頭に峠の上に立ち現れる剣客・机龍之助をはじめ、次々と紹介される人物の視点に立って、とっかえひっかえ、読者は空間移動を共にする。街道の表と裏、町の大通りと路地裏、幕末日本のあらゆる歴史地理をスリリングかつ情味たっぷりに描くのだ。

　介山の文章は読者を乗せ、ずっと先のほうまで運んでいってくれるような不思議なリズムがある。時代小説の上質な筆致であり、決して退屈をさせない良心も感じ取れる。

32章 『放浪記』

林 芙美子

写真提供：
日本近代文学館

● 作品への入り口

大正時代の末、大都会にあって貧困にあえぐ若い女。女中や事務員、女工、露天商、カフェーの女給と次々に職を替え、男には裏切られ、時には東京を去らねばならないような、最底辺にある落魄流浪(らくはくるろう)の生活。だがその中で、彼女は芸術を追いもとめ、強烈な自我と人間同士のつながりにすがって、力強く奔放に生きぬいてゆく。多くの読者の共感をよび、またたく間にベストセラーとなった本作の素材は、作者が放浪時代に書きためていた雑記帳であった。独特の鋭さを持つ彼女の文章は、絶望と屈辱の底にある現実をシニカルに描き出し、明るいユーモアすら漂わせている。そのほとばしるような生命力は、読む者の心を時代を超えて揺さぶるだろう。森光子(もりみつこ)が主演をつとめる舞台でも広く知られる、林芙美子の自伝的作品である。

A young woman suffocates under poverty in late Taishō Tokyo. She keeps changing jobs, working as a maid, clerk, factory worker, stall-keeper and cafe waitress. Men betray her. At times it seems she must flee the metropolis, having been reduced to vagrancy, but she is strong, and clinging to fellow human beings, goes on living a wild life. Many readers empathized with the story, which the writer based on her own notebooks. Its style wanders with bright humor as it cynically portrays life in the depths of despair and humiliation. The irrepressible spirit of the writing manages to stun readers even today. There is also a well-known theatrical dramatization featuring Mori Mitsuko.

原・文・の・世・界

故郷の四国を離れ、再び東京へ向かう主人公。
途中、大阪の天保山で宿をとり、
以前の東京での悲しい思い出を胸に
ひとり部屋で過ごしている。

（一月×日）
……天保山（てんぽうざん）の安宿の二階で、何時（いつ）までも鳴いている猫の声を寂しく聞きながら、私は呆（ぼ）んやり寝そべっていた。ああこんなにも生きる事はむずかしいものなのか……私は身も心も困憊（こんぱい）しきっている。潮臭い蒲団はまるで、魚の腸のようにズルズルに汚れていた。風が海を叩（たた）いて、波音が高い。

　からっぽの女は私でございます。……生きてゆく才もなければ、生きてゆく富もなければ、生きてゆく美しさもない。さて残ったものは血の気の多い体ばかりだ。私は退屈すると、片方の足を曲げて、鶴（つる）のようにキリキリと座敷の中をまわってみる。長い事文字に親しまない目には、御一泊一円よりと壁に張られた文句をひろい読みするばかりだった。
　夕方から雪が降って来た。あっちをむいても、こっちをむいても旅の空なり。もいちど四国の古里へ逆もどりしようかとも思う。とても淋しい宿だ。「古創（ふるきず）や恋のマントにむかい酒」お酒でも愉（たの）しんでじっとしていたい晩なり。たった一枚のハガキをみつめて、いつからか覚えた俳句をかきなぐりながら、東京の沢山の友達を思い浮べていた。皆どのひとも自分に忙がしい人ばかりの顔だ。

『放浪記』（新潮文庫、1979）137–138ページより抜粋

・ ・ ・ ・ ・ 英・訳・の・世・界・ ・ ・ ・ ・

January ×,

　. . . I've been sprawled out while listening dejectedly to the endless meowing of a cat on the second floor of a cheap hotel In Tenpōzan. I'm absolutely exhausted in body and mind, and wonder how living can be so hard. Reeking of the sea, the futon is scummy, like the guts of a fish. The wind beats the sea, and the waves are loud.

　A hollow woman is what I am . . . I've neither the aptitude nor the fortune nor enough beauty to live on. All that's left is a hot-blooded body. When I get bored, I crook my leg and run around the room like a crane. My eyes, which haven't seen writing for some time, skim over a phrase pasted on the wall: "rates from one yen per night."

　It started snowing in the evening. Wherever I look up, all I can see are skies over a strange land. I wonder if I should once again head back to my hometown in Shikoku. This is an awfully lonely hotel. It's a good night to hole up with some wine: "Old wounds / the mantle of love / and sake the morning after." Many faces of friends back in Tokyo come to mind as I stare at the postcard scribbling down this haiku memorized some time ago. Each and every one of those faces belongs to someone busy with herself.

愉快な翻訳。I've been sprawled out ——女の体勢を言い当てたこの一語から、彼女の健気で哀しいような心理状況が浮き上がってくる。

● フレーズを斬る ●

原文 あっちをむいても、こっちをむいても旅の空なり。

英訳 All I can see are skies over a strange land.

芭蕉のところでも「旅は道連れ」を見てきたが、日本語には旅をめぐる諺や慣用句などが盛りだくさん。これもその一つで、英語で決まった言い方があるわけでもなく、文脈を見ながら翻訳したまでのことだ。Leave one's sense of shame at home. ——旅が出てくるもう一個の格言だが、お分かりかな？

E　　S　　S　　A　　Y

　この小説の主人公、「私」という女とずっと付き合っていると、頭が少し痛くなる。汚げな港の宿に蟠踞しているが、自身が毎日寝ている布団とは違って、湿気た感じが全然しない。可哀想な旅ガラス、ではあるが健気というべきか、とにかく明るく、おしゃべりで、憎めない御仁である。ずっと独り言を吐いているけれども、ときどき相手がそこにいるような気もする。と、あれ、いつのまにかこちらが木賃宿の一室に引っ張り込まれていて、「からっぽの女」の愚痴を延々と聞かされている役目に転じたような錯覚を起こす。その錯覚は、作者林芙美子自身の腕の上手さを物語っている。

　『放浪記』は、「私」の旅の記録であると同時に、その恵まれない人生を旅に見立てて、下女、女中、カフェーの女給と体を張った仕事を次々と転職しながら、めげずに生き抜く強い性質を披露している。ここで取り上げた箇所は、わたくしには、たとえば全然知らない人のブログを見つけ、迷い込んで、エントリーをスクロールしながら読んでいくような不思議な迫真性と、抜けていて明るい感覚を同時に覚えさせるのである。「皆どのひとも自分に忙しい人ばかりの顔」のように、軽い調子でかなり辛辣なことを言う「女」でもあった。

IX 日常に亀裂が走る
●恐怖とスリルのJブンガク

ごくありふれた平和な日常、
些細な瞬間に亀裂が入り、世界が変わる。
第IX部でのラインナップは、浅井了意『伽婢子』より、美女の姿をした亡霊が主人公に取り憑いてしまう中国由来の怪談「牡丹灯籠」から、人間世界と蛇の世界が交差する現代作品、川上弘美「蛇を踏む」まで。

『江戸怪談集』(中) 高田 衛・編、校注
岩波文庫
(『伽婢子』)

『内田百閒』内田百閒
ちくま日本文学

『江戸川乱歩傑作選』江戸川乱歩
新潮文庫

『蛇を踏む』川上弘美
文春文庫

••インフォメーション••

『伽婢子(とぎぼうこ)』 *The Peony Lantern*

浅井了意（?～1691）著の仮名草子。寛文6年（1666）刊。本書は68話の短篇から成る怪談小説集で、そのほとんどは中国もしくは朝鮮半島の小説に基づきながら日本に舞台が置き換えられている。僧侶でもあった了意はそこに仏教思想を盛り込み、人々を教え導く方便の文学としても意図していた。

Japan is the stage for Asai Ryōi's (?–1691) retelling of these 68 short ghost stories based primarily on Chinese and Korean fiction. The didactic tone reflects his Buddhist perspective as a priest.

『冥途(めいど)』 *Realm of the Dead*

夏目漱石の門下生である内田百閒（1889～1971）は、師の「夢十夜(ゆめじゅうや)」（明治41年）の系譜を継いだ、無気味かつ幻想的な作風で知られる一方で、飄逸な随筆によっても評価が高い。本作は大正10年（1921）1月以降、『新小説』などの雑誌に掲載されたもので、翌11年2月に単行本が刊行された。

Uchida Hyakken (1889–1971) is known for his uncanny fantasy fiction in the tradition of Natsume Sōseki's *Yumejūya*, but his light essays are also highly praised. This work appeared in *Shinshōsetsu* from 1921, then came out as a book the following year.

「屋根裏の散歩者」 *"The Stalker in the Attic"*

日本における推理小説の先駆者にして、幻想文学にも秀逸な作品を多く残した、江戸川乱歩（1894～1965）の作品。「屋根裏の散歩者」は、大正14年（1925）8月の『新青年』臨時増刊号に発表された。

Edogawa Rampo (1894–1965) left behind many excellent works of fantastic literature. This representative work of his early career appeared in a 1925 special edition of *Shinseinen*.

「蛇を踏む」 *"Stepping on a Serpent"*

川上弘美（1958～　）は、透明感あふれるしなやかな言葉によって、日常と幻想とが違和なく共存する世界を描き出す、独特の作風を持つ作家である。本作は平成8年（1996）3月の『文學界』に掲載され、同年上半期の芥川賞を受賞するとともに、9月には単行本が刊行された。

Kawakami Hiromi (1958–) uses supple language to illuminate a world where the ordinary and fantastic coexist hand-in-hand. *Bungakukai* ran this work in 1996, the same year it won the Akutagawa Prize and came out as a single volume.

33章 『伽婢子』
「牡丹灯籠(ぼたんとうろう)」

浅井了意

● 作品への入り口

京都に住む荻原新之丞は妻に先立たれて寂しく日々を送っていた。盂蘭盆(うらぼん)の7月15日の夜、荻原は牡丹(ぼたん)の花を描いた灯籠(とうろう)を持った娘を従えた、20歳ほどの美しい女性に出会う。荻原は女を家に誘って契りを結び、連日歓を尽くしていたが、不審に思った隣家の老人が様子を窺(うかが)うと、荻原はなんと骸骨(がいこつ)を相手に語り合っている。老人に命の危険を警告された荻原が助言に従ってある寺を訪ねると、そこには女の棺(ひつぎ)と古い伽婢子(ときぼうこ)(子どもの魔除(よ)けになると考えられた人形)が置き去りにされ、棺にはボロボロになったあの牡丹の灯籠がかけられていた。あまりの恐ろしさに荻原は逃げ帰り、守り札をもらって家の門に貼(は)ると、女は二度と現れなかった。しかしある日、酒に酔った荻原は女の墓を再び訪れ、そのまま女に引き込まれて命を落とした。その後雨の夜には、娘に牡丹の灯籠を持たせた荻原と女が現れるようになったが、荻原の遺族が追善の供養をすることで姿を消したという。

It's nighttime during the Feast of Lanterns. Ogiwara encounters a beautiful young woman and a girl holding a lantern decorated with a peony design. He invites the woman home and they spend day after day in utter bliss, but a suspicious old man living next door looks in and finds Ogiwara talking to a skeleton! Ogiwara heeds the old man's warning to visit a temple, where he finds the peony lantern, now in tatters, attached to the woman's coffin. He runs home to put a paper charm on his gate, and the woman appears no more, but when Ogiwara finds himself drunk at her grave, she draws him down to his death. They emerge together on rainy nights, but ultimately vanish when Ogiwara's family holds the proper memorial services for them.

原・文・の・世・界

ある夜、美しい女性に出会った荻原。
荻原は女を家に誘い、語り合い、そして二人は結ばれる。
その夜明け、身の上を語る女の表情を見て、
荻原はいっそう愛おしく思うのだが……

すでに横雲たなびきて、月山のはにかたふき、ともし火(しろ)うかすかに残りければ、名ごりつきせずおきわかれて帰りぬ。それよりして日暮れば来(く)り、明がたにはかへり、夜ごとにかよひ来る事、更にその約束をたがへず。荻原(おぎはら)は心まどひてなにはの事も思ひわけず、ただ此(この)女のわりなく思ひかはして、「契りは千世もかはらじ」と通ひ来るうれしさに、昼といへども、又こと人に逢(あふ)ことなし。かくて廿日あまりにをよびたり。
　隣(となり)の家によく物に心得たる翁(おきな)のすみたるが、「荻原が家にけしからずわかき女のこゑして、夜ごとに歌うたひ、わらひあそぶ事のあやしさよ」と思ひ、壁(かべ)のすき間よりのぞきてみれば、一具(ぐ)の白骨(はつこつ)と荻原と、灯(ともしび)のもとにさしむかひて座したり。荻原ものいへば、かの白骨(はつこつ)手あしうごき髑髏(しやれかうべ)うなづきて、口とおぼしき所より声ひゞき出(いで)て物がたりす。翁大(おほき)におどろきて、夜のあくるを待(まち)かねて荻原をよびよせ、「此ほど夜ごとに客人ありと聞ゆ。誰人(たれびと)ぞ」といふに、さらにかくしてかたらず。

『新日本古典文学大系』第75巻「伽婢子」(岩波書店、2001) 80–81ページより抜粋

英訳の世界

Already the moon, veiled in trailing clouds, was about to slip behind the mountain crest, and the lamplight in the room had grown faint. The woman arose, reluctantly bid farewell, and left. After that, the woman came to Ogihara at dusk and departed at dawn; every night she kept her vow to visit. Ogihara's heart was in turmoil, his reason had flown. He was thrilled that the woman cared for him so deeply and never failed to come. He lost interest in seeing anyone else, even during the day. For more than twenty days he remained in this state.

Next door to Ogihara lived a wise old man. He thought it strange that lately, night after night, he could hear the voice of a young woman, laughing and singing, coming from Ogihara's house. He became so suspicious that finally he went and peeked through a crack in his fence. Lo and behold, there in the lamplight sat Ogihara, face to face with a skeleton! When Ogihara spoke, the skeleton would move its arms and legs, nod its skull, and reply in a voice that seemed to come from its mouth. The old man was aghast. As soon as it was daybreak he sent for Ogihara.

"These days you seem to have a guest every evening. Who on earth is it?" he asked. But Ogihara stayed silent, wishing to keep his affair a secret.

Asai Ryōi. "The Peony Lantern." Translated by Maryellen Toman Mori. *Hand Puppets. Early Modern Japanese Literature: An Anthology, 1600–1900.* Edited by Haruo Shirane. NewYork: Columbia University Press, 2002. pp. 35–36.

※ "Ogihara" の表記は原典のまま。

怪談を訳する文体として、上等というべきだ。透明で奇を衒わず、"Lo and behold" のように中世物語から抜け出したような古い言葉も所々に馴染ませている。翁が聞くのは若い女の声だが見ると骸骨であり、骸骨には性が与えられていない (its arms and legs など)。英語圏の死生観がほのかに見えるようだ。

●フレーズを斬る●

原文 客人ありと聞ゆ。誰人(たれびと)ぞ

英訳 Who on earth is it?

見てしまったものはしゃれこうべだから驚くのも当然だ。英語では、こういう場合はWho(What) on earth is that(this)?!と悲鳴をあげるだろう。いったい誰(何)だ! というニュアンスである。女がこの世(earth)のものではないだけに、英語のほうがぐっと来るような感じがする。

E S S A Y

　ある日、住みなれた日常の真ん中から割れ目が走っている。西洋文学ではダンテの『地獄編』から『不思議の国のアリス』にいたるまで、割れ目は深く掘られ、主人公が全身ドボンと落ちるように仕掛けてあるものが多い。対して日本文学では、この世とあの世を分ける亀裂が浅い。亀裂は主人公のすぐ隣にあるが霞(かす)んでいて、よく見えない。頭から落ちてゆくというよりも、ひょっとした拍子で隙間(すきま)にはまったり、飲み込まれ、時には抜け出して戻って来たりするようなソフトバリアとして仕組まれている。日本の怪談が西洋のghost storyよりずっと不気味(macabre)なのも、忍び込む相手がすぐ隣まで来ている、じっと待ち受けているような感じがするからに違いない。

　『伽婢子』は68話中、3話を除いてすべてが中国小説または朝鮮半島で出版された伝奇小説を原型に、インスピレーションを得ている。今回取り上げる「牡丹灯籠」も、中国の『剪灯新話(せんとうしんわ)』という怪異小説集が原典だ。明治初期に三遊亭円朝(さんゆうていえんちょう)が了意の話(ばなし)を怪談噺にリライトし(『怪談牡丹灯籠』)、それが漢文体へと書き換えられ(石川鴻斎(こうさい)『夜窓鬼談(やそうきだん)』)、その漢文もまた小泉八雲の目に留まって*Kwaidan*(『怪談』)へと英訳された。息が長く、コスモポリタンな怪異小説である。そもそも朝鮮の注釈がついた形で江戸初期に復刻されたのをきっかけに、了意が興味を深め、翻案することにしたのだ。「翻案」とは読者が読みやすくなるよう話をリフォームすることである。日本の応仁の乱を背景に、主人公の亡妻への断ち切れない思い、京都の大路で繰り広げられる美しく哀愁に満ちた盂蘭盆の風景へと舞台を移している。原典では、女の正体を老人が自分で壁に穴を開けてから覗(のぞ)き込み、翌朝男に問い詰めている。「すき間よりのぞ」く日本版のほうが、やはり怖い。

34章 『冥途』

内田百閒

写真提供：
日本近代文学館

● 作品への入り口

自分が殺した老婆と手をつないで歩いていた男。夕闇の田舎道で聞こえる女のすすり泣き。羽をむしられ、殺される烏の鳴き声が響きわたる宿屋。暗い土手の下にある一ぜんめし屋で出会った死者たち。百閒の創り出した世界はどれも、正体の知れない恐怖に満ち満ちている。人々を包み込む、不安と怯えとが凝縮された濃密な空気は、はじめに描かれる日常的な風景を、底気味の悪い幻想の世界へと一変させてしまう。読者はそこで、異化された現実に取り囲まれ、迫り来る恐怖の気配におののくだろう。単なる怪異を語るのではなく、日常の隣でひそかに口を開ける異世界への通路を示すことで、百閒は生きてあることの本質的な不安をえぐり出した。その魅惑的ですらある戦慄は、今なお多くの読者を惹きつけてやまない。

A man walking hand in hand with the old woman he murdered. The sobs of a woman on a country road at dusk. An inn echoing with the caw of a crow being plucked and about to die. Dead people in a dim eatery. Hyakken's world brims with an unidentifiable terror, enveloping its inhabitants in an atmosphere thick with anxiety and fright. Everyday life transforms into frantic fantasy, but this destabilized reality is not just about bizarre storytelling. Hyakken shows the way into a secret world and exhumes the intrinsic anxiety of being alive. These bewitching hair-raisers will go on captivating many readers for a long time to come.

・・・・・・・原・文・の・世・界・・・・・・

土手の下にある一ぜんめし屋。
「私」の隣では4、5人連れの客が談笑していた。
彼らの話を聞くうち、「私」は一行の一人が、
死んだ父親であるらしいことに気づく。

　「お父様」と私は泣きながら呼んだ。
　けれども私の声は向うへ通じなかったらしい。みんなが静かに起(た)ち上がって、外へ出て行った。
　「そうだ、矢っ張りそうだ」と思って、私はその後を追おうとした。けれどもその一連れは、もうそのあたりに居なかった。
　そこいらを、うろうろ探している内に、その連れの立つ時、「そろそろまた行こうか」と云った父らしい人の声が、私の耳に浮いて出た。私は、その声を、もうさっきに聞いていたのである。
　月も星も見えない。空明りさえない暗闇の中に、土手の上だけ、ぼうと薄白い明りが流れている。さっきの一連れが、何時の間にか土手に上って、その白んだ中を、ぼんやりした尾を引く様に行くのが見えた。私は、その中の父を、今一目見ようとしたけれども、もう四五人の姿がうるんだ様に溶け合っていて、どれが父だか、解らなかった。
　私は涙のこぼれ落ちる日を伏せた。黒い土手の腹に、私の姿がカンテラの光りの影になって大きく映っている。私はその影を眺めながら、長い間泣いていた。それから土手を後にして、暗い畑の道へ帰って来た。

───────────

『内田百閒集成3　冥途』（ちくま文庫、2002）12–13ページより抜粋

・ ・ ・ ・ ・ 英・訳・の・世・界 ・ ・ ・ ・ ・

"Father!" I cried out. But my voice didn't reach him. The men quietly got up and left.

"Yes! Of course. It's him," I thought as I followed them. I wasn't far behind, but they were long gone. As I searched, my father's voice sounded in my ears. "Shouldn't we be heading out again soon?" he'd said when they got up to leave.

On this moonless and starless night, it was only the top of the embankment that shone with a dim, gray light. At some point the men had climbed the hill, and I could still see their figures trailing off in the faint glow. I tried to make out my father, but the shapes of the men blurred together into an undistinguishable mass.

I cast my teary eyes to the ground. In the light of the lantern, my shadow loomed large against the black embankment. Watching it, I cried for a long time. With the embankment at my back, I returned on the dark road through the fields.

Uchida Hyakken. *Realm of the Dead*. Translated by Rachel DiNitto. London: Dalkey Archive Press, 2006. pp. 76–77.

> 訳で読むと、闇と光をめぐる言葉が目につく。starless night; dim, gray light; faint glow; black embankment; dark road……並べてみると冥途と現世の境目の、ほの暗い空間を想像する。

● フレーズを斬る ●

原文 私は、その中の父を、今一目見ようとしたけれども、(もう四五人の姿がうるんだ様に溶け合っていて、……)

英訳 I tried to **make out** my father, (but the shapes of the men blurred together . . .)

かろうじて見えるよ、Yes, I can make that out. "make (it) out" は見ようとするものが遠すぎたり、目が霞んでよく見えない状態の中で、やっと姿を認め得たときに使う言葉だ。レストランで小さな字で印刷したメニューを出されたとき、がまんをせず、This print is so small I can't make it out! と笑顔で応戦してみよう。

E　　S　　S　　A　　Y

　短い話である。黄昏をやや過ぎたころにカンテラの光がぼんやりと光る土手の下。陰になる窪んだところに小屋掛けの一ぜんめし屋が一軒建っている。土手の向こうにどんな世界が広がっているかも分からず、長い土手がただひたすら「静かに、冷たく、夜の中を走っている」という風情。

　カウンターだろうか、語り手は座ったまま「何となく、人のなつかしさ身に沁むような心持でいた」。おぼろげではあるが、視界に4、5人の客が入り、彼らが飲食しながら、語り合っている。よくは聞こえないが、聞くところではどうやら自分のことをしゃべっている。腹立たしい気持ちが、だんだんと悲しさに変わり、やがて客の一人が昔、蜂を捕まえたが息子にせがまれて逃がしてしまった、という話をすると彼はハッとする。男が差し出した親指も、その声も……"「お父様」と私は泣きながら呼んだ。"

　しかし向こうには「私」の声が聞こえるはずがない。一行は徐に立ち上がって、店の外に出る。ぼうと薄白い明かりが流れる土手の上まで上り、去っていく。ひとしきり土手の傍で泣く「私」は、最後には独りで帰るしかない。

　土手は日常をざくりと割く亀裂のようで、三途の川を連想させる。亡父の面影に遭遇した語り手は、異変に周章てることなく、夢の中にいるかのようにすべてを受け入れるのだ。読み返すとふと思った。もしかして語り手のほうが幽霊では？ 子どものまま世を去った後、断ち切れない思いがつまった場所、父の温もりを慕って土手の向こうから渡ってきた、と。読み方を反転させたくなるほど百閒の冥途と現世はひとつながりで出来ている。

35章 「屋根裏の散歩者」

江戸川乱歩

写真提供：
日本近代文学館

● 作品への入り口

親からの仕送りで遊び暮らしている郷田三郎にも、一つ大きな悩みがあった。何をしてもいっこうにおもしろくないのである。唯一興味を覚えたのが犯罪で、友人の明智小五郎に話を聞いたり、時には自身も犯罪のまね事をするのであった。

ある日、三郎は下宿の押入れで、天井板が外れることに気がついた。試しにそこをのぼってみると、天井裏はしきりのない広い空間で、天井板の隙間から他の部屋を覗くことができる。これに夢中になっていた三郎はふと、おなじ下宿に住む虫の好かない男を、ひそかに殺す方法を思いつく。彼の死体が発見されたとき、部屋は密室状態で、その死は自殺として処理されるはずだった。明智小五郎さえいなければ……。密室殺人を扱った倒叙形式の推理小説であるとともに、現代にまで続く都市遊民の倦怠を鋭く捉えた、乱歩初期の代表作である。

Gōda Saburō lives in a boarding house off an allowance from his parents, but he's bored no matter what he does. His sole interest is crime and he asks his friend, the detective Akechi Kogorō all about it, sometimes even pretending to be a criminal himself. One day Saburō notices a gap in the ceiling boards of his closet and climbs through into the big empty space above, where he discovers cracks in the floor through which he can peek into other rooms. Obsessed with his discovery, he figures out a way to murder boarder he dislikes, and when the corpse turns up, the death is treated as a suicide. But what does Kogorō think about all this? This fully realized inverted mystery novel also captures the ennui felt by urban idlers up to the present day.

・・・・・・・原・文・の・世・界・・・・・・

虫の好かない男、遠藤の部屋から盗み出した
毒薬を忍ばせて、夜ごと天井裏を「散歩」する三郎。
ある夜、節穴から部屋の様子をのぞき見ると、
なんと遠藤の口が穴の真下にきているではないか！
三郎は興奮し、ついに計画を実行に移そうとする。

　彼はポケットから、毒薬の瓶(びん)を取り出すと、独りでに震え出す手先を、じっとためながら、その栓(せん)を抜き、紐で見当をつけておいて——おお、その時のなんとも形容できない心持！——ポトリ、ポトリ、ポトリと十数滴。それがやっとでした。彼はすぐさま眼を閉じてしまったのです。
　「気がついたか、きっと気がついた。きっと気がついた。そして、今にも、おお、今にもどんな大声で叫び出すことだろう」
　彼はもし両手があいていたら、耳をもふさぎたいほどに思いました。
　ところが、彼のそれほどの気遣いにもかかわらず、下の遠藤はウンともスンとも言わないのです。毒薬が口の中へ落ちたところは確かに見たのですから、それに間違いはありません。でも、この静けさはどうしたというのでしょう。三郎は恐る恐る眼をひらいて、節穴をのぞいて見ました。すると、遠藤は口をムニャムニャさせ、両手で唇をこするような恰好をして、ちょうどそれが終ったところなのでしょう。またもやグーグー寝入ってしまうのでした。案ずるより産むがやすいとはよくいったものです。寝呆(ねぼ)けた遠藤は、恐ろしい毒薬を飲み込んだことを少しも気づかないのでした。

『江戸川乱歩傑作選』（新潮文庫、1960）197–198 ページより抜粋

・ ・ ・ ・ ・ ・英・訳・の・世・界・・ ・ ・ ・ ・

He took the poison bottle from his pocket, his solitary hand trembling as he removed the stopper and used the drawstring to line up the bottle — oh, the feeling was indescribable! — and let ten drops fall. Drip, drip, drip . . . At last he'd done it. He swiftly closed his eyes.

"He must've noticed, I'm sure he must've noticed. Any second now, oh, any second now, he's going to scream bloody murder."

He was so certain of it he would have clapped both his hands over his ears if they had been free.

But contrary to his expectations, there wasn't a sound from Endō below. Saburō definitely saw the morphine solution drip into his mouth, there was no mistaking that. But what was he to make of the silence. He hesitantly opened his eyes, and peered into the knothole. No doubt Endō had just finished making inaudible sounds with his mouth and rubbing his lips with both hands. Or maybe he was still snoring away. As they say, things sometimes go better than we expect. Sleeping like a stone, Endō betrayed no sign of having imbibed the lethal solution.

Edogawa Rampo. "The Stalker in the Attic." *The Edogawa Rampo Reader*. Edited and translated by Seth Jacobowitz. Fukuoka: Kurodahan Press, 2008. p. 67.

Drip, drip, drip . . . 英語は日本語ほど擬音語に恵まれないので、このように、一般名詞（drip＝滴り。動詞でもある）を動員して「ポトリ、ポトリ」に近づけてみた。グーグーとか、ムニャムニャとか、薄暗い屋根裏から見聞きされる様子は一つ一つ、ふつうの動詞に直されている。

フレーズを斬る

原文 案ずるより産むがやすい

英訳 It's easier than you think.

誰もが一度は使っていることわざ、「案ずるより産むがやすし」。「案ずる」は「気づかう」「心配する」ほどの意味だが、英語でも、「思っているより簡単さ」とあっさりめに励まし合う言葉がある（ただ殺人に使わないように。それは out of the question だ！）。さて元気が出たところで、「言うはたやすく行うは難し」、Easier said than done. を思い出して、勉強に戻ろう！

ESSAY

怪談とも違う。ホラー小説でもない。素人探偵明智小五郎が登場する以上、推理小説と呼ぶしかない。しかし異空間の出現で人々の運命が覆され、日常の底がずばっと割れてしまう、という意味では『冥途』にも「蛇を踏む」にも通じる文脈がある。主人公は愉快犯に病みつきだ。いたるところで隙間を探し、這いつくばい、犯罪嗜好者ならではの不気味な快楽の数々をほしいままにする。

完璧を期した（と本人は考える）犯罪の舞台となる下宿・東栄館へ移り住む前から、三郎は「映画館と映画館の間の、人ひとり漸く通れるくらいの細い暗い路地や、共同便所のうしろなどにある」空き地をさまよったり、映画館に入っては男子席へにじり寄って、「きわどいいたずらまでやってみるのです」。親がかりの25歳、かなりヤバイ遊びを繰り返していたらしい。

明智は小説の冒頭に出てきて、犯罪について語り三郎を興奮させる。また最後に登場しては、遠藤の死が自殺ではなく同宿人による他殺であったということを三郎の前で暴き立て、見事罪を認めさせるのである。明智自身も屋根裏の通路に上っていた。梁を伝いながら居住者全員の行動を観察し、三郎のこともじっと隙見していたが、正義のためというよりも、明智は純粋に「真実を知る」、自分の予感（hunch）が当たっているかどうかを確かめるのが目的だったと言う。実はこの上に、登場はしないが「隙見」する重要人物がもう一人いた。名乗らない語り手のこと。三郎の心にピタッと添いつつ、自信満々のデスマス調でわれわれに語りかける年齢・性別不詳の人。語るだけの存在だが、日常の隅々まで見通せる不気味な力を持ち、「屋根裏」に君臨する。

36章 「蛇を踏む」
川上弘美

写真提供：
新潮社

● 作品への入り口

仕事に行く途中で、蛇を踏んだ。「踏まれたらおしまいですね」。蛇は言って、50歳くらいの女性になった。帰ると部屋が片付いていて、蛇の女が座っている。わたしはあなたのお母さんよ、と言う彼女が作ったごはんを食べ、蛇は蛇に戻って寝た。こうしてヒワ子は蛇と暮らしはじめた。勤め先である数珠屋の主人は「追い出しなさいよ」と言うけれど、聞けば彼も奥さんについてきた蛇と、もう20年ばかり暮らしているそうだ。知り合いには蛇を妻にした住職がいて、世話女房だと褒めている。蛇は言うのだ。「蛇の世界に入らない？」若い女性の日常と非現実とがなだらかに連続する、不思議な空気の漂う世界。蛇を何かの、たとえば規範化された〈女らしさ〉の寓意と読むのか、それともただ心地よい幻想に身をひたすのか。いろんな愉しみかたを与えてくれる、川上弘美の出世作である。

Hiwako steps on a snake on her way to work. "I'm done for if you step on me," says the snake, then turns into a 50-year-old woman. When Hiwako returns home, she finds that the snake-woman has tidied up and made dinner. "I'm your mother," the snake-woman explains, then turns back into a snake and goes to sleep. The man Hiwako works for at a Buddhist prayer bead store tells her to get rid of the snake, but he and his wife go on living with their own snake-woman for about twenty years. Does the snake symbolize model femininity or is this just a pleasurable fantasy? There are many ways to appreciate the book that made this author famous.

・・・・・・・・原・文・の・世・界・・・・・・

仕事に向かう途中、蛇を踏んでしまったヒワ子。
蛇は人間の女性に姿を変え、母親を自称してヒワ子の家に居座り続ける。2週間が過ぎ、ヒワ子は蛇のいる日常になじんでしまっていたが……

　女に肩を叩かれた。振り向くと女は頬ずりをしかけてくる。女の頬はひやっこかった。愛玩動物を抱きしめているときのような、または大きなものにすっぽりと覆われているような、満ちた気持ちになった。女は頬ずりをしながら私に両腕を巻きつける。巻かれた腕もひやっこく、女の指先は少し蛇に戻っているようでもある。蛇に戻っていたとしても、気味は悪くない。むしろ蛇であった方が心丈夫なのである。蛇ではない、女のままの姿のものが私を絡め巻き取っているとすれば、その方がよほど落ちつかない。女の身長は私とまったく一緒で、女と私は対になったもののように腕をお互いの体に巻きつけあう。
　巻きつきながら、女が言った。
「ヒワ子ちゃん、蛇の世界はあたたかいわよ」
　うんうんと頷くと、女はつづける。
「ヒワ子ちゃんも蛇の世界に入らない？」
　いやともいいとも取れる首の振り方をして私は蛇の抱擁から静かに身をはがした。
　蛇の世界にはそれほど魅力を感じなかった。私がそう考えていることは蛇にもわかっているのだろう、こんどは腕を巻きつけずに私の正面に座って膝をかかえた。
「ヒワ子ちゃんは何かに裏切られたことはある？」
　誘うような目をして訊いた。
　何かに裏切られるというからには、その何かにたいそう入り込んでいなければなるまい。何かにたいそう入り込んだことなど、はて、今までにあっただろうか。

───────────

『蛇を踏む』（文春文庫、1999）36–37ページより抜粋

・　・　・　・　英・訳・の・世・界・　・　・　・

    She tapped me on the shoulder. When I turned around to face her, she rubbed her cheek up against mine. Her cheek was cool. A sense of fullness came over me, like when you squeeze a pet tight or else get snugly wrapped up in something big. Nuzzling my cheek, she coiled her arms around me. They were cool too, and her fingers seemed to be turning serpentine again. It didn't worry me when she turned back into a snake. I actually felt more secure with her that way. I found it harder to relax when she wound herself around me in the shape of a woman. We were exactly the same height, and we would try to fuse our bodies together by intertwining our arms.

    As she went on writhing, she said,

    "Hiwako, the world of snakes sure is so warm, you know."

    I nodded and she went on,

    "How would you like to step into snake-world?"

    With a shake of my head that could mean yes or no, I peeled myself away from her embrace.

    I'm not *that* enchanted with snakes. I suppose the snake understood my feelings because the next time she didn't twist our arms together but instead sat in front of me holding her knees.

    "Have you ever been betrayed by something?"

    She asked, tempting me with her eyes.

    Being betrayed by something would mean having gotten deeply involved in something. Wow, have I ever gotten so deeply involved in something?

> 「女」「女」と蛇のことをその性で呼んでいるから、英語の she とよく呼応している。一方蛇のセリフはみな「ヒワ子ちゃん」で始まるが、英語でそれをやるとしつこく、二人称 you のほうが自然に聞こえる。

● フレーズを斬る ●

原文 何かに裏切られたことはある？

英訳 **Have you ever been betrayed?**

She betrayed me; I betrayed her. のように、きまって人間同士が主語であり目的語であるから因果な言い回しである。裏切り行為を表す言葉は、日・英ともに豊富にある。「飼い犬に手を噛（か）まれる」bite the hand that feeds one、「煮え湯を飲（の）まされる」be burned badly もそうで、back-stabbing（名詞・形容詞）なども、オフィスで時々聞くキツイ言葉だ。

E S S A Y

　嫌な人のことを日本語では蛇蝎（だかつ）のごとく嫌う、と言うから蛇が避けて通りたい生き物ナンバーワンになるのも無理はない（ちなみに「蝎」はサソリ）。ある日サナダ・ヒワ子が出会った変幻自在な蛇も、憎らしいほど不吉な爬虫類（はちゅうるい）で、人の迷惑には一向無頓着に、「女」に変身して好きなときに部屋へ上がり込んでは、主人公の生活を乱してしまう。

　ヒワ子は東京の郊外の小さな数珠屋で事務を執っていたが、もともと蛇に見込まれるような因縁を背負って生きているわけではない。冒頭いわく、「ミドリ公園に行く途中の藪で、蛇を踏んでしまった」というだけで出会いに責任はない。とにかく踏んだが最後、彼女の世界を蛇はとろりと浸食していく。

　人間との関係において深くコミットできないヒワ子だが、蛇の出現を、それなりに受け入れてみせる。そのうち蛇が作ったおかずを食べてみたり。「すでに蛇が考えの真ん中にきてしまっている」自分にも気づく。身内との間に大きな距離が横たわっているのに、「蛇と私の間には壁がなかった」と漏らしている。どこまで蛇を受け入れ、同化するかというところでヒワ子の覚悟が試され、戦線が引かれている。

　内容とは正反対に川上弘美の文章は実に清潔で、左右にぶれることなく、最後までクールで安定している。蛇の不思議な論理とリズムで読者までを巻き込んでいく。蛇が何しに来たかをずっと不審がっているヒワ子も、周りに不気味な蛇を飼っている女、女だと思っていたが実は蛇であることに気づき始めると、それぞれが手にする切れ目のない長いもの——数珠や蕎麦（そば）、「両切りのピース」——と蛇との関係が感覚として立ち上がってくる。ラストシーンで、ヒワ子は日常を取り戻すために蛇との死闘に一身を委（ゆだ）ねるのだ。

X 縁日の風景
●祭りのJブンガク

季節ごとに催される祭り。
たくさんの人が訪れる会場ではさまざまな人間ドラマが繰り広げられる。第X部でのラインナップは、二葉亭四迷『浮雲』よりにぎやかな団子坂(だんござか)の祭りの場面と、秋祭りで出会った主人公と不思議な男との心温まるストーリー、宮沢賢治「祭の晩」。

『浮雲』二葉亭四迷・著／十川信介・校注
岩波文庫

『風の又三郎』宮沢賢治
岩波少年文庫

••インフォメーション••

『浮雲』 *Drifting Clouds*

日本近代文学の草創期を支えた作家であり、また日露関係に強い関心を持つジャーナリストでもあった二葉亭四迷（1864〜1909）の作品。明治20年（1887）から22年にかけて、書き下ろし単行本および雑誌連載の形で発表された本作によって、日本の近代小説は幕を開けたのであった。

Futabatei Shimei (1864–1909), a journalist with a strong interest in Japanese-Russian relations, gave Japan its first modern novel with this work, which appeared in serials and as a book between 1887 and 1889.

「祭の晩」 **"Night of the Festival"**

傑出した言語感覚とあたたかみのある豊かな作品世界により、多くの読者を魅了し続けている宮沢賢治（1896〜1933）の童話である。本作は多くの賢治作品と同様、作者の生前には発表されず、歿後の『宮沢賢治全集』第4巻（十字屋書店、昭和15年（1940））ではじめて活字化された。

Miyazawa Kenji (1896–1933) continues to fascinate readers with a rich fictional world full of warmth and remarkable linguistic sense. Like much of Kenji's work, this fairy-tale was published posthumously as a part of his collected works.

37章 『浮雲』
二葉亭四迷

写真提供：
国立国会図書館

● 作品への入り口

上京して叔父夫婦の家に寄宿し、優秀な成績で学校を卒業した内海文三。ある官庁に勤めながら、従妹のお勢と淡い恋をはぐくみ、まずは順風満帆な人生であった。ところが生真面目で内気な性格が災いし、人員整理で免職になってしまったときから、彼の運命は翳りが見えはじめる。二人の仲を半ば認めていた叔母のお政は、その態度を一変させ、お勢を文三の同僚で、要領がよくて出世の見込める本田昇に縁づけようとする。はじめは文三に寄せられていたお勢の心も、昇に誘われお政と三人で、団子坂（現、文京区）の菊人形見物に出かけたことを一つのきっかけとして、次第に快活な昇へとなびいてゆく。お祭り気分にひたる三人に対して、文三は独り家に残り、お勢の心中についてひたすら思い悩むのであった。世故に疎いがゆえに社会から疎外され、苦悩する青年の内面を写実的に描いた、日本近代文学を代表する作品である。

Utsumi Bunzō, who lives in Tokyo with his aunt and uncle, graduates from high school with excellent grades. It's smooth sailing at first for Bunzō, who works in a government agency and falls in love with his cousin Osei, but then he loses his job and everything changes. His aunt Omasa doesn't approve of his feelings for Osei, so she pushes her toward the up-and-coming Honda Noboru instead. Osei starts to warm toward the cheerful Noboru when he takes her along with Omasa to see a chrysanthemum figure festival. Meanwhile Bunzō is at home worrying about what's really going on in Osei's mind. This great work of modern Japanese literature provides a realistic description of a young man's agonizing estrangement from the world around him.

・・・・・・・原・文・の・世・界・・・・・・

11月のある晴れた日曜日。
ひとり意地を張る文三をほうって、
お勢とその母親のお政、そして昇の三人が
団子坂の観菊にやって来た。

　お政は菊細工には甚だ冷淡なもので唯「綺麗だことネー」ト云ってツラリと見亘すのみ、さして眼を注める様子もないがその代りお勢と同年配頃の娘に逢へば丁嚀にその顔貌風姿を研窮する　まづ最初に容貌を視て次に衣服を視て帯を視て爪端を視て行過ぎてからヅーと後姿を一瞥してまた帯を視て髪を視て其跡でチヨイとお勢を横眼で視て、そして澄まして仕舞ふ、妙な癖も有れば有るもので

　昇等三人の者は最後に坂下の植木屋へ立寄ツて次第々々に見物してとある小舎の前に立止ツた　其処に飾付て在ツた木像の顔が文三の欠伸をした面相に酷く肖てゐるとか昇の云ツたのが可笑しいといつてお勢が嬌面に袖を加へ、勾欄におツ被さツて笑ひ出したので　傍に鵠立てゐた書生体の男が俄に此方を振向ひて愕然として眼鏡越しにお勢を凝視めた「みツともないよ」ト母親ですら小言を言ツた位で

　漸くの事で笑ひを留めてお勢がまだ笑爾々々と微笑のこびり付てゐる貌を擡げて傍を視ると昇は居ない　「ヲヤ」と云ツてキヨロ〳〵と四辺を環視はしてお勢は忽ち真地目な貌をした

───────────

『新日本古典文学大系　明治編』18「坪内逍遙　二葉亭四迷集」（岩波書店、2002）295–296ページより抜粋

英・訳・の・世・界

  Omasa showed little interest in the displays they saw. She looked them over casually, remarking occasionally on how nice they were, but actually paid little attention to them. On the other hand, she was very interested in making a careful examination of any girl Osei's age who came by. She would look first at the girl's face, then at her clothes, her obi, and on down to the tips of her toes. After the young lady had passed, Omasa would turn her head and study the back of her obi and her hair. Then she would dart a quick sidelong glance at Osei, make a rapid comparison, and conclude in her daughter's favor. A curious habit.

  As their tour was drawing to a close, they stopped in front of a booth at the foot of the embankment and Noboru remarked that one of the figures bore a striking resemblance to Bunzō when he was yawning. Osei leaned over the railing, convulsed with laughter, and buried her face in her long sleeves. A student standing nearby turned their way and stared at her over his glasses in surprise. Omasa reminded her that she was making a spectacle of herself. Osei's laughter finally subsided and she looked up, her face still wreathed in smiles. Noboru was not at her side. Her smile vanished as she glanced about.

Futabatei Shimei. *Japan's First Modern Novel: Ukigumo of Futabatei Shimei.* Translated by Marleigh Grayer Ryan. New York: Columbia University Press, 1967. p. 264.

最終文、英語では her smile vanished とあるが、原文は「真地目な貌をした」。結局は同じことだが英語のほうは消える表現で、日本語は変わった後の表情を重視する。

● フレーズを斬る ●

原文　妙な癖も有れば有るもので。

英訳　A curious habit.

原文に比べれば英語はそれこそ「妙」にフラット。「癖」は実に多様な使い方があって、「なくて七癖」Everyone has his quirks. というくらいに「人と違ったところ」が幅を利かせている。単一的、画一的と言われる日本文化だが、とんでもない。英語で一言で訳せない「癖」の豊かな世界がこの列島に広がっている。

E　　S　　S　　A　　Y

　お祭りと言っても、お神輿(みこし)が出るわけではない。年中行事である。19世紀前半までさかのぼると江戸に菊細工が現れ、「文化の末、巣鴨の里に菊花をもて人物鳥獣何くれとなくさまざまの形を造る事」が大流行りして(『東都歳時記』)、幕末にいたって団子坂へと一極集中する。それが明治も日露戦争直後を潮に衰えたらしい。ので、『浮雲』が書かれた明治20年代をピークに、東京の秋の名物であったわけだ。夏目漱石の『三四郎』(2章)や森鷗外の『青年』(明治43年)などにも活写されている。

　部屋でふてくされる文三をよそに、お政お勢親子と昇が連れだって人だかりの中に飛び込んでいく。中国の歴史人物や歌舞伎舞台のヒーローたちを象(かたど)った菊人形を見る。というより自分たちが「見られ」に行く側面が大きく、特にお政が興味を持っているのは娘が他の子に勝っているか負けているかの一点である。お勢も、母親がはしたないぞと叱(しか)る(You're making a spectacle of yourself!)ほど奇矯な笑い声をあげるが、昇が気づかないと分かったとたん急に興ざめてしまう。

　近代小説の第一号と評価が定まっている『浮雲』だが、文体そのものを見ていくと回によって異なっているし、名詞止め、歌舞伎セリフ調、落語にも似たオーラルなリズムが一つの呼吸を作って、現代日本小説とはまったく別の魅力を織りなしている。むずかしい漢語にふつうの言葉を当てる方法で、多様な読者に対応すると同時に、それ自体独特の効果を狙っている(木像・嬌面(かほ)等(にんぎやう))。漢字と読みとの間のズレを英語で捉えられないのは残念だが、江戸から明治文学の最大の特徴の一つであったことは間違いない。

38章 「祭の晩」
宮沢賢治

写真提供：
日本近代文学館

● 作品への入り口

「山の神の秋の祭りの晩でした。亮二はあたらしい水色のしごきをしめて、それに十五銭もらって、お旅屋にでかけました。」賢治の童話は一瞬にして、読者を独特の世界へと引き込む。そこは人々が自然とともに生き、森や風や小動物たちが語りかける、色彩と音にあふれた不思議な世界である。

アセチレンの青い火に照らされた、いっぱいの屋台を眺めるうち、亮二はもじゃもじゃの髪をした大男が、村の若い者からいじめられているのに出くわした。気の毒に思った亮二が、大男の食べてしまった団子の代を払ってやると、男は風とともに消えてしまう。その夜、亮二の家の庭には、太い薪ときらきらする栗の実が、一面に投げ出されたのだった。

「おじいさん、山男はあんまり正直でかあいそうだ。僕何かいいものをやりたいな。」純朴な山男とやさしい亮二とのふれあいに心があたたまる、珠玉のような童話である。

Kenji's fairy tales draw readers into a strange world awash with color and sound, where humans live in nature alongside forests, wind and animals that talk. In this story, Ryōji comes across village youths bullying a shaggy giant during the mountain-god autumn festival. Feeling sorry for the giant, Ryōji buys him two skewers of sweet dumplings, but then the giant vanishes with the wind. Later that night, glittering chestnuts and thick pieces of firewood show up all over the garden at Ryōji's home. Ryōji tells his grandpa about the honest and courteous giant, expressing his desire to be good too. The rapport between this rustic giant and gentle Ryōji will warm the heart — a gem of a story.

原・文・の・世・界

祭りの「空気獣」という見世物で見かけた不思議な男が、
掛茶屋のほうで若者にどなられている。
お金を持っていないのに、団子を食べてしまったらしい。

「薪をあとで百把持って来てやっから、許してくれろ。」
すると若者が怒ってしまいました。
「うそをつけ、この野郎。どこの国に、団子二串に薪百把払うやづがあっか。全体きさんどこのやつだ。」
「そ、そ、そ、そ、そいつはとても云われない。許してくれろ。」男は黄金色の眼をぱちぱちさせて、汗をふきふき云いました。一緒に涙もふいたようでした。
「ぶん撲れ、ぶん撲れ。」誰かが叫びました。
亮二はすっかりわかりました。
（ははあ、あんまり腹がすいて、それにさっき空気獣で十銭払ったので、あともう銭のないのも忘れて、団子を食ってしまったのだな。泣いている。悪い人でない。却って正直な人なんだ。よし、僕が助けてやろう。）
亮二はこっそりがま口から、ただ一枚残った白銅を出して、それを堅く握って、知らないふりをしてみんなを押しわけて、その男のそばまで行きました。男は首を垂れ、手をきちんと膝まで下げて、一生けん命口の中で何かもにゃもにゃ云っていました。
亮二はしゃがんで、その男の草履をはいた大きな足の上に、だまって白銅を置きました。すると男はびっくりした様子で、じっと亮二の顔を見下していましたが、やがていきなり屈んでそれを取るやいなや、主人の前の台にぱちっと置いて、大きな声で叫びました。
「そら、銭を出すぞ。これで許してくれろ。薪を百把あとで返すぞ。栗を八斗あとで返すぞ。」云うが早いか、いきなり若者やみんなをつき退けて、風のように外へ遁げ出してしまいました。

『風の又三郎』（角川文庫、1996）80–81ページより抜粋

英・訳・の・世・界

"I'll b-bring you a hundred bundles of firewood . . . so let me go."

That made the other burst out: "You rotten liar! Who'd hand over all that firewood for two dumplings? Where're you from, anyway?"

"Th-th-th-th-that's something I just can't tell you. Let me go now." The man was blinking his golden eyes and wiping furiously at the sweat. He seemed to be wiping away some tears as well.

"Beat him up! Come on, beat him up!" someone shouted.

Suddenly, Ryoji understood everything. "I know — " he thought, "he got terribly hungry, and he'd paid to see the air beast, then he went and ate the dumplings forgetting he hadn't got any money left. He's crying. He's not a bad man. Just the opposite — he's too honest. Right. I'm going to help him out."

Stealthily he took from his purse the one remaining coin, clutched it tightly in his hand, and, pushing his way through the crowd as unobtrusively as possible, went up to the man. The man was hanging his head, with his hands resting humbly on his knees, furiously mumbling something.

Ryoji crouched down and, without saying anything, placed the nickel coin on top of the man's big foot in its straw sandal.

The man gave a start and stared down into Ryoji's face, then swiftly bent down, took up the coin, and slammed it on the counter of the stall, shouting:

"There, there's your money! Now let me go. I'll bring the firewood later. And four bushels of chestnuts." No sooner had he said this than he thrust the people surrounding him aside and fled like the wind.

Miyazawa Kenji. "Night of the Festival." *Once and Forever: The Tales of Kenji Miyazawa*. Translated by John Bester. Tokyo: Kodansha International, 1993. 203–204.

「こっそり」はいい日本語だ。stealthily は適訳と言えるが鋭いエッジがあって、「こっそり」のように、子どもが財布の中をこそこそまさぐる感じは出ない。賢治はこういう副詞をいっぱい使っている。訳者泣かせ、と考えるかいい機会とするか、訳者の心持ち次第。

● フレーズを斬る ●

原文 一緒に涙もふいたようでした。

英訳 He seemed to be wiping away some tears as well.

"wiping away some tears" の一言で大男が村の祭りで舐めた悔しさや恥ずかしさが読者に伝わる。その涙に亮二が気づくのも、いかにも少年らしい。wipe は「拭く」といっしょで、汗 (sweat)、鼻水 (snivel) にも通用する。

E　　　S　　　S　　　A　　　Y

　秋祭りの囃子の音は村や町の子どもにとって最高の楽しみだが、よそ者からすると寂しい音色だ。コミュニティーとは何の接点もなく現れた異様な大男。見物するより衆人に見つめられる対象となって、無銭飲食を口実に彼はこっぴどくいじめられている。大男こそ、この夜最大の見せ物だ。村に住む人々のふるまい、守るべき当然のルールや常識を弁えないがゆえに、人の輪からはじき出され、「ぶん撲」られる寸前のところで言葉につまり、汗と、涙を拭っている。今まで紙幣とか硬貨をあまり使ってこなかったようだ。

　村の境の向こう側から薪という宝をたくさん背負ってやってきているのに、見た目と行動の奇異さがたたって、山の神と通じて大きな力を持っていることを誰も気づかない。亮二も気づかない一人だが、そのことよりも、少年の無邪気な視線で男の心がいかに無害であるかを見透かすのである。「泣いている」ところから「悪い人でない」と単純に納得して、硬貨を取りだして、そっと置いていく。後日その報いとして一家が振る舞われる山の幸は、自然の恵みとして受け入れられ、詮索する人は誰もいない。お祭りが醸し出すマジカルな音色と動きと、人間の心に潜む不信といたわりとが流れ合う佳作だ。

XI 降り立つ美女
●愛と誘惑のJブンガク

ある時には天からの使者として、またある時には男を惑わす存在として、文学作品に登場する美女たち。
第XI部でのラインナップは、童話「かぐや姫」でもおなじみの古典『竹取物語』から、江戸川乱歩の小説を翻案した戯曲、三島由紀夫『黒蜥蜴』まで。

『竹取物語』阪倉篤義・校訂
岩波文庫

『雨月物語』
上田秋成・著／高田 衛、稲田篤信・校注
ちくま学芸文庫

『幻談 風流仏』幸田露伴
フロンティア文庫

『黒蜥蜴』三島由紀夫
学研M文庫

••インフォメーション••

『竹取物語』 The Tale of the Bamboo Cutter

今日も「かぐや姫」などの題で童話として親しまれている本作は、作者は不詳だが平安時代初期（9〜10世紀頃）に成立したという。『源氏物語』では「物語の出で来はじめの祖(おや)」と紹介される本作は、日本史上初の本格的物語と目されている。

This work took shape in the early Heian Period, but its author remains unknown. It is the oldest full-blown *monogatari* in Japan.

『雨月物語』 Tales of Moonlight and Rain

上田秋成（1734〜1809）著、安永5年（1776）刊。秋成は大坂の紙屋の養子として育つも、若い頃から俳諧や小説など文学・学問に打ち込み、後年は医業の傍(かたわ)ら国学者として活動した。『雨月物語』は9話の短篇から成る怪異小説で、日本の古典や中国小説に基づきつつ、あの世とこの世のはざまをめぐる幻想的な世界が描き出されている。

Ueda Akinari (1734–1809) grew up with literary ambitions and later became a doctor engaged with Kokugaku on the side. This story appeared in the 1776 publication of *Ugetsu monogatari*, a collection of nine tales of the strange based on Japanese classics and Chinese fiction.

『風流仏』 The Icon of Liberty

明治20年代から戦後まで、日本の近代を通じて活躍した幸田露伴（1867〜1947）の作品。本作が書き下ろし小説の単行本シリーズである『新著百種(しんちょひゃくしゅ)』の第5号として、明治22年（1889）9月に吉岡書籍店から刊行されると、まだ22歳だった露伴は一挙に文壇の主役となった。

Kōda Rohan (1867–1947) hit the literary stage at the age of 22 in 1889 with the publication of this work and remained active as a writer until after World War II.

『黒蜥蜴(くろとかげ)』 The Black Lizard

作者、三島由紀夫（1925〜1970）は、現在なお根強い支持を集める小説家であり、またすぐれた戯曲も多数発表している。『黒蜥蜴』は昭和36年（1961）12月の『婦人画報』に掲載され、昭和44年5月に単行本が刊行された。

Mishima Yukio (1925–1970), widely read as a novelist, also wrote many plays. This one, based on a detective story by Edogawa Rampo, first appeared in a 1961 edition of *Fujin Gahō*, then came out as a book in 1969.

39章 『竹取物語』

●作品への入り口

　ある日竹取の翁は根もとの光る不思議な竹を見つける。中からは一人のかわいらしい女の子が現れ、翁夫婦のもとで短期間に美しく成長してかぐや姫と名付けられた。絶世の美女として評判になった姫だったが、世の男たちの求婚には少しもなびかない。特に強く言い寄る五人の貴公子たちにも、結婚の条件として無理難題（この世に存在しないような宝物を要求）を突きつけて退けてしまう。だが、その評判はついに時の最高権力者である帝の耳にも及び、帝は自ら出仕を求めるが、そこで姫は自分が地上の人間ではないことをほのめかす。それから3年ほど経ったころ、かぐや姫はしきりに月を見て物思いにふけるようになり、実は自分が月の都の住人であることを明かす。ついに8月15日の夜、天上から月の都の王とその一行が姫を迎えに訪れ、宮中の武士を動員しての警護もむなしく姫は月へと連れ戻されていく。

A bamboo cutter comes across a bamboo root glowing strangely and finds a little girl inside. He and his wife take her home, naming her Kaguyahime, and she soon matures into a beautiful woman. Her fame as a peerless beauty draws marriage proposals, but no one can woo her, not even the five young nobles who respond to her demand for the rarest of treasures. The most powerful emperor in the land hears of the princess and puts himself forward as a suitor, but she hints at her otherworldly origins, which turn out to be the moon, which is clear from the way she gazes up longingly at it. At long last, the king of the moon descends from heaven and takes her back home.

・・・・・・・原・文・の・世・界・・・・・・

翁夫婦のもとで美しく成長したかぐや姫。
3年ほど経ったころから、縁側で月を見ては
しきりに物思いにふけるようになる。
翁は心配するが、原因はわからない。

　八月十五日ばかりの月にいでゐて、かぐや姫、いといたく泣きたまふ。人目も、今はつつみたまはず泣きたまふ。これを見て、親どもも、「何事ぞ」と問ひ騒ぐ。かぐや姫、泣く泣くいふ、「さきざきも申さむと思ひしかども、かならず心惑はしたまはむものぞと思ひて、今まで過ごしはべりつるなり。さのみやはとて、うちいではべりぬるぞ。おのが身は、この国の人にもあらず。月の都の人なり。それをなむ、昔の契りありけるによりてなむ、この世界にはまうで来たりける。今は、帰るべきになりにければ、この月の十五日に、かの元の国より、迎へに人々まうで来むず。さらずまかりぬべければ、思し嘆かむが悲しきことを、この春より、思ひ嘆きはべるなり」といひて、いみじく泣くを、翁、「こは、なでふことをのたまふぞ。竹の中より見つけきこえたりしかど、菜種の大きさおはせしを、わが丈立ちならぶまでやしなひたてまつりたる我が子を、なにびとか迎へきこえむ。まさにゆるさむや」といひて、「我こそ死なめ」とて、泣きののしること、いと堪へがたげなり。かぐや姫のいはく、「月の都の人にて父母あり。かた時の間とて、かの国よりまうで来しかども、かくこの国にはあまたの年を経ぬるになむありける。かの国の父母のこともおぼえず。ここには、かく久しく遊びきこえて、慣らひたてまつれり。いみじからむ心地もせず。悲しくのみある。されど、おのが心ならずまかりなむとする」といひて、もろともにいみじう泣く。

『新編日本古典文学全集』第12巻「竹取物語　伊勢物語　大和物語　平中物語」（小学館、1994）65–66ページより抜粋

・ ・ ・ ・ ・ ・ 英・訳・の・世・界・ ・ ・ ・ ・ ・

One moonlight night towards the middle of the eighth month Kaguya-hime, sitting outside, suddenly burst into a flood of tears. She now wept without caring whether or not people saw. Her parents, noticing this, asked in alarm what was troubling her. Kaguya-hime answered, still weeping:

"I have intended to tell you for a long time, but I was so sure I would make you unhappy that I have kept silent all this while. But I can be silent no more. I will tell you everything. I am not a creature of this world. I came from the Palace of the Moon to this world because of an obligation incurred in a former life. Now the time has come when I must return. On the night of the full moon people from my old country will come for me, and I will have no choice but to go. I was heartbroken to think how unhappy this news would make you, and that is why I have been grieving ever since this spring."

She wept copiously.

The old man cried, "What's that you say? I found you in a stick of bamboo when you were no bigger than a poppy seed, and I have brought you up until now you stand as tall as I. Who is going to take my child away? Do you think I'll let them?" He added: "If they do, it will kill me."

His distraught weeping was really unbearable to behold.

Kaguya-hime said, 'I have a father and mother who live in the City of the Moon. When I came here from my country I said it would be just for a short while, but already I have spent many years in this land. I have tarried among you, without thinking of my parents on the moon, and I have become accustomed to your ways. Now that I am about to return I feel no great joy, but only a terrible sadness. And yet, though it is not by my choice, I must go."

They both wept uncontrollably.

The Tale of the Bamboo Cutter. Translated by Donald Keene. Tokyo: Kodansha International, 1998. p. 121, 125.

英・訳・の・世・界

次のページのエッセイでも書いているが、かぐや姫が生い立ちを表明する瞬間から、周囲が彼女に向ける言葉が変わり、距離を作ってしまう。微妙な差異で、英語でそれを打ち出そうとするとわざとらしく聞こえるので、このままでいいと思う。

◀ フ レ ー ズ を 斬 る ▶

原文 我(わ)が子を、なにびとか迎へきこえむ。まさにゆるさむや

英訳 Who is going to take my child away?
Do you think I'll let them?

竹取のお爺(じい)さんにしてみれば絶体絶命の悲しい場面である。あり得ない、あってはならない事態に直面しては、日本語と同じように英語でも反語（rhetorical question）で応える。Do you think I'll let them (him, her) get away with that?（事なく済ませるか？）を受けて、No way!（絶対にさせない！）と結びたい。

E　　　S　　　S　　　A　　　Y

　日本文学のルーツから立ち上がって中世・近世・近代へと横断的に駆け抜けていく一つのモティーフが、突然、向こうの世界から我々の中に降り立ってくる「美女」である。
　よくよく考えると怖い存在でもあるが、近くにいる人に優しく接し、恋愛感情を持ち、保護・養育に対する恩義も忘れない。ただいかんせん人間ではないので物語にはハッピーエンドがつけられず、今もよく上演される芝居「夕鶴」のラストシーンではないが、早晩あの世に里帰りして、男を泣かせる。美女が持っているのはいつも一枚の、往復切符であったのだ。
　竹取翁が竹の中から三寸ばかりのかぐや姫を見つけ出して、3か月でみごとに育て上げている。姫は五人もの貴公子に求婚されるが、無理難題を言いつけて、失敗に導くのである。最高権力者の帝すら求愛してやまないのに、拒否してしまう。彼女は月明かりが優しく射(さ)し込む夜空を見上げ、時の流れも何もかも異なる月の世界へと昇天する。大事に育ててきた翁は涙にくれるしかない。その切なさこそ平安貴族に好まれた。
　光り輝く美しさは、神聖でパワフルな女性の特徴であり（天照大神(あまてらすおおみかみ)、光明皇后など）、光源氏もこの流れを汲むのだが、今回取り上げた箇所でかぐや姫が一層輝くのは、天上の人であることを周囲に初めて表しているからだろう。身分が明かされた途端、かぐや姫に対してそれまでに用いられなかった尊敬語（「泣きたまふ」）や謙譲語（「見つけきこえたりしかど…」）などが登場し、埋めることのできない人間との距離感がまず言語から表現されるところが興味深い。美しい女児の出現と消失の物語は、ここから始まるのであった。

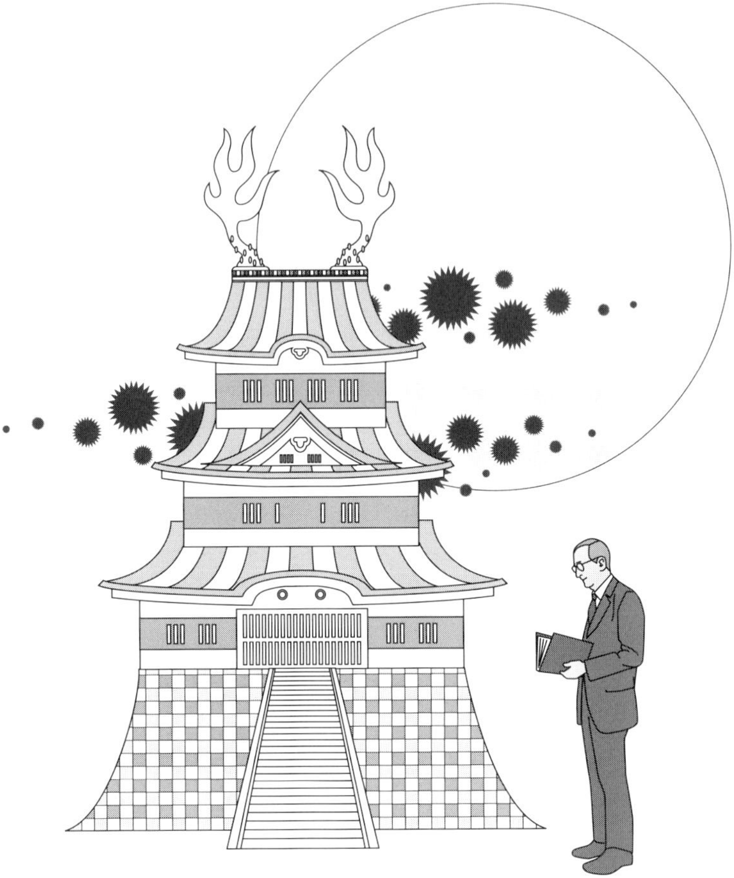

40章 『雨月物語』
「蛇性の婬(じゃせいのいん)」

上田秋成

● 作品への入り口

紀伊の国三輪(みわ)が崎に住む豊雄は、家業に目もくれず学問や文学に熱中する次男坊。ある雨の日に海岸で雨宿りをしていると、そこに真女児(まなご)という美しい女が現れる。豊雄は一目で恋に落ち契りを結ぶが、そこで真女児が贈った宝剣（なんと熊野権現(ごんげん)からの盗品）をめぐってトラブルが起こる。恐れをなした豊雄は親類の家に移り住むが、そこに再び真女児が現れる。はじめは警戒していた豊雄も、その情と美しさに負けてついには婚姻を取り結ぶ。しかし、真女児の正体は恐ろしい蛇の邪神であった。なんとか地元に逃れて富子という娘と結婚した豊雄だったが、真女児は富子に取り憑(つ)いてまで豊雄に愛を迫ってくる。「こんな妖怪に魅(み)入られたのも、のらくらと生きてきた自分の責任だ。かくなる上は……」。覚悟を決めた豊雄は真女児に正面から立ち向かい、僧の力を借りてついに真女児を調伏(ちょうぶく)する。

Toyoo has no interest in his family's business, having dedicated himself to learning and literature. One rainy day on the coast, a beautiful woman named Manago appears to him, and right away he pledges his love to her. But the jeweled sword she gives him starts causing trouble, and fear drives him into the house of relatives, only for her to reappear. He's on guard at first, but Manago's ardor and beauty overpower him and he agrees to marry her. In truth, Manago is a dreadful snake god, her love so relentless that she possesses Tomiko, whom Toyoo will later marry. And so he resolves to exorcise Manago with the help of a priest.

原・文・の・世・界

9月下旬のある日、激しく雨が降っていた。
豊雄が帰宅途中の小屋で雨宿りをしていると、
美しい女性が軒先を貸してほしいとやって来た。
豊雄はその美しさに心を動かされ、女を招き入れる。

「……此(この)家賤(あや)しけれどおのれが親の目かくる男なり。心ゆりて雨休給へ。そもいづ地旅の御宿(やど)りとはし給ふ。御見送りせんも却(かへり)て無礼(なめげ)なれば、此(この)傘(かさ)もて出(いで)給へ」といふ。

女、「いと喜(うれ)しき御心を聞え給ふ。其(その)御(み)思(おも)ひに乾(ほし)てまいりなん。都のものにてもあらず。此(この)近き所に年来(としごろ)住(すみ)こし侍(は)るが、けふなんよき日とて那智に詣(まう)で侍るを、暴(にはか)なる雨の恐(おそろ)しさに、やどらせ給ふともしらでわりなくも立(たち)よりて侍る。ここより遠からねば、此(この)小休(をやみ)に出(いで)侍らん」といふを、強(あなが)ちに「此(この)傘(かさ)もていき給へ。何の便(たより)にも求(もとめ)なん。雨は更に休たりともなきを、さて御住ゐはいづ方ぞ。是より使奉らん」といへば、「新宮の辺にて県(あがた)の真女児(まなご)が家はと尋給(たづね)はれ。日も暮なん。御恵(めぐみ)のほどを指戴(さしいただき)て帰りなん」とて、傘とりて出るを、見送りつも、あるじが簑笠(みのかさ)かりて家に帰りしかど、猶俤(なほおもかげ)の露忘(わす)れがたく、しばしまどろむ暁(あかつき)の夢(ゆめ)に、かの真女児が家に尋(たづね)きて見れば、門も家もいと大きに造(つく)りなし、蔀(しとみ)おろし簾垂(すだれたれ)こめて、ゆかしげに住みなしたり。真女子出迎(いでむか)ひて、「御情(なさけ)わすれがたく待恋(まちこひ)奉る。此方(こなた)に入せ給へ」とて奥の方にいざなひ、酒菓子種々(くだものさまざま)と管待(もてな)しつつ、喜(うれ)しき酔(ゑひ)ごこちに、つひに枕をともにしてかたるとおもへば、夜明て夢さめぬ。現(うつつ)ならましかばと思ふ心のいそがしきに朝食(あさげ)も打忘(うち)れてうかれ出ぬ。

『雨月物語』（ちくま学芸文庫、1997）288、291–292ページより抜粋

英訳の世界

" . . . This is a shabby house, but my father looks out for the man here. Please relax and wait for the rain to clear. And where are you lodging on your travels? It would be impertinent for me to escort you there, but please take this umbrella when you go." The woman said, "Your words cheer me, and I am most grateful. My clothing will surely dry in the warmth of your kindness. I do not come from the capital but have been living near here for many years. Thinking that today would be fair, I made a pilgrirnage to Nachi, but frightened by the sudden rain, I came bursting into this house, not knowing that you had already taken shelter here. I have not far to go; I shall start now, during this lull in the rain." "Do take the umbrella, please," Toyoo urged. "I will come for it sometime later. The rain shows no sign of letting up. Where is your home? I shall send someone for the umbrella." She replied, "Ask at Shingū for the house of Agata no Manago. Soon the sun will set. I shall be on my way, then, shielded by your kindness." She took the umbrella and left. He watched her go and then borrowed a straw hat and raincoat from his host and returned home; but her dew-like figure lingered in his mind, and when at dawn he finally dozed off, he dreamed of going to Manago's house, where he found an imposing gate and a mansion, with shutters and blinds lowered and the lady residing gracefully inside. Manago came out to welcome him. "Unable to forget your kindness, I have longed for you to visit," she said. "Please come inside." Leading him in, she entertained him elaborately with saké and small dishes of food. Enraptured, he finally shared her pillow, but then day broke and his dream faded. "How I wish it had been true," he thought. In his excitement, he forgot breakfast and left the house in high spirits.

From *Tales of Moonlight and Rain*, translated by Anthony H. Chambers. Copyright © 2007. Columbia University Press. Reprinted with permission of the publisher.

谷崎潤一郎の小説をいくつも英訳したベテランだけあって、秋成との相性もいいようだ。交互に続く文章の長短、静かで丁寧に綴った構文の運びなど、真女児の怖さを暗示するようである。

● フレーズを斬る ●

原文 夜明て夢さめぬ。

英訳 Day broke and his dream faded.

パッと目が覚める夢と、少しずつ眠りから押し出していってくれるような夢とがあるように思うが、his dream faded と言えば後者のほう、ほのかな面影を残しながら消えていく reverie である。一方 His dream of success ended abruptly when... とあれば夢が寸断されたことになる。日本語も英語も、同じように夢の表現には敏感だ。ちなみに Day broke は daybreak（夜明け）の動詞形。

E S S A Y

9話のうち3話が女の怪を中心に描かれている。その2話では帰ってこない男に対して女が執念を燃やし、鬱憤し、やがて幽霊となって愛欲と復讐の限りをつくす（「浅茅が宿」と「吉備津の釜」）。いわば鬼女型の物語である。これに対して「蛇性の婬」に登場する真女児はもともと蛇なので幽霊とは言いがたいが、彼女は人間の姿を借りて紀州熊野の網元の次男・豊雄に対して情欲の罠を仕掛ける。美女型怪談とでも言おうか。色に惹かれるまま自分で生死の崖っぷちへと歩を進めてゆく豊雄。本章では初対面の場面から抜粋した。

豊雄は、別れた翌日の明け方に彼女の屋敷を訪ねる夢を見る。目覚めると「県の真女児が家」を実際に探そうと出かけるが、有力者の割には地元の人で知る人はいなくて、そのこと自体不審に思わないのもおかしい。見つけると夢で見たあの家屋敷と瓜二つの構えだ。すっと中まで入って、真女児と杯を交わし、親に無断で外泊できないからと言ってひとまず家に帰る。

三度目に出会う場面では、女はすでに正体を現していたが、不憫に思う豊雄は同時に「もとより容姿のよろしきを愛でるよろこび」を知っていたので、異界の住人であることを承知の上で契りを結ぶのだ。あらゆる局面で「蛇性」のフェロモンに負ける男である。

もともと「白娘子」という中国小説を、秋成がうまく換骨奪胎（recasting）した（『警世通言』所収）。原話では自立した商人だったのを、秋成は親がかりの次男坊で文学好き、感受性が強い青年に仕立て直している。日本の小説によく見られる設定で、危険な情事の温床である。

41章 『風流仏』

幸田露伴

写真提供:
日本近代文学館

● 作品への入り口

文明開化の時代に生きる、仏像彫刻師の珠運。彼は修行のために旅をする途中、木曾山中の須原宿で、名物の花漬を売る美少女お辰と出会った。身を売られようとする彼女を助けたことから、二人のあいだには恋が芽ばえる。ところがお辰は生き別れの父、岩沼子爵によって東京へと連れ去られてしまった。珠運はお辰をあきらめられず、彼女の面影を写して生きているような仏像を刻みあげたが、お辰の婚約を伝える新聞記事を読み、絶望のあまり泣き伏してしまう。その瞬間、柔らかな腕が彼を抱いたのだった……。
仏像が動き出したのか、あるいはお辰が彼のもとに戻ってきたのか。芸術家としての情熱と、女性への思慕とが頂点に達した地点に出現する、現実と幻想が交錯する夢幻の世界。井原西鶴にならった、緊迫感のあるリズミカルな文章で描かれた美女の姿は、明治の読者たちを熱狂させた。

Shu'un is a sculptor of Buddhist images living in Japan as it modernizes. While traveling the Kiso mountain road for training purposes, he meets Otatsu, a beautiful young woman selling the local delicacy *hanazuke*. Shu'un rescues her from a life of prostitution and they fall in love, but then her long absent father Viscount Iwanuma snatches her away to Tokyo. Unable to accept this turn of events, Shu'un carves a lifelike image of her, but breaks down when he learns she is to be married. Just then, tender arms envelop him. Has the statue come to life, has Otatsu returned? At the pinnacle of his artistic passion and romantic longing, Shu'un has entered a world blending reality and illusion. Meiji readers went wild over the portrayal of this beautiful woman in rhythmic prose reminiscent of Ihara Saikaku.

・・・・・・・・ 原・文・の・世・界 ・・・・・

恋人・お辰との仲を引き裂かれた仏像彫刻師の珠運は、
お辰の仏像を刻んで彼女の姿をとどめ置こうとする。
出来上がった仏像は天女のように美しいが、
身を覆う花綴衣（はなつづりぎぬ）がうるさく思われ、
何も着せない像にしようと再び刀を研ぐ。

　腕を隠せし花一輪削り二輪削り、自己が意匠の飾を捨て人の天真の美を露はさんと勤めたる甲斐ありて、なまじ着せたる花衣脱するだけ面白し終に肩のあたり頸筋のあたり、梅も桜も此君の肉付の美しきを蔽ひて誇るべき程の美しさあるべきやと截ち落し切り落し、むつちりとして愛らしき乳首是を隠す菊の花、香も無き癖に小癪なりきと刀急しく是も取つて払ひ可笑や珠運自ら為たる業をお辰の仇が為たる事の様に憎み今刻み出す裸体も想像の一塊なるを実在の様に思へば愈々昨日は愚なり玉の上に泥絵具彩りしと何が何やら独り後悔慚愧して、聖書の中へ山水天狗楽書したる児童が日曜の朝字消護謨に気をあせる如く、周章狼狽一生懸命刀は手を離れず、手は刀を離さず、必死と成て夢我夢中、きらめく刃は金剛石の燈下に転ぶ光きら／\截切る音は空駈る矢羽の風を剪る如く、一足退つて配合を見糺す時は琴の糸断へて余韻のある如し、意斜々気昂々、抑も幾年の学びたる、力一杯鍛ひたる腕一杯の経験修練、渦まき起つて沸々と、……

『新日本古典文学大系　明治編』22「幸田露伴集」（岩波書店、2002）210–211ページより抜粋

・・・・・ 英・訳・の・世・界 ・・・・・

One blossom, then another blossom: Shuun pares away the flowers that cover up her arms; casting aside the decorations of his own design; attempting now to reveal the true natural beauty of her body. His efforts bring results: the more of the floral garment he has her disrobe, the more appealing she becomes. At last he reaches her shoulders and her neck. How could plum and cherry blossoms ever have a beauty so proud as to cover up the beauty of your flesh? He chips away and scrapes away; his blade is keen to take away the chrysanthemums concealing her plump, lovely nipples. These flowers have no fragrance. All they ever had was impudence.

A funny fellow is our Shuun! The work that he did himself he resents as if it were done by Tatsu's enemy; the nude figure he is now carving, a figment of his imagination, he believes in as if real. What has happened here, that he now castigates himself so, with solitary reproaches and regrets? Yesterday was folly. I painted mud on a jewel.

Like a child on Sunday morning frantically rubbing an eraser over the "Mountain-Water" goblins he has doodled in a Bible, Shuun works in a flustered fevered frenzy of dedicated toil, his hand not leaving the knife nor the knife his hand, furious, oblivious to self and circumstance. His sparkling blade gleams with the cascading glitter of a diamond under a lamp; that shearing sounds like the skyey rush of arrows as they slice straight through the wind. When he steps back to assess form and balance — *kyū, kyū!* — his heart rings, and — *kō, kō!* — his spirit sings, like the reverberations of a *koto* string that has snapped. He is filled with the power he acquired and the skills he mastered over years of training and experience: now all of that comes boiling, swirling, coursing into his fist.

Kōda Rohan. *The Icon of Liberty*. Translated by Kyoko Kurita and James Lipson. *The Columbia Anthology of Modern Japanese Literature*. Edited by J. Thomas Rimer and Van C. Gessel. New York: Columbia University Press, 2005. p. 141.

英・訳・の・世・界

きれいに分節化されない「前近代」的な露伴の文章は訳しにくい。まずどこで切るか、を決めないといけない。訳者がセミコロン (;) やダッシュ (—) を多用するのもよく分かる。

◀ フレーズを斬る ▶

原文 想像の一塊なるを
英訳 a figment of his imagination

意外にもよく使われる慣用句の一つ。figment は「絵空事」。She must be a figment of his imagination.「夢にまで見るあの子、本当は夢だったんじゃないの？」という具合に、恋の虚々実々に対して吐く上等な台詞(せりふ)である。

E　　S　　S　　A　　Y

　会えないのなら恋人は仏に見立て、木に刻み、永く誰にも邪魔されずに姿を拝み続けようと、珠運は刀を取り上げる。「惚れた眼からは観音の化身(けしん)かとも見れば誰にも遠慮なく後光輪(ごこう)まで付(つけ)て」と、露伴は若者の妄想を愛おしむように筆を進めている。生き別れたお辰は芸術家の技と情熱によって再現され、目の前に生動する。

　美女が「降り立つ」前に、一度肖像として描かれる（刻まれる）。そういう話は実は中国でも日本でもよく見るシチュエーションで、とくに幕末の日本では、志士を含めた多くの男性詩人が、絵の中に描かれた女性に対して讃詩と美文を書き残している。絵の中にのみ「存在する」彼女たちのことを私は「画美人」と呼んでいる。無口で従順、永遠に年を取らず、そして囚(とら)われの身で見る人に独占され得るなど、おもしろい特徴がいくつもある。

　お辰もその仲間の一人とも言えそうだ。しかし最後に彫刻から抜け出てくるところは、むしろ怪談的な展開と言える。和漢の怪異小説では、絵に閉じこめられた女の霊は優しい詩歌の告白で呼び覚まされるが、本章で紹介する場面では、珠運は一旦刻み込んだ花衣を一心不乱に削ぎ落とし、裸に変身させるのだ。一糸まとわぬ (stark naked) 仏像が動き始めるときには、珠運はもう恍惚の人であり、その心に寄り添って語られているシーンのどこまでが現実、どこからが妄想かを読者もよく見分けがつかない。古典世界の「怪異」と、近代的な恋愛と芸術論が出会う分岐点のような小説である。

ブンガクこらむ

日本文学を英語で読むということ

　わたくしが専門にしているのは日本の江戸文学、なかでも日本人の書いた漢詩漢文学である。この分野は、ぞくっとするほど面白い作品がいっぱいあるが、日本人学生の間ではすこぶる不人気。「不人気」というよりも、「不可解」。高校時代から何となくこなしていたが今や無用の長物になっている。悲しいかな、いきなり「漢文！」と言われても、大学1年生が食いつかないのも当たり前の話ではある。

　そういう漢文作品を、わたくしはアジアの古典文学として大学2年生のときから英訳で読みあさっていた。『荘子』から『史記』、李白など盛唐の詩人、『三国志演義』、その間に『日本書紀』、『将門記』、頼山陽等々、あまり国を考えずにあるものから手当たり次第に探っていた。英語で書かれているから、日本語でアプローチするときよりハードルが低い。つまり原文が和文なのか、漢文なのか、が目に入らないので学力を心配せずともすらすら読めてしまうのである。最初に気軽に読めたことは今にしてみればとてもよかったと思う。わたくしも日本の高校で学んだのなら、受験後、古い参考書といっしょに「漢文」をゴミ箱に捨ててしまったに違いない。

　上に書いたのはほんの一事例。要は英語という遠い地点から振り返って見ると、誰でも大きいと感じている距離は縮んでしまうということである。今の若い人の多くは、夏目漱石の小説も注釈無しでは読みづらいと言う。数年後、『坊つちゃん』の現代語訳もきっと出るであろう。英語以上に、どんどん変わっていく日本語の書き言葉だが、全体を見わたす頑丈な展望台として、英語をブラッシュアップして、日本を観察してみては如何でしょうか。

42章 『黒蜥蜴』
三島由紀夫

写真提供：
日本近代文学館

● 作品への入り口

大阪中ノ島に立つホテルのスイートルーム。誘拐の予告を受けた富裕な宝石商の令嬢、岩瀬早苗は、一家が懇意にしている緑川夫人と名探偵明智小五郎が見張る部屋の中で、父親とともに鍵をかけて寝ているはずだった。ところが予告された深夜12時を過ぎ、一同が早苗のベッドを見てみると、寝ていたのはなんと、早苗のネグリジェを着た人形だった！

早苗の身と、岩瀬家が秘宝とするダイヤモンド「エジプトの星」をめぐり、明智小五郎と女賊「黒蜥蜴」が繰り広げる虚々実々の駆け引き。二人はともに好敵手と認めあうなか、かすかに心を通わせるが、やがて決着をつけねばならない時が来る。作者は江戸川乱歩の探偵小説を原作に、たがいに惹かれつつも相容れない男女の心理劇を、あざやかに展開してみせた。

A hotel in Osaka's Nakanoshima. After receiving a kidnapping threat, Iwase Sanae and her father, a wealthy jeweler, sleep in a suite guarded by Madam Midorikawa, a family friend, and Akechi Kogorō, the great detective. Or so it seems, because after midnight when all concerned go to check up on Sanae in bed, they find instead a doll dressed in her negligee. A tactical duel full of trickery ensues between Kogorō and the woman thief Black Lizard over the missing girl and the "Egyptian Star," a diamond treasured by her family. The moment of truth ultimately arrives after a psychological drama of mutual attraction and repulsion plays out brilliantly between these worthy opponents.

・・・・・・・原・文・の・世・界・・・・・・・

第三幕第一場、怪船の船内にて。
誘拐した早苗がやけに強気でいることから、
黒蜥蜴は長椅子に隠れていた明智小五郎に気づいた。
船員たちに目くばせして、椅子ごとロープで縛らせる。

黒蜥蜴　明智さん、これでお別れよ、寒い春の海の底のはうに、長椅子の形をしたあなたのお墓ができるんだわ。（応答がない）え？　なぜ返事をしないの？　なぜ？　これが私たち二人ですごす最後の時間なのに。……（ヂつと長椅子を見つめる。耐へられなくなつて、長椅子の傍らへ走り寄り、床(ゆか)にひざまづいて、長椅子をかき抱くやうにする）可哀想に！　可哀想に！　恐怖のために口も利けないのね。まあ、このひどい動悸。くねらしてゐる体のうごき。可哀想に！　私の中であなたがあばれてゐるやうな気がする。手足を突つ張つて、出口を求めて、……でも、だめなのよ。あなたの前にあるのは死、それだけだもの。……まあ、こんなに喘(あへ)いで、むだと知りながらこんなに身悶(もだ)えて、……汗をかいてゐるでせうね。その汗をすぐ冷たい春の潮(うしほ)が冷やすわ。……明智さん、今なら何でも言へるわね、今なら。あなたの耳は逐一聞いても、やがて海の水がその耳に流れ込んで、すべてを洗ひ流してくれるから。（長椅子に接吻する）私の接吻がわかつて？　西陣織の織物ごしの、こんな私のまごころの接吻があなたにはわかつて？（中略）あなたの体が海の底で冷やされても、あなたの体のそこかしこに、赤い海藻のやうに私の接吻がまつはつてゐる筈だわ。……今こそ素直に言へるんだわ。明智さん、もう決して返事をしないで！　海へ沈むまで黙つてゐて！　私、今まであなたみたいな人に会つたことがなかつた。はじめて恋をしたんだわ、この黒蜥蜴が。あなたの前へ出ると体がふるへ、何もかもだめになるやうな気がしたわ。そんな私を、そんな黒蜥蜴を、私はゆるしておけないの。だから殺すの。つまらない誘拐事件の怨(うら)みつらみで殺すのぢやないわ。わかつて？

『決定版　三島由紀夫全集』第23巻（新潮社、2002) 597–598ページより抜粋

英・訳・の・世・界

BLACK LIZARD: Akechi, this is farewell. Soon, at the bottom of the cold spring sea, your grave will appear in the form of this sofa. *(No answer.)* Why don't you say anything? These are our last moments together. *(She watches the sofa carefully. Then, unable to hold back any longer, she rushes to the sofa and kneels on the floor beside it. She reaches out as though embracing it.)* Oh how sad! You poor thing! You are so frightened that you cannot speak any more. Listen to that furious heartbeat. Look at the way that twisted body struggles and gropes desperately searching for escape. Oh, how sad! I feel as though you are writhing inside of my own body. Your hands and feet stretch out wildly, but it's no use. The only thing that awaits you now is death. That's all. How you struggle, even though you know there's no hope. You must be covered in sweat. Soon, even that hot sweat will grow cold in the tides of the spring sea. Akechi, now I can say anything I want to you. Now I can tell you all my secret thoughts, because soon the icy seawater will wash my words from your ears. *(She kisses the sofa.)* Did you feel that? The sincere passion in my heart must surely have made my kisses felt, even through the thick Nishijin brocade that covers this sofa. [. . .] Even though your body will sink to the bottom of the icy sea, my kisses will cover every inch of your body like long strands of red seaweed. Now I can speak honestly to you. Akechi, please do not say anything. Keep silent until the moment you sink into the sea. Akechi, in all my life, I never met anyone like you. I fell in love for the first time; I Black Lizard! I can't forgive you, so I must kill you. I am not killing you because of the trivial complications of a kidnapping case. Do you understand?

Mishima Yukio. *The Black Lizard*. Translated by Mark Oshima. *Mishima on Stage: The Black Lizard and Other Plays*. Edited by Laurence Kominz. Michigan Monograph Series in Japanese Studies, Number 59. Ann Arbor: Center for Japanese Studies, the University of Michigan, 2007. pp. 298–299.

大変な長台詞。カンペがないと読めないよ……若い女優の悲鳴が聞こえるようだ。一幕のクライマックス、一度思い入れたっぷりに音読してみたい。

◆ フレーズを斬る ◆

原文 今なら何でも言へるわね
英訳 Now I can tell you all my secret thoughts.

明智をあやめようとする最中にささやいた、誘惑の毒言。もっと穏やかなシチュエーションを想像すると、相手の secret thoughts（取っておいた秘密の想い）はいつでも気になるもので、「教えようか」と言われるとうれしいものである。

E S S A Y

　剝製(はくせい)にされた青年に扮(ふん)する三島由紀夫の側に黒蜥蜴こと美輪（当時丸山）明宏がそっと寄り添って接吻する、というワンシーンを思い出す読者も多いだろう（映画『黒蜥蜴』、深作欣二監督、1968年）。生き人形と化したこの戯曲の作者は、「円盤投げの姿勢で全身の筋肉を隆起させている全裸の日本青年」となっている（戯曲『黒蜥蜴』）。その隣に艶冶(えんや)な姿で足を斜めに座る全裸（stark naked）の金髪娘の人形がいる。誘拐された早苗（実は替え玉！）もこの夜殺され、黒蜥蜴の「恐怖美術館」に飾られる予定なので、人形を見ながらぶるぶる体を震わせている。『風流仏』(41章)のお辰の話とはずいぶん違う、実物が形を変え、「生きた」肖像に変身するというストーリーである。見る人も思わず息を呑(の)む。エロティックな死の影が豪奢(ごうしゃ)に舞う空気が舞台を流れている。トリックが重なり、「地上に降り立つ美女」＝悪党であることにすっかり頷(うなず)くのだ。

　「宝石は自分の輝きだけで充ち足りている透きとおった完全な小さな世界」……表向きは社交界のマドンナ緑川夫人、実は窃盗団の女ボスで宝石ばかりか美男美女の身体までもむさぼってみせる女賊「黒蜥蜴」の話である。名探偵・明智小五郎(35章にも登場)は彼女の好敵手として対決に挑む。東京タワーの展望台でエジプトの星をゲットした黒蜥蜴は、その夜、逃亡する船の中で明智の気配を感じている。何とソファの中に隠れている（と彼女は思いこんでいる……）。大きなソファを撫(な)で回し、口づけしながら、甘美で凄艶(せいえん)な独白を探偵にささやいている。「好きだから殺すの」、の名台詞で悪女の寂しさが浮き立ち、暗い海をいっそう暗く彩るようである。

XII 愛憎のブラッド・ブラザーズ
●兄弟のJブンガク

助け合い、時には憎しみ合うけれども、
深い絆(きずな)で結ばれている兄弟という存在。
第XII部でのラインナップは、曾我兄弟の敵討ちを題材とした軍記物語『曾我物語』から、恋愛ごとには不慣れだけど、穏やかに暮らす兄弟の日常を描いた、江國香織『間宮兄弟』まで。

『曾根崎心中 冥途の飛脚 心中天の網島』
近松門左衛門・著／諏訪春雄・訳注
角川ソフィア文庫

『四十一番の少年』井上ひさし
文春文庫

『間宮兄弟』江國香織
小学館文庫

••インフォメーション••

『曾我物語』 The Tale of the Soga Brothers

作者未詳。鎌倉政権成立期に起こった敵討ち事件を追った軍記物語で、14世紀後半には成立していたかと考えられている。本作はその後、謡曲や演劇において「曾我物」として受容され、特に江戸時代の歌舞伎では新春の吉例として上演される定番の演目となった。

This military tale follows the events surrounding a Kamakura-Period revenge plot. The tale probably took shape in the second half of the 14th century, but its author remains unknown. The story lived on in theatrical adaptations and became a Kabuki standard during the Edo Period.

『心中天の網島』 The Love Suicides at Amijima

近松門左衛門（1653〜1724）作の浄瑠璃。享保5年（1720）初演。近松は武士の家に生まれるが青年期に公家奉公を経て劇作者としてデビューする。代表作「曾根崎心中」をはじめ人間の悲劇を巧みに描く作風を得意とし、大坂竹本座の専属作者として数々のヒットを飛ばしながら人形浄瑠璃を大きく発展させた。

This work of *jōruri* by Chikamatsu Monzaemon (1653–1724) was first performed in 1720. Though a samurai, Chikamatsu debuted as a court playwright, going on to create many theatrical hits at Osaka's Takemoto-za.

「汚点」 "Stain"

井上ひさし（1934〜　）は、ユーモアと批評精神に富んだ作風で知られる、小説家にして劇作家。「汚点」は、昭和47年（1972）6月の『別冊文藝春秋』に発表された作品である。

Inoue Hisashi (1934–), the novelist and playwright known for his humor and critical turn of mind, wrote this work for a young audience. In 1972 , it was published in the June edition of *Bessatsu Bungei Shunjū*.

『間宮兄弟』 The Mamiya Brothers

江國香織（1964〜　）は、みずみずしい繊細な感覚によって現代人の日常や恋愛を描き出し、高い人気を集める作家である。『間宮兄弟』は『女性セブン』に平成15年（2003）7月10日から翌16年1月1日まで連載され、同年10月に単行本が刊行された。

Ekuni Kaori (1964–) captures the lives and loves of people today with a delicately fresh sensibility that's made her widely popular. *Josei Sebun* serialized this work from 2003 to 2004 before it came out as a separate volume in 2004.

43章 『曾我物語』

● 作品への入り口

　伊豆国の武士河津祐通(かわづのすけみち)は、所領をめぐるトラブルから同国の武士工藤祐経(くどうのすけつね)に暗殺される。祐通には一万(いちまん)(兄)と箱王(はこおう)(弟)の二人の息子がいたが、母親は二人に「二十歳になるまでに必ず祐経を討ちなさい」と教え込む。その後相模国(さがみのくに)曾我に移った母は、息子たちが父の敵討(かたきう)ちを相談する様子を見て血相を変える。祐経を討てば、その主君、源頼朝への謀反を意味する。母はかつての教えを後悔しつつ兄弟をたしなめるが、二人はその後も密(ひそ)かに敵討ちの機会を窺い続ける。兄弟は元服してそれぞれ曾我十郎祐成(そがのじゅうろうすけなり)、五郎時宗(ごろうときむね)と名乗り、頼朝が富士野で催す大規模な狩りを決行の舞台として定めると母に最後の暇乞(いとまご)いをする。そして建久4年(1193)5月28日の夜、兄弟は祐経を討ち取る。十郎はその場の戦闘で息絶え、五郎も尋問の後処刑されるが、頼朝は兄弟の勇壮さに感じ入って、曾我の人々に兄弟を厚く供養するよう命じた。

Kawazu no Sukemichi of Izu gets assassinated by Kudō no Suketsune. His two sons are instructed by their mother to avenge their father's death by the time they turn 20. After moving to Soga some years later, the mother turns pale as she witnesses her sons plotting revenge. To follow through with the revenge now would mean rebelling against Suketsune's powerful lord, Minamoto no Yoritomo. But they apprehend him anyway during a massive hunt led by Yoritomo near Mt. Fuji. The older brother, Soga no Jūrō Sukenari, breathes his last in the ensuing struggle. The younger, Gorō Tokimune, survives only to be executed. Nevertheless, Yoritomo acknowledges their heroism, stays punishment to their families and orders everyone to honor the brothers' memory.

原 ・ 文 ・ の ・ 世 ・ 界

父の敵討ちの決行のため、曾我の館を出た
兄・十郎祐成と弟・五郎時宗は、母に呼び戻される。
親子で杯を交わした後、母は「他人と言い争いをするな、
大名の子を相手に争ってはいけない」と二人を諭す。

「……弟進まば、兄なれば十郎殿、制し給ふべし。また、五郎も心を添へ、互ひに助け合ひ給ふべし。当時の心向きは知らねども、箱王殿幼かりし時も、物の心得ありしほどに、兄の命は背き給ふまじ。構へて互ひに仲良く助けとなり給へ」とありければ、五郎は思ふこと色に出ださざりけるが、十郎は涙を浮べ、「御教訓を承るもただ今ばかりのことよ」と思ふに、不覚の涙、漏れ出でければ、色に見えじと急ぎ出でにけり。母は見給ひ、「御酒、今一つはいかに」と仰せければ、涙に暮れて目も闇く、妻戸の障子の縁に足を障へ、俯しにぞ倒れける。さりげなきやうにもてなし、空笑ひして、「袴の括りが懸りける」と言ひければ、母、これを見給ひ、「今日の道をば留まり給へ。首途に倒るることこそ然るべからね」と宣ひければ、五郎これを承り、「馬も乗る者こそ落ち候へ。道行く者の倒るるは、皆、常の習ひなり。京・鎌倉の間にて倒れもし、馬よりも落つる者こそ多く候へ。さればとて、その道を留まる人や候ふ。さ申さば、道行く人は候はじ」とて、心閑かに三度飲みてぞ出でにける。誠に心強くぞ覚えける。

『新編日本古典文学全集』第53巻「曾我物語」(小学館、2002) 245–246 ページより抜粋

・・・・・英・訳・の・世・界・・・・・

"As the older brother, Jūrō should restrain Gorō from going too far on his own. Gorō needs to be vigilant, making sure to lend Jūrō his full support. I am uncertain of Gorō's temperament now, but when he was a boy he possessed discernment and never disobeyed Jūrō's orders. By all means make sure you two stick together and help each other out," said their mother. Gorō did not reveal his feelings, but Jūrō's eyes filled up with tears at the thought that this would be the last time they would listen to her counsel. He could not hold back his tears and tried to hide them by rushing out of the room. Watching him go, she said, "How about another cup of sake," whereupon Jūrō, unable to see through his tears, tripped over the edge of the sliding paper door and fell down. He forced a smile and pretended nothing had happened, saying "The cord of my *hakama* skirt got caught." "Do not depart today son," rejoined their mother. "Falling down before leaving is bad luck." Gorō responded: "It is normal to slip off a horse or trip on the road. It happens to people all the time between Kyoto and Kamakura. Yet does this keep them from traveling? If it did, then no one would ever travel." Fully composed, he drank down three cups of sake and left the room — a truly reassuring gesture.

原文が古い文章で、親子の別れでもあるので、自ずと品位が備わる。英語の訳が少しゆっくりめに読めるのもそのせいだろう。それにしても「袴」の訳は難しいのである。

● フレーズを斬る ●

原文 互ひに仲良く助けとなり給へ

英訳 Make sure you two stick together and help each other out.

「仲よくしようね」を Let's stick together! と訳すこともできるが、もともとの意味が「くっついていようね！」ということから分かるように、バラバラにならずに済むことが大切だ。いっしょに困難を乗り越えていこう、というニュアンスがポイント。sticking together in hard times こそ、兄弟の敵討ちのモットーと言えそうだ。

E S S A Y

　江戸時代の教育といえば、人間関係をどう作っていけばいいかが最大のポイントであった。たとえば殿様には忠実であらねばならないが、長い間戦争が起きない社会にあっては「忠義」をどう実現するか、とか、親の恩に報いたいが無理難題をぶつけるような親に対してどこまで「孝行」をしなければならないのかなど、具体的なケースを歴史の中から拾い出しては若者に読ませた。また生涯を通して、人が取るべき正しい行動の見本、逆に反面教師のような人物たちが登場する歴史書や小説などを個々人が選んで読み、周辺にも読み聞かせるという習慣があった。義務教育がない時代に、克明なモデルを持つことはとても大事であったはずだ。

　人間同士の間柄はさまざまだ。基本的に君臣・親子・夫婦・兄弟・友人といった類の分け方にしたがって、物語の主筋とサブプロットを打ち立てることが多い。「君臣」と「親子」の物語に比べて数こそ少ないのかもしれないが、日本では、中世から近世を通して、「兄弟」のストーリーを中心にすえた伝説と作品世界がかなり広く、多岐にわたる。その白眉が曾我兄弟の物語だ。小説から能、浄瑠璃、歌舞伎にいたるまで、兄弟の敵討ちを題材とする「曾我物」はかつて、太い一本の流れを日本文学と演劇の真ん中に通していた。

　兄弟それぞれに明白な性格が与えられている。兄は沈着冷静で「さわがぬ男」、弟はこれに対して些細なことでもがまんができず、すぐ喧嘩を吹っかける「たまらぬ男」の典型だと物語の中でもはっきりと捉えている。対照的な二人だが、心が一つの目標——父の敵討ち——に向かったときに兄弟としての絆が目に見えて深く、雄々しく浮き立つようである。

44章 『心中天の網島』

近松門左衛門

写真提供:
国立国会図書館

●作品への入り口

紙屋の主人治兵衛と曾根崎新地の遊女小春は仲を裂かれて心中を約束していた。しかし、兄の孫右衛門が素性を隠して小春に尋ねると、「私、実は死にたくないんです……」。立ち聞きした治兵衛は逆上し暴れるが、孫右衛門は弟をたしなめ、二人に縁切りの証文（誓約書）を書かせる。程なく小春が治兵衛のライバルの太兵衛に身請けされるという噂が流れるが、なぜか治兵衛の妻のおさんがそれを聞いて青ざめる。聞けば小春が縁切りを決意したのはおさんが密かに手紙で依頼したからなのだという。「彼女ほど義理堅い人なら自殺しかねません。どうか彼女を身請けして救ってください」。おさんの言葉に治兵衛は財産をかき集めるが、治兵衛の不行跡に怒る舅が折り悪しく現れ、おさんを離縁させる。複雑に絡み合う義理の中で行き場を失った二人は、網島に至り着いて心中を遂げる。

Jihei, a paper store owner, and Koharu, a prostitute at Sonezaki, have vowed to commit double suicide since their love is doomed. Jihei's older brother Magoemon is anxious and makes the lovers vow to separate. Shortly thereafter, Osan, Jihei's wife, hears a rumor that Koharu has ransomed herself to Tahei, Jihei's rival. She goes pale because she had written Koharu a letter asking her to leave Jihei. Osan convinces Jihei to ransom Koharu with family possessions, but her father shows up angry, forcing Jihei to divorce his daughter. Entangled in duty, Jihei and Koharu have lost their way and eventually commit suicide together in Amijima.

・・・・・・原・文・の・世・界・・・・・・

小春に「実は心中したくない」と言われて
逆上する治兵衛を、客が柱に縛りつける。
そこへやって来たライバルの太兵衛はその姿を見ると、
盗みをしたに違いないとはやし立てるが、
逆に侍客と治兵衛にさんざんに踏みつけられ、逃げていった。

　　　地色中
　　　ひとだち　　　　　　　　　　ハル　　と　　　　づきん　　　　　　めんてい　　　　　　　まごゑもん
人立すけば、侍立ち寄つて、縛り目解き. 頭巾取つたる面体. ヤア孫右衛門
どの　　　　　　　　　　　　めんぼく　　　　　　　　ウ　　　　　　　　スヱテ
殿、兄ぢや人. アツア面目なやと、どうと座し. 土にひれ伏し泣きゐたる.
　　中ウ　　　　あにごさま　　　　　　　　　　ハル　　　　　　　　　　　　　　　ぐら　　　　　色
　　さては兄御様かいのと. 走り出づる小春が胸倉取つて引つ据ゑ. 畜生め.
　きつね　　　　地色ハル　　　　　　　　　　　　　　　　　　　　　　　　　　　色
狐め. 太兵衛より先、うぬを踏みたいと、足を上ぐれば、孫右衛門. ヤイ〳
　　詞
〵. そのたはけから事起る. 人をたらすは遊女の商売. 今目に見えたか. こ
　　　　　　　　　　　　　　　　いちげん　　　　　　　　　　　　　　　　　なじみ
の孫右衛門は、たつた今、一見にて女の心の底を見る. 二年余りの馴染の女.
心底見つけぬうろたへ者. 小春を踏む足で. うろたへたおのれが根性をなぜ
　　　　　　　　　　　　　　　　　　　　　　　　　　　　　　　　かんたらう
踏まぬ. エ、是非もなや. 弟とはいひながら、三十におつかゝり. 勘太郎、
すゑ　　　　　　　　　　　　　　　　　　　　　けんぐち　　　　　　　しんだい　　　　　わきま
お末といふ、六つと四つの子の親. 六間口の家踏みしめ. 身代つぶるゝ弁へ
　　　　　　　　　　　　　　　　　しうと　　をばむこ しうとめ　　を
なく. 兄の意見を受くることか. 舅は叔母婿. 姑は叔母ぢや人、親同然. 女
　　わ　　　　　　　　　　　　いとこ　　　　　　　　えんじや　　　　　おやこなか
房おさんは我がためにも従兄弟. 結び合ひ〳〵、重々の縁者、親子中. 一家
さんくわい　　　　　　　　　　そねざき　　　　　よ
一門参会にも. おのれが曾根崎通ひの. 悔みよりほか余のことは何もない.

『新編日本古典文学全集』第75巻「近松門左衛門集2」(小学館、1998) 399ページより抜粋

英・訳・の・世・界

NARRATOR: . . . When the crowd has dispersed, the samurai approaches Jihei and unfastens the knots. He shows his face with his hood removed.

JIHEI: Magoemon! My brother! How shaming!

NARRATOR: He sinks to the ground and weeps, prostrating himself in the dirt.

KOHARU: Are you his brother, sir?

NARRATOR: Koharu runs to them. Jihei, catching her by the front of the kimono, forces her to the ground.

JIHEI: Beast! She-fox! I'd sooner trample on you than on Tahei!

NARRATOR: He raises his foot, but Magoemon calls out.

MAGOEMON: That's the kind of foolishness responsible for all your trouble. A prostitute's business is to deceive men. Have you just now waked up to that? I've seen to the bottom of her heart the very first time I met her, but you're so scatter-brained that in over two years of intimacy with the woman you never discovered what she was thinking. Instead of stamping on Koharu, why don't you use your feet on your own misguided disposition? — It's deplorable. You're my younger brother, but you're almost thirty, and you've got a six-year-old boy and a four-year-old girl, Kantarō and Osue. You run a shop with a thirty-six foot frontage, but you don't seem to realize that your whole fortune's collapsing. You shouldn't have to be lectured to by your brother. Your father-in-law is your aunt's husband, and your mother-in-law is your aunt. They've always been like real parents to you. Your wife Osan is my cousin too. The ties of marriage are multiplied by those of blood. But when the family has a reunion the only subject of discussion is our mortification over your incessant visits to Sonezaki.

Chikamatsu Monzaemon. "The Love Suicides at Amijima". *Early Modern Japanese Literature: An Anthology, 1600–1900.* Edited by Haruo Shirane. New York: Columbia University Press, 2002.

・・・・・・英・訳・の・世・界・・・・・

"Narrator"とあるのは義太夫語りが人物としてではなく、ニュートラルな立場から状況を説明しているから。このように人物ごとに切り出してみると、現代の読者には読みやすいだろう。原文より、英訳のほうがすらすらいける読者も多いのでは？

44章 心中天の網島

● フレーズを斬る ●

原文 兄の意見を受くることか

英訳 You shouldn't have to be lectured to by your brother.

「意見」とは「いましめ」のこと、目上からの説論、忠告、英語では admonition という難しい単語もあるにはあるが、ふだんは lecture と言う。Please don't lecture me about my looks.（格好のことなんか、アンタに言われたくない）のように、動詞として活用することもできる。ここで孫右衛門は lecture を通り越して、弟をねっちり nag（がみがみ小言を言う）しているところが見どころだ。

E S S A Y

　長い日本文学史に、これほど手のかかる弟はいただろうか。商人の孫右衛門が侍に扮して小春の真意を質している最中に治兵衛が逆上して刃物で一突き、幸い小春には怪我はないがこれは立派な犯罪。心変わりに腹を立て女性に危害を加えようとする意味では、尾崎紅葉の『金色夜叉』、熱海海岸に立つ貫一も思い出されるが（15章）、ここ世話物（当時の現代劇）浄瑠璃の世界では、愛のしがらみはファミリー全体でぶつかり、悩み、解決するものだった。

　孫右衛門は治兵衛の頭を冷やさせようと格子にくくりつけるが、そこへ太兵衛が現れ、陰気に小突き回す。兄は黙っていられない。縛ったまま弟に太兵衛の顔面を踏ませてやる。懲りない弟が兄に抑えられ、敵に一発食らわして溜飲を下げる。滑稽な展開に曾我十郎・五郎の絆と志を連想する。難波の商人とて、性格が180度違うほどに、兄弟としてのユニット感、兄が弟に対して抱くもどかしさと愛情が逆にありありと立ち上がって見える。

　このように、厳しく諌めても、弟は可愛いもので、ほうっておけない存在だ。不甲斐ない弟、どれだけ兄に助けられ、兄を苦しめたのか。小春と治兵衛はやがて駆け落ちを決意して、夜中大坂の橋を何本も渡りながら（名場面「名残の橋尽し」）、家と店を離れ、この世を去っていく。その間、幼い甥の手を引きながら「弟ゆえに気を砕く」孫右衛門は街を歩き回って、必死に弟の行方を探している。いったいどこに隠れている、「今まで会はぬは何事」と、おろおろ涙の独り言を洩らしているのを、治兵衛は影で聞きつけて、兄の気持ちに応えられなかった自分を呪いながら、無言の涙を流していた。

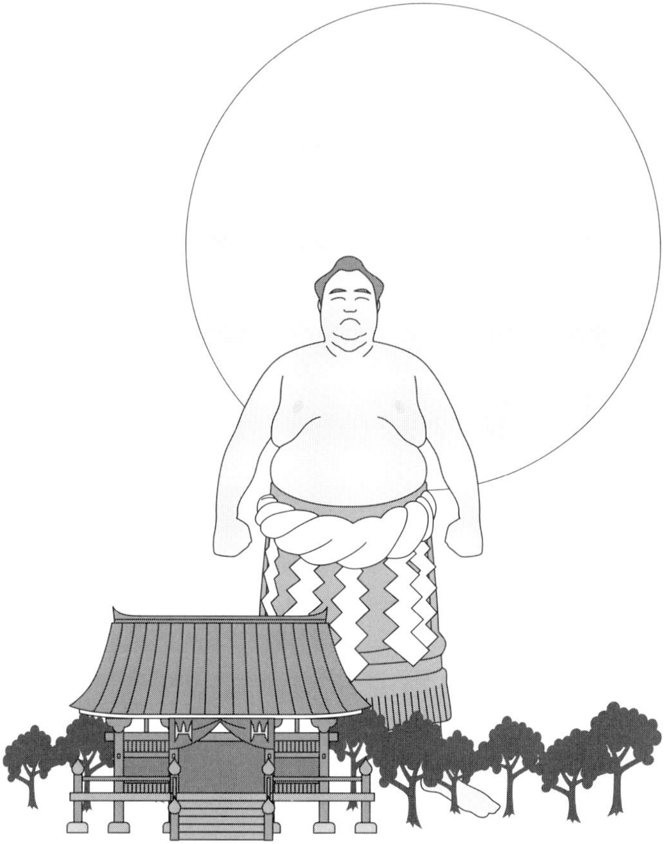

45章 「汚点」
井上ひさし

写真提供：共同通信社

● 作品への入り口

修道士たちが運営する孤児院に暮らす「ぼく」は、母が以前働いていたラーメン屋に預けられている幼い弟の身を案じていた。弟からの葉書に汚点があるのを見ると、どうやら弟は働かされており、その合間にこの葉書を書いたらしいのだ。やきとりの屋台を出している母に聞くと、弟は母が借りた金のかたとなっており、それを返してしまうまでは取り戻せないらしい。葉書の汚点は次第に大きなものになってゆき、ついには主人にぶたれていることまで書いてあった。たまらなくなった「ぼく」は院長に、全日制高校への進学をあきらめるかわり、自分の学費になるはずだったお金を貸してほしいと頼みこむ。そして「ぼく」はその金を持って、弟を迎えに電車に飛び乗ったのだった。戦後の東北地方を舞台に、離ればなれのつらい生活を送りながら相手の身を気づかう兄弟の姿が、情感深く描かれている。

The narrator lives in an orphanage run by monks, and he's worried about his younger brother, who's been entrusted to the ramen shop where their mother once worked. The stains on the postcards the older brother receives suggest that his little brother has already been put to work. Then he finds out from his mother that the shop won't release his younger sibling until her debt has been repaid. The postcard stains get bigger. The sender writes that his master beats him. And so the older brother takes off on a train with money borrowed from the orphanage head, money meant for his own high school tuition. Set in post-war Tōhoku, this story about mutually anxious brothers is told with deep feeling.

・・・・・・・原・文・の・世・界・・・・・・

母と弟と離れて孤児院で暮らす中学3年生の「ぼく」。
母親の借金のかたになっている小学4年生の弟は
ラーメン屋康楽(こうらく)に預けられ、働かされているらしい。
心配する「ぼく」のもとに、弟から葉書が届く。

　弟からの葉書にはまた汚点(しみ)があった。所書きの斜め上方に、大きさ五粍(ミリ)四方の緑の点があったのだ。小学生から虫眼鏡を借りて、詳しく調べたところ、それは、韮(にら)の細片だった。弟は韮の細片の散らばったカウンターの上で、出前や店の仕事の暇を見て、ぼくに葉書を書いたのだろうか。

　しかし、弟の筆蹟は元気よく跳ねていた。

「母ちゃんから手紙がきました。うれしくてなりません。母ちゃんがむかえにくるまで、ぼくは元気でがんばります。今日、どんぶりを四つ割ってしまいました。ラーメン屋のおじさんは、ぼくをぶとうとしました。でも、ぼくはうまく逃げました。安心してください。では、かならず手紙をください。かならずです」

　康楽の主人はいよいよ弟をぶつことに決めたようだった。母が迎えに行くまでにはまだ三カ月も間がある。その間(かん)、弟は康楽の主人の拳骨から無事に逃げおおせることができるだろうか。ぼくはこの問いに「無理だろう」と自答し、自分で出した答えに気を滅入(めい)らせた。

『四十一番の少年』（文春文庫、1974）137ページより抜粋

・ ・ ・ ・ ・ 英・訳・の・世・界 ・ ・ ・ ・ ・

    There was a stain on the postcard from my younger brother this time too. A green spot five millimeters long at an angle above the address. I examined it closely with a magnifying glass borrowed from a school kid and determined it was a sliver of leek. Maybe he wrote the postcard on a counter strewn with small pieces of leek while taking a break from his delivery job and other chores at the shop.

    But his handwriting jumped all over the place.

    "A letter came from Mom. I should be happy. I'll perk up and do my best until she comes for me. Today I broke four bowls at the ramen shop. The old man tried to beat me. But I got away from him okay. Please don't worry! Well, please make sure to write me a letter. Make sure."

    The proprietor of Kōraku had started in on beating my brother. It would be three months before Mother went to pick him up. Would he be able to escape those fists in the meantime? "Impossible" was the answer to my own question, an answer that made me feel completely miserable.

字面として「汚点」がもつ精神的な重み、響きと、日常の中にある「しみ」という組み合わせが秀逸である。英語ではもちろん両方は拾えないが考えてみると stain は近いのかもしれない。

● フレーズを斬る ●

原文 安心してください。
英訳 Please don't worry.

このごろ「安心マップ」「安心社会」などと何かといえば「安心」が話題の世の中だ。「安全」safety が客観的な基準で測れ、保証できるのに対して、「安心」peace of mind は主観的要素が多く、一朝一夕に与えることもできず、守りにくい。英語ではあまり言わない。というよりも、ピタッとくる訳がないので、「心配しないでね」と逆の言葉を否定形で使う。手紙で「ご安心を」、こう書くのは日本の古くからあるエチケットの一つだ。

E S S A Y

　この話も、兄が弟のために耳を立て、足を使い、庇い、とにかく迫り来るにちがいない危機を防ごうと必死に立ち回ることで首尾一貫している。子どもに対する暴力が通底音のように流れる一編だが、離れていてこそ、まさにブラッド・ブラザーズと言えるほど固い絆を結んでいる。

　弟はまだ幼い。鉛筆で書く文字はうまく配置できない。最後に「母ちゃんからは手紙も葉書もずうっときていません」と書こうとすると、行が詰まって、字も小さく固まってしまう。「ぼく」はその余白の無さに、弟の焦りを感知する。給仕する母親の腰や肩に男たちが手を回してくるシーンがあって、それを目の当たりにする「ぼく」は、弟の寂しい一言を思い出して、「心に錐を刺されたような痛みを感じた」。弟を見る視線を記録すると同時に、語り手は母への不信をはじめ自身の感情と、弟の目線をきっかけに初めて向き合うことになる。

　弟から届く葉書は４通、その上にこぼれるラーメンの汁と具の量も次第に増えていって、あげくに「四分の三が、ひとつの大きな汚点で占められていた」。着信の合間を縫って、「ぼく」は二度鉄道に乗って、弟が人質のようにこき使われているラーメン屋康楽に向かう。最後のシーンは弟を引き取りに行くが、母の借金を清算して駅へ戻り、二人が並んで座っている帰りの汽車でほっとする。途端に涙が溢れ出る。救われたほうの弟ではなく、兄の涙だ。初めて子どもらしい表情を見せるのである。

46章 『間宮兄弟』
江國香織

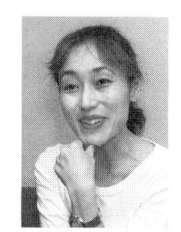

写真提供：共同通信社

● 作品への入り口

間宮明信と徹信は、気のおけない兄弟の二人暮らし。映画や読書やパズルが好きで、心のやさしい彼らだけれど、なぜか女性にはふられてばかりだ。言われることは、「恰好わるい」「おたくっぽい」「そもそも範疇外」。もう恋なんてしないと誓いあって、仕事のあとで野球を見たり、食事に出たり、気ままに楽しく暮らしていた。だけどやっぱり、好きという気持ちは突然だ。明信は思う。今度、レンタルビデオ店の直美ちゃんを誘って、うちでカレーパーティーやろう。一方、徹信はこう思っている。まだ若い直美ちゃんにすれば、35歳の兄貴なんておじさんだぜ。同僚の葛原先生を誘って（彼は学校職員なのだ）、兄貴に紹介してやろう。

素朴で、純真で、どこか情けない兄弟の、心あたたまる物語。読み終わったときにはきっと、誰もが彼らを応援したくなっているはず！

Mamiya Akinobu and Tetsunobu are two brothers living happily together. They're just regular guys. They like movies, reading and jigsaw puzzles, but women don't give them a chance. They've been called "uncool," "nerdy," "out of the question." Swearing off love, they live as they please, watching baseball after work and dining out. Then all of a sudden, there's love. Or so Akinobu thinks, when he invites Naomi from the video store over for a curry party. Tetsunobu thinks his 35-year-old brother is way too old for her, so he invites Ms. Kuzuhara, a more suitable colleague from the school where he works. The story warms the heart with its artless sincerity, inspiring us to cheer the poor brothers on.

・・・・・・原・文・の・世・界・・・・・・

酒造メーカーに勤める兄・間宮明信と、
学校職員の弟・間宮徹信は兄弟二人暮らし。
1年前に「もう女の尻は追わない」と決めてから、
俄然(がぜん)平和で心穏やかな日常を営んでいる。

　兄弟は、生まれたときからこの町に住んでいる。はじめは比較的大きな家に一家四人で、現在は二LDK家賃十三万八千円也のマンションに兄弟二人で。彼らはずっと一緒に暮らしてきたし、夥(おびただ)しい量の思い出を共有している。徹信にとっては三十二年分、明信にとっては三十五年分の思い出だ。
　「家族で神戸に旅行したときのこと、憶えているか？」
　その数々の思い出について、彼らはときどき語り合う。
　「憶えてるよ。旧いホテルに泊まって、夜中までトランプをして騒いで、父さんも母さんもあんまりはしゃいで大声で笑うから、ホテルの人が来て叱られた」
　「そう、そう」
　この話をするとき、二人はきまってくつくつ笑う。
　「ベビーゴルフっていうのをしたね」
　「した、した」
　「それで、夜は夜景を見た」
　思い出話をするのはたいてい夜で、二人はそれぞれくつろいで、好みの飲み物を啜っている。明信は缶ビールか缶チューハイ、徹信はコーヒー牛乳だ。
　勿論、決して語られない思い出もある。悔恨と羞恥、わりきれなさと諦念(ていねん)。それらは兄弟個々のものだ。どんなに親しくても、一人ずつの嘗(な)めてきた苦汁——きまって女性によってもたらされる——を共有することはできない。ただ、互いに大変似かよった苦汁を嘗めてきているので、心のどこか深い場所で、痛みが共鳴し合っていた。

───────────────
『間宮兄弟』（小学館文庫、2007）7-8ページより抜粋

・　・　・　・　・　英・訳・の・世・界・　・　・　・　・

The brothers had lived in this neighborhood their whole lives. First as a family of four in a relatively large house, now as two brothers in a two-bedroom apartment renting for 138,000 yen a month. They had been living together for a long time and now shared a ton of memories. Thirty-two years' worth for Tetsunobu, 35 for Akinobu.

"Do you remember that time we took a family trip to Kobe?"
Sometimes they reminisced together.
"Sure I remember. We stayed at an old hotel and raised hell all night playing cards. Dad and Mom were laughing so hard that someone from the hotel came up and chewed us out."
"Yep, that's right."
When they talked like this they always giggled.
"We played miniature golf, right?"
"We sure did."
"Then looked at the skyline at night."

They usually talked about their memories at night, totally relaxed as they sipped their drinks of choice. Akinobu liked canned beer or *shōchū* cocktails. Tetsunobu liked coffee-flavored milk.

Of course there were things they would never be able to recall with each other. Regrets and embarrassments, vacillations and desperations. Each brother had his share of such things. No matter how close they got to each other, the bitterness each had tasted on his own — always involving a woman — would never become common property between them. But since their bitter experiences were really quite similar, their private griefs resonated on some deep level.

短い、さりげない会話文に彼らの絆と生活半径が見てとれる。まさにつうかあの仲。一人ではなく The brothers（兄弟）や They が主語の文章が多いのもこの小説の特徴だ。

● フレーズを斬る ●

原文 彼らはずっと一緒に暮らしてきた

英訳 They had been living together for a long time.

どれくらい長く暮らしてきたか、というと「ずっと」であり、生まれた瞬間から、二人は一度も別居したことがないらしい。「ずっとそうよ」、単純ながらなかなか英語にできない文章だ。空間の上では straight と言い、時間については all the time; throughout と訳することもできるが、日本語のように長く途切れないものが目に見え、時空がひとつながりになっていることを感じさせない。

E   S   S   A   Y

わたくしの場合は兄弟は「兄妹」、「ケイマイ」とでも読みたいが大多数の日本人は「キョウダイ」と言っている。漢字表記はおもしろいもので、目で追うと「兄弟」、まさに big brother/little brother が一丸となって、間宮の「明信・徹信」が仲よく目の前に立っているように感じる。一語だけで性差も長幼もいっぺんに分かるから便利で、親の代までさかのぼると「伯父」「叔父」「伯母」「叔母」がいて、その子どもたちの「従兄弟」「従姉」「従弟」、全員ひとしく「いとこ」と読むが各自年齢の順番できちんと漢字の中で並べられている。人が生まれるタイミングが一生文字として付いてまわるシステムだ。

ちなみに年の離れた一人の妹だが、最近会社で少し偉くなったみたいで、人前で彼女のことを little sister と言えない雰囲気があるから困っている。"my younger sister" と心がけはするが、何だか改まっている感じで嫌だし、単に my sister で済ませている。性差を特定せずに伴侶(はんりょ)のことを partner と言う人もこのごろ多いが、そのうち「兄弟」も、英語の sibling と同じように長幼も性差も区別できないフラットな日本語に生まれ変わるのかもしれない。

こう考えると、明信・徹信兄弟は世相の先端を走っていたと言える。互いに立ち入らない部分を持ちながら、勝つ、負けるという兄弟にありがちな競争心がこれっぽっちもない。その代わり、共有する長い記憶の中で育てられた、それぞれの癖とこだわりがある。めりはりがあって、単調な日々を埋めてくれる。発表当時、この小説はおたくっぽくモテない二人で話題を呼んだが、今読むと、そういうところが段々気にならなくなっている気がする。

XIII 港へ向かう途中
●海上のJブンガク

季節や天候によって、気分によって、さまざまな表情を見せる海。
その上では日々ドラマが繰り広げられている。
第XIII部でのラインナップは、船旅の日々を綴った仮名文の日記、紀貫之『土佐日記』から、海辺の街に暮らす若者たちを描き、戦後の社会に衝撃を与えた、石原慎太郎「太陽の季節」まで。

『土佐日記』紀 貫之・著／鈴木知太郎・校注
岩波文庫

『或る女』有島武郎
新潮文庫

『蟹工船・党生活者』小林多喜二
新潮文庫

••インフォメーション••

『土佐日記』 A Tosa Journal

紀貫之（9世紀後半〜10世紀前半頃）著。承平5年（935）頃成立か。『古今和歌集』の編纂を手がけ、三十六歌仙にも数えられる優れた歌人であった貫之は、本作で仮名文日記文学の世界を切り開いた。

Ki no Tsurayuki (9th-10th century), one of the 36 immortal poets and compiler of the *Kokin wakashū*, broke new ground in Japanese diary literature with this work, which was written in the Japanese syllabary sometime around 935.

『或る女』 A Certain Woman

個性の尊重と人道的な理想主義とを掲げたグループ「白樺派」にあって、社会と人間との関わりを追求し続けた有島武郎（1878–1923）の作品。『有島武郎著作集』の第8・9集として、大正8年（1919）3月と6月に叢文閣より刊行された。

Arishima Takeo (1878–1923) championed individualism and idealism as a member of Shirakabaha, using his fiction to examine the link between individuals and society. In 1919, *Sōbunkaku* published this representative work as part of the author's collected works.

「蟹工船」 "The Factory Ship"

小林多喜二（1903〜1933）は、昭和初期の労働運動に加わり、弾圧のなかで労働闘争や国家権力との対立を力強く描いたプロレタリア作家である。本作の前半は昭和4年（1929）5月の『戦旗』に掲載されたが、後半を載せた6月号は発禁となり、幾度か出版された単行本も伏字が多い。戦後、ようやく全体が復原された。

Kobayashi Takiji (1903–1933) joined the labor movement in the early Shōwa period and wrote forcefully about workers' struggles and political resistance. *Senki* published the first half of this work in 1929, but the authorities suppressed the second half. The police arrested, tortured and executed Takiji four years after he wrote this classic work of proletariat fiction.

「太陽の季節」 "Season of Violence"

「太陽の季節」は、石原慎太郎（1932〜　）が一橋大学在学中の昭和30年（1955）7月、『文学界』に掲載された作品である。石原は本作によって芥川賞および文学界新人賞を受賞し、翌31年3月に新潮社より単行本が刊行された。

Bungakukai published this novel in 1955 when Ishihara Shintarō (1932–) was a student at Hitotsubashi University. The magazine named him newcomer of the year, and the story came out in book form the following year.

47章　『土佐日記』

紀　貫之

● 作品への入り口

「男もすなる日記といふものを、女もしてみむとてするなり」。日記といえば男性の手による漢文体のものが主流であった当時、貫之は自らを女性に仮託して仮名文による日記を創作した。貫之は土佐国（現在の高知県）で国司（中央から派遣された地方官）として約5年間勤めたが、本作はその任期を終えて都（京都）へと戻る道中を記録したものである。後任者に見送られ、途中寄港を繰り返しながらの船旅の中で、貫之たちは時に悪天候による足止めに焦れ、また時には海賊出没の噂に肝を冷やしたりしつつ都を目指す。国司在任中に幼い娘を亡くすという経験をしていた貫之は悲しみを振り払うべく旅に臨み、そこに同行の人々や寄港地の人々が織りなす大小のドラマが絡み合う。本作はそれまでの公的記録としての漢文体の日記とは異なり、人の心の動きに焦点を当てた日記文学のあり方を提示した点において、革新的な意味を持っていた。

At a time when diaries were written in Classical Chinese by men, Tsurayuki produced this one using the Japanese syllabary in the guise of a woman. The record starts at the end of his five-year term as governor of Tosa (Kōchi Prefecture), when his successor sends him off to the capital (Kyoto) on a journey that will meet with bad weather and chilling rumors of pirates. Tsurayuki sees the journey as a way to deal with the recent death of his daughter back in Tosa, and the retinue encounters much drama along the way. Unlike an official diary written in Classical Chinese, this one foregrounds the heart.

原・文・の・世・界

土佐国の国府を出発し、京都を目指す貫之一行。
しばらく海が荒れていたため
室津(むろつ)に停泊を余儀なくされていたが、
1月20日の夜には天候が回復し、翌朝再び船を出す。

二十一日。卯(う)の時ばかりに船出(い)だす。
みな、人々の船出づ。これを見れば、春の海に、秋の木(こ)の葉しも散れるやうにぞありける。おほろげの願(ぐわん)によりてにやあらむ、風も吹かず、よき日出で来て、漕(こ)ぎ行(ゆ)く。
　このあひだに、使はれむとて、つきて来る童(わらは)あり。それがうたふ舟歌(ふなうた)、
　　なほこそ国の方(かた)は見やらるれ　わが父母(ちちはは)ありとし思へばかへらや
とうたふぞ、あはれなる。
　かくうたふを聞きつつ漕ぎ来るに、黒鳥(くろとり)といふ鳥、岩の上に集(つど)まり居(を)り。その岩のもとに、波白くうち寄す。楫取(かぢとり)のいふやう、「黒鳥(くろとり)のもとに、白き波を寄す」とぞいふ。このことば、何とにはなけれども、ものいふやうにぞ聞こえたる。人の程(ほど)にあはねば、とがむるなり。
　かくいひつつ行くに、船君(ふなぎみ)なる人、波を見て、「国よりはじめて、海賊報(かいぞくむく)いせむといふなることを思ふうへに、海のまた恐ろしければ、頭(かしら)もみな白(しら)けぬ。七十路(ななそち)、八十路(やそち)は、海にあるものなりけり。
　　わが髪の雪と磯辺(いそべ)の白波といづれまされり沖つ島守(しまもり)
楫取(かぢとり)いへ」。

『新編日本古典文学全集』第13巻「土佐日記　蜻蛉日記」(小学館、1995) 35–36ページより抜粋

TWENTY-FIRST DAY

Our boat set out around the Hour of the Hare [5:00 A.M.–7:00 A.M.]. All the others left, too, giving the appearance of scattered autumn leaves on the springtime sea. Thanks, it may be, to the fervent prayers we had offered, it proved to be a beautiful, calm day as we rowed along. A child who had come with the party, asking to be used as a servant, sang a touching boat song:

And still, and still,
I can't help looking far into the distance
Toward my homeland
When I think that there my father lives,
There my mother lives.

KAERAYA

The boat moved on with the passengers listening to such songs, and presently we reached a rock where a flock of black water birds had gathered. White waves broke at its base.

"White waves approach black birds," the captain said. It was not a particularly felicitous phrase, but it had a literary ring. One was struck by it because it did not seem to fit the man's station in life.

The boat continued its progress while similar remarks were being exchanged. Gazing at the waves, the chief passenger said, "Ever since our departure from the province, I have been worrying about rumors that the pirates plan to seek revenge. And then the sea has been terrifying! My hair has gone completely white. I see now that the ocean can make a man seventy or eighty years old:

Tell me, guardian
of yon island in the sea,
which is the whiter:
the snow covering my head
or waves on a rocky shore?

"Captain, I rely on you to transmit my message."

英・訳・の・世・界

From Mccullough, Helen Craig, translator. *Kokin Wakashu: The First Imperial Anthology of Japanese Poetry: With 'Tosa Nikki' and 'Shinsen Waka.'* Copyright © 1985 by the Board of Trustees of the Leland Stanford Jr. University.

> 古典中の古典だから、少し慎重で、格調高く訳したいという訳者の態度がよくうかがえる。二つ目の和歌を英語31音節に落ち着かせている手際はみごとである。

◀ フレーズを斬る ▶

原文 海のまた恐ろしければ

英訳 And then **the sea has been terrifying!**

terror はもともと「恐怖」を意味するが、そこから terrorism; terrorist が派生し、日本語では端折って「テロ」となったようだ。That's terrifying! で「こわいよ〜！」として十分通じるので、覚えておくと便利かもしれない。高いビルの上、速い車の中、等々である。

E S S A Y

　土佐の室津を出帆したばかりで前途が遠く、不安に満ちた船中である。行く手には室戸岬があり、回り込むと紀淡海峡に入るが、周辺に海賊の巣窟が点々とある。通るだけでも恐ろしく、生きた心地がしない。乗り組んだ地元の子どもが歌う舟唄に、港を離れるほど父母のいる場所に帰りたい、帰ろうやという詞が聞こえて、聞き入っている船客全員の心細さがひしひしと伝わってくる。そこで「船君」——土佐守にして作者の紀貫之自身のこと——は海の上に立つ白波から白髪を連想しながら、海賊が仕返しを仕掛けるかもしれない、その脅威のおかげで私も頭が真っ白になったなと、言葉遊びを交えながら、不安を表明する。

　しかし海賊の襲来をうかがう鋭い眼差しは同時に海と空、雲と海岸線に向けられており、船が海上を走っている間中、自然の揺れ動く模様を文章と和歌にとらえられるよう、注意深く観察していた。女性に仮託して書いているから人ごとのように聞こえるが、老境に入った貫之は実際船旅を得意としなかったであろう。「いとわびし。夜は寝も寝ず」、船酔いもしただろう。

　豪快な海洋文学は古代ギリシアの『オデュッセイア』をはじめ、近代の『白鯨』『老人と海』など西洋に名だたる作品がいっぱいある。一方日本の古典は基本的に陸地の上で展開することが多い。landlocked classics とでも言えそうだが、幕末から近代にかけて大海原が人の往き来を鎖すものから繋げるものへと再認識されるようになる。鷗外の「舞姫」(7章)、牧水の『海の声』(30章)など、海をめぐるドラマが台頭するのも維新を越えて十数年経ってからのことだ。

ブンガクこらむ

日本文学を日本語と英語で読みくらべるということ

　むかしの友だちに久しぶりに会ったら、化粧も髪型も、服の趣味もすっかり様変わりしている。変わったところをいちいちチェックしながら、同時にむかしの彼女——笑ったときに小さなシワを眉間(みけん)に寄せるところとか、耳を指で摘(つま)むクセとか——を見つけると、安心する。日本文学が英語に翻訳されるときもそのようなもので、本を開いたとたん、まったく別人に見える。最初は挨拶(あいさつ)のつもりで一気に読み進むが、5、6ページあたりで「日本文学」だったころの元の姿を探しはじめてしまう。ところがさらに読み進めると、徐々(じょじょ)に違和感は好奇心に変わり、知っているつもりの友人が実はとてもおおらかで親切であるとか、金(かね)にうるさくて憂鬱(ゆううつ)であるとか、一段と深いところまで見えてくる。人が好きな読者には、自国の文学に、ぜひ海外の言語でも出会ってみてほしい。

　日本文学が英語に変身すると、前のコラム（p.64）にも書いたように日本語特有のエレメンツがいくつか抜け落ちてしまう。たとえば『南総里見八犬伝』（14章）にあふれる擬態語・擬声語、『雨月物語』（40章）の古典的な風雅な響き、『風流仏』（41章）に散りばめられる周密な漢字表記、等々。いずれも筋の運びとは無関係の要素だが、とても大切だ。しかし一つひとつが差し引かれていく代わりに、サッパリと見晴らしのいい物語風景が浮かび上がってくる。「I」「you」「them」など原文中になかった人称を決めなければならない（「独楽吟」23章）。誰がどこに向かってしゃべっているか、その話法も整理される（『心中天の網島』44章）。英語に持っていけない荷物が多くて寂(さび)しい、という人もいるが、視界が開けた新装の世界もなかなか捨てがたい。やはり名作は、日本語と英語で読みくらべるべし、である。

48章 『或る女』
有島武郎

写真提供：
国立国会図書館

● 作品への入り口

　富裕な家庭に生を享け、美貌と才気とを兼ね備える早月葉子は、言い寄る男たちを翻弄する勝気な女である。彼女は情熱的な恋愛のすえ、両親の反対を押し切って新聞記者の木部と結婚するが、わずか2か月で破局を迎えた。そののち葉子は、親が決めた婚約者の木村を追って、ひとりアメリカに向かう。ところが長い航海のうちに、彼女は船で働く倉地の逞しい肉体にすっかり魅了されてしまった。船がようやくシアトルに着いたとき、彼女の心はもはや木村にはなく、倉地とともに帰国の船路に就くのだった。
　以後悲惨な末路をたどることになる葉子の運命とは、既成の道徳を押しつける社会にあらがってでも、自分自身に忠実に生きようとした女の悲劇だろう。国木田独歩の旧妻、佐々城信子をモデルにしたことでも有名な、有島武郎の代表作である。

Rich, gifted and pretty, Satsuki Yōko is a headstrong woman who trifles with the men who court her. Against her parents wishes, she marries Kibe, the newspaper reporter she passionately loves, but then catastrophe strikes just two months later. Then she heads off for America to marry Kimura, the man her parents have chosen for her, but during the long voyage she falls for Kurachi, a muscular crew member, offering her heart to him rather than Kimura upon arriving in Seattle. A miserable fate pursues her upon returning immediately to Japan with her new boyfriend. This is a tragic story of a woman who struggles against established social norms and stays true to herself.

原・文・の・世・界

婚約者・木村のいるアメリカへ向かう船中。
葉子は自分を煩わす田川夫妻や、
船の事務長・倉地に対して複雑な感情を持っていた。
ある夜、葉子はひとり甲板に出る。

　やがて葉子はまた徐(おもむ)ろに意識の閾(しきい)に近づいて来ていた。
　煙突の中の黒い煤(すす)の間を、横すじかいに休らいながら飛びながら、上って行く火の子のように、葉子の幻想は暗い記憶の洞穴の中を右左によろめきながら奥深く辿って行くのだった。自分でさえ驚くばかり底の底に又底のある迷路を恐る恐る伝って行くと、果てしもなく現われ出る人の顔の一番奥に、赤い衣物を裾長に着て、眩(まぶ)い程に輝き亘った男の姿が見え出した。葉子の心の周囲にそれまで響いていた音楽はその瞬間ぱったり静まってしまって、耳の底がかーんとする程空恐しい寂寞の中に、船の舳(へさき)の方で氷をたたき破るような寒い時鐘(ときがね)の音が聞えた。「カンカン、カンカン、カーン」……。葉子は何時の鐘だと考えて見る事もしないで、そこに現われた男の顔を見分けようとしたが、木村に似た容貌(ようぼう)がおぼろに浮んで来るだけで、どう見直して見てもはっきりした事はもどかしい程分らなかった。木村である筈はないんだがと葉子はいらいらしながら思った。

『或る女』（新潮文庫、1995）128–129ページより抜粋

● ● ● ● ● 英・訳・の・世・界 ● ● ● ● ●

After a while she slowly returned to the threshold of consciousness. Her imaginings wandered drunkenly through the dark cave of memory, as unsteady as the sparks that darted this way and that and now and then sank back to rest, in their zigzag progress through the black stream of soot and smoke pouring from the funnel above her. As she descended along a labyrinthine path through layer after layer of the past, fearful and bewildered at its depth, behind the endless succession of faces appeared the brilliant figure of a man, dazzling in a full-length red kimono. The music that had surrounded her stopped abruptly, and in the same instant, above the desolate roar of the silence the music's ending had left in her ears, came the ice-cold clang of the ship's time-bell in the bow. *Kan, kan-kan, kan.* . . . Yoko tried to make out the face of the man in red, not troubling to ask herself what o'clock it was that the bell was ringing. It looked like Kimura, but she could not be sure; the features were tantalizingly blurred. But it *couldn't* be Kimura, she told herself impatiently.

Arishima Takeo. *A Certain Woman.* Translated by Kenneth Strong. Tokyo: University of Tokyo Press, 1978. p. 110.

「意識の閾（しきい）」は心理学用語「識閾（しきいき）」、ずばり threshold of consciousness の訳語と通じる。このように、英語で眺めているうちにハッと気づかされることがたくさんある。

◆ フレーズを斬る ◆

原文 やがて葉子はまた徐(おもむ)ろに意識の閾(しきい)に近づいて来ていた。

英訳 After a while she slowly returned to the threshold of consciousness.

consciousness は自覚、覚醒、意識と訳されるが、要は夢から目覚めるように周囲に気づいたのである (She came to her senses.)。

E S S A Y

　横浜からシアトルまでの長い航路、船中で繰り広げられる葉子と周辺の日本人たちとの社交的な駆け引き (battle) そのもの——彼女のしなやかな物腰、「何んとなく見る人の心を痛くさせ」る大きな眼と沈んだ表情——は男たちを釘付(くぎづ)けにし、女たちを嫉妬(しっと)と懐疑の渦に巻く——は見物である。語り手は葉子の心情に寄り添って、彼女が周囲を眺める角度で場面を描いているので、周囲の視線を浴びながら、葉子が謙虚なふるまいとは反対に「思い通りに一座の気分を動揺させることが出来るという自信」を裏書きされた満足に浸っている。自立願望、情欲、迷い、破綻、重病、痛ましい死を東京で遂げるその日まで、自分が何のために人を愛し、誤解され、裏切ってきたかなど、自問をかけ続ける側面とは表裏をなすような複雑な女性心理を体現した人物であった。有島は一度連載を完結させた後、葉子の人物形象に満足が行かず、イギリス人エリスの『性心理の研究』(Studies in the Psychology of Sex) を原文で読破して改作に臨んだと日記には書いている。

　日清戦争に従軍した記者で詩人の木部と自由結婚はしたが失敗。次に木村という親のお墨付きを受けた許嫁(いいなずけ)の許(もと)に渡航する途中、絵島丸の一等船客が毎晩集う食堂で出会った事務長・倉地を無言で誘惑する。その晩食事が済むと、葉子は外気に触れようと甲板に上って散歩するが、アメリカで待っている木村のこと、食卓で横柄 (insolent) な眼差しを送り続ける倉地のことを考えながら、気分が悪くなり、意識も遠のく。戻ったところで、朧気(おぼろげ)に視界に入ってきたのはもちろん木村ではなく、倉地であり、二人の情事と葉子の運命への最後の下降がこの瞬間に始まるのである。

49章 「蟹工船」

小林多喜二

写真提供：
日本近代文学館

● 作品への入り口

凍てつくようなカムチャツカの沖合で蟹をとり、それを加工して缶詰にする蟹工船。今にも沈没しそうなこのボロ船には、漁者や工員から学生、少年にいたるまで、多くの季節労働者が安い賃金で集められていた。冷酷で貪欲な監督浅川は、自分の成績をあげるため、命さえ危険にさらす苛烈な労働を強制する。働かない者や反抗する者には、残酷で容赦のないリンチが待っており、怪我や病気をすれば放置されて死を待つばかり。「糞壺」と呼ばれる、悪臭と汚辱に満ちた共同船室で暮らす労働者たちは、ついに団結してストライキを起こすが……。

国家と結託した大資本による、非人間的な搾取の実態を鋭く告発するとともに、労働者階級の団結を訴えかけたプロレタリア文学の名作である。多喜二は本作を書いた4年後、特別高等警察に逮捕され、凄惨な拷問のすえに虐殺された。

A rickety crab-canning boat trawls in the cold waters off Kamchatka. Captain Asakawa cruelly exposes his workers to dangers in order to meet his greedy goals. Those who rebel or won't work await beatings. The injured and sick are left to die. The workers unite in their foul cabin dubbed the "shitpot" and go on strike. A pointed indictment of big capital conspiring with the state to exploit workers, the story incites the working class to unite.

・・・・・・原・文・の・世・界・・・・・

労働者たちを乗せて函館を出帆した、蟹工船博光丸。
荒れる冬のオホーツク海へ出て、
カムチャツカ方面へ向かう。

　カムサツカの海は、よくも来やがった、と待ちかまえていたように見えた。ガツ、ガツに飢えている獅子のように、えどなみかゝってきた。船はまるで兎より、もっと弱々しかった。空一面の吹雪は、風の工合で、白い大きな旗がなびくように見えた。夜近くなってきた。然し時化は止みそうもなかった。
　仕事が終ると、皆は「糞壺」の中へ順々に入り込んできた。手や足は大根のように冷えて、感覚なく身体についていた。皆は蚕のように、各々の棚の中に入ってしまうと、誰も一口も口をきくものがいなかった。ゴロリ横になって、鉄の支柱につかまった。船は、背に食いついている虻を追払う馬のように、身体をヤケに振っている。漁夫はあてのない視線を白ペンキが黄色に煤けた天井にやったり、殆んど海の中に入りッ切りになっている青黒い円窓にやったり……中には、呆けたようにキョトンと口を半開きにしているものもいた。誰も、何も考えていなかった。漠然とした不安な自覚が、皆を不機嫌にだまらせていた。
　顔を仰向けにして、グイとウイスキーをラッパ飲みにしている。赤黄く濁った、にぶい電燈のなかで、チラッと瓶の角が光ってみえた。──ガラ、ガラッと、ウイスキーの空瓶が二、三ヵ所に稲妻形に打ち当って、棚から通路に力一杯に投げ出された。皆は頭だけをその方に向けて、眼で瓶を追った。──隅の方で誰か怒った声を出した。時化にとぎれて、それが片言のように聞えた。
　「日本を離れるんだど。」円窓を肱で拭っている。

『蟹工船・党生活者』（新潮文庫、1953）25–26 ページより抜粋

・ ・ ・ ・ ・ 英・訳・の・世・界 ・ ・ ・ ・ ・

The Kamchatka Sea seemed to be lying in wait for the ship, marveling at its audacity. It roared and lunged at its prey like a hungry lion. The ship, like a hare before a lion, was no match for it. The snowstorm rippled like a huge white flag with every change in the direction of the wind. Night approached, but the storm showed no signs of abating.

Work over, the men descended into the hold, arms and legs frozen stiff and merely dangling from their torsos; they had no more feeling in them than giant turnips. Each man crawled into his bunk as into a coccoon. No one spoke. Flat on their backs, they clung to the metal poles of their bunks. The ship reared and plunged furiously, like a stallion shaking a stubborn horsefly off its back. The fishermen let their eyes wander aimlessly over the yellowed ceiling, or the greenish-black portholes, now almost below sea level. Some lay dully with their mouths hanging open. No one thought of anything. A vague uneasiness silenced them with a feeling of irritation. One of them was gulping whisky from a bottle. The corners of the square bottle glinted for a moment in the dirty orange light. Then the empty bottle came hurtling through the air, bouncing off the wall as it fell in the aisle. The men followed its path with their eyes, moving only their heads. From a corner someone growled angrily His incoherent mumbling was drowned out by the sounds of the storm.

"We're outside Japanese waters, you know," a man said, wiping the porthole with his elbow.

Kobayashi Takiji. *"The Factory Ship" and "The Absentee Landlord."* Translated by Frank Motofuji. Tokyo: University of Tokyo Press, 1973. pp. 13–14.

古典作品と違って、「蟹工船」で使われるたくさんの比喩は一つ一つ、そのまま英語に置き換えても通じるのである。比喩を乗せる構文も、単純でリニアなので、両文の違いをほとんど感じない。

● フレーズを斬る ●

原文 船はまるで兎より、もっと弱々しかった。

英訳 **The ship,** like a hare before a lion, **was no match for it.**

be a good match for、「相手にとって不足はない」。match は「好敵手」「競争相手」という意味で、ここでは船が荒れる海に対して勝負にならない、と言っている。真ん中に兎と獅子を比喩として折り込むから、リアルである。

E　　S　　S　　A　　Y

　宝の海に生きる不幸な男たちの、薄い希望と、深い傷が海上に広がる油のように延々と描かれている。作者は、劣悪を通り越してこの世の地獄とも見まちがえるような船内の条件を、細密に組み立ててみせている。しかし読書感として、意外に重くない。鼻を摘み目を逸らしたくなる「糞壺」（船底）の風景も、「大根のように……」「蚕のように……」「虻を追払う馬のように……」と比喩（metaphors）を畳みかけることで空間をコンパクトに点描している。また暗く汚い船内を、実にたくさんの微妙な色で形象している。また「黄色に煤けた天井」「青黒い円窓」「赤黄く濁った、にぶい電燈」のように、短いパッセージの中で目に留まる一つ一つのモノに色彩を当てている。逆説的な言い方をすると、比喩と色彩で密閉され空間の中にいる工員たちを、深みのある鈍い光で照らす効果が利いている。

　しかし漁獲量が徐々に減って、労働者が監督たちの暴力にさらされるようになった段で、比喩はウィットを押し隠すように、鈍痛をともなって、狭い「糞壺」の中にすでにあるものの中から選び取られていく。働きの少ない者には焼きを入れる。"まるで自分自身の影のような「焼き」に始終追いかけられて……"。怪我をして使えない者に犬に嚙ませるという処置があって、「終いには風呂敷包みのように、土佐犬の強靭な首で振り廻わされて死ぬ」、といった具合に、残酷を極める。こういうレトリックを駆使しながら、生きた政治活動として小説を書くことについて、作者は認識を深めたに違いない。

50章 「太陽の季節」

石原慎太郎

写真提供：毎日新聞社

● 作品への入り口

拳闘ばかりに熱を入れ、あとはすさんだ享楽的な生活を送っていた竜哉は、街で声をかけた英子と関係を持つようになった。それまでに過ぎていった女たちとは違い、おのれの快楽に酔うばかりで愛を求めない英子の荒寥（こうりょう）に、竜哉は強く惹かれてゆく。ところがある夏の夜、港に浮かべたヨットの上で月光の湘南海岸を眺めたときから、英子は突然変わってしまう。竜哉への愛を心の中に見出した彼女は、肉体の陶酔を超えて彼とつながろうとしたのだ。竜哉はそんな英子に残酷にあたり、彼女の心をあえて踏みにじることで、自分の愛を探ろうとする。彼らの心は食い違ったまま、ついに悲劇的な終局を迎えるのだった。

一見浮薄な生きかたのようだが、無意識のうちに葛藤（かっとう）を続ける彼らの背後に浮かびあがっているのは、既成の秩序が崩潰（ほうかい）した戦後にあって、寂寞（せきばく）とした内面を抱えながら愛や生の意味を模索する青春の煩悶（はんもん）にほかならない。

Tatsuya, an avid boxer, starts to lead the hedonistic life of a student. He's intrigued by Eiko because unlike previous girlfriends she seeks self-gratification and isn't looking for love. But she suddenly changes one night out on a yacht while gazing at the moonlit coast of Shōnan. She feels a fondness for Tatsuya that prompts her to desire a relationship that goes beyond the flesh. Tatsuya reacts by stomping on her heart and seeking love elsewhere. Emotionally conflicted, they meet a tragic end. Their lives might seem frivolous, but their unconscious troubles capture how emotionally desolate young people groped for love and life in the collapsed world of post-war Japan.

原・文・の・世・界

8月のある日、竜哉は英子を誘ってヨットで沖へ出た。
江の島を目指す途中で風が止むと、
竜哉は錨を投げ帆を降ろす。
海の上で夕食をとり、そして夜の海で泳ぐ二人。
ふいに竜哉は英子を抱きすくめる。

　ヨットに戻るとその周りを二人は泳ぎ廻った。互いに両側から潜って船底で行き交う時、眼の前を英子の白い肢がひらひらと通り過ぎて行く。そのはるか下には、明滅して流れる海月の傘があった。それは例えようもなく神秘的な美しさであった。
　やがて甲板に這い上ると二人はセールカンヴァスの上に転がり、息を切らせながら唇を合わせた。竜哉の濡れた頭から、潮水が額を伝わり頬を伝わって二人の唇に流れ込み、二人は潮辛い接吻を何度も繰り返した。二人は同時に相手の海水着に掌を掛けた。濡れた水着は肌に絡んで離れにくかった。互いに引き千切らんばかりに焦りながらそれでも唇は離さなかった。
　ヨットは次第に均衡を持ち直しながら、ゆらゆら揺れている。それは二人にとって嘗て知り得なかった、激しい陶酔と歓楽の揺籠ではなかったろうか。英子も竜哉も、その時始めて互いの体を通して、捜し求めていたあの郷愁のあてどころを見出したのだ。二人は時折、ふと動作を止めてじっと耳を澄ました。ヨットは相変らず水を叩いて揺れている。それを確かめると、眼を覚まし自分の周りを見て満足し再び眠る赤ん坊のように、二人はもう一度夢を見始めるのだ。

『太陽の季節』（新潮文庫、1957）52ページより抜粋

・ ・ ・ ・ ・英・訳・の・世・界・ ・ ・ ・ ・

They swam back to the boat and spent some time diving off the side and swimming right under the boat. Tatsuya caught glimpses of Eiko's pale limbs under the water, and beneath her glinted the jellyfish like colored parachutes. It all seemed to him unreal and indescribably beautiful.

Soon they scrambled back on board and lay down panting on the sails which covered the deck. Still breathing hard, their lips came together and they could taste the salt water that ran down their cheeks as they kissed over and over again. Automatically their hands went to each other's wet bathing suits, but their garments would not come off easily. Wild with impatience, they finally pulled them off, their lips still touching.

The boat rocked violently before regaining its balance. It had been the cradle for a passionate and intoxicating pleasure which neither Eiko nor Tatsuya had known before. They experienced in each other's bodies a satisfaction they had long been searching for. They lay completely still as if listening intently to something. The boat was rocking gently and the bow seemed to be beating the water. They both felt a new confidence and opened their eyes like babies who wake up from a dream for a moment, look around, and then, reassured, fall asleep once more.

Ishihara Shintaro. *Season of Violence*. Translated by John G. Mills. Tokyo: Charles E. Tuttle, 1966. p. 41.

> 波に揺れる船は英語だとゆらゆらと揺れている感じがするが、どうだろう、日本語だと「神秘的」「陶酔」「歓楽」「郷愁」など漢語がたくさんあって、揺れ方が少しばかり大きいように思う。気のせいだろうか。

◀ フレーズを斬る ▶

原文 二人は時折、ふと動作を止めてじっと耳を澄ました。

英訳 They lay completely still as if listening intently to something.

原文では横になっているとは言っていないが、文脈から訳者は lay completely still としたのであろう。副詞として still はいくつかのパターンで使える。sit still (子どもに "Please sit still")、stand still (I've been standing still so long my feet ache!) 等々である。

E　　S　　S　　A　　Y

　英訳タイトルを *Season of Violence* としていることからも分かるように、この小説は燃えるような男女の性愛のすぐ隣、それを囲むようにして青春の暴力を丁寧に描き出している。冒頭は他の選手にうまくパスが出来ずバスケット部を抜け出し、拳闘にはまっていく竜哉を紹介する。種目の違いを通して、彼の性格を鮮明に浮かび上がらせるが、拳闘はフックなど、最初から強かったらしい。打ち合うスリルに加えて、「試合の時に自分が孤りきりであると言うことが彼の気に入ったのだ」、という。ヨットの上で二人が抱擁し合った後、英子のほうは逆に「あの夜始めて孤りきりでなかった」ことに気づき、竜哉への渇きが愛情に転じたのを感じた。若者が「孤りきりになる／ならない」ことへの戸惑いと見栄とを味わいながら、海の飛沫に全身を濡らし、互いを痛めつけていく。英子は竜哉の子を身ごもったが拒否され、中絶手術の末あまりにも早く、突然の死を迎える。太陽がかんかんと照りつける海の上で女が男を愛し、男に壊されるという話は、「太陽の季節」で終わるわけではない。その後、映画にもなっている。『八月の濡れた砂』(藤田敏八監督、1971年) のラストシーンに流れる、石川セリの美しく悲しいバラードの中には、同じ時代の風が吹いている。

ブックガイド

まだまだ広く、奥深い、ブンガクの世界をナビゲートしてくれる入門書をラインナップ。

〈文学全般〉

前田 愛『都市空間のなかの文学』（ちくま学芸文庫、1992）
津島佑子『快楽の本棚──言葉から自由になるための読書案内』（中公新書、2003）
ロバート・キャンベル編『読むことの力──東大駒場連続講義』
　（講談社選書メチエ、2004）
伊藤 整『改訂 文学入門』（講談社文芸文庫、2004）
丸谷才一・鹿島 茂・三浦雅士『文学全集を立ちあげる』（文藝春秋、2006）
荒川洋治『文学の門』（みすず書房、2009）

〈古代〜現代〉

橋本 治『これで古典がよくわかる』（ちくま文庫、2001）
東京大学教養学部国文・漢文学部会『古典日本語の世界──漢字がつくる日本』
　（東京大学出版会、2007）
神野志隆光『複数の「古代」』（講談社現代新書、2007）
四方田犬彦『日本の書物への感謝』（岩波書店、2008）
中野三敏『和本の海へ──豊饒の江戸文化』（角川選書、2009）
中村光夫『日本の近代小説』改版（岩波新書、1964）
十川信介『近代日本文学案内』（岩波文庫、2008）
吉本隆明『日本近代文学の名作』（新潮文庫、2008）
柄谷行人『日本近代文学の起源 原本』（講談社文芸文庫、2009）
小森陽一『大人のための国語教科書──あの名作の"アブない"読み方！』
　（角川oneテーマ21、2009）
村上春樹『若い読者のための短編小説案内』（文春文庫、2004）
高橋源一郎『ニッポンの小説──百年の孤独』（文藝春秋、2007）
大岡 信『あなたに語る日本文学史』（新書館、1998）
加藤周一『日本文学史序説』（上・下、ちくま学芸文庫、1999）

〈翻 訳〉

村上春樹・柴田元幸『翻訳夜話』（文春新書、2000）
柴田元幸『翻訳教室』（新書館、2006）
斎藤兆史『翻訳の作法』（東京大学出版会、2007）

執筆者紹介

[編 者]

ロバート　キャンベル（Robert Campbell）

東京大学大学院総合文化研究科教授。専門は江戸時代から明治期の日本漢詩文。共著に『古典日本語の世界——漢字がつくる日本』（東京大学出版会、2007年）、『海外見聞集』（校注、新日本古典文学大系 明治編、岩波書店、2009年）、編著に『読むことの力——東大駒場連続講義』（講談社選書メチエ、2004年）、『江戸の声——黒木文庫でみる音楽と演劇の世界』（東京大学出版会、2006年）などがある。

[執筆協力]

出口智之（でぐち・ともゆき）

日本学術振興会特別研究員、相模女子大学・駒澤大学非常勤講師。専門は日本近代文学。「作品への入り口」日本語部分のうち、『三四郎』「受験生の手記」『ぼくは勉強ができない』『舞姫』『オーパ！』「或る男の恋文書式」「松子夫人への手紙」『金色夜叉』『思出の記』『桐の花』「骨の肉」「アメリカひじき」「きもの」『細雪』『海の声』『大菩薩峠』『放浪記』『冥途』「屋根裏の散歩者」「蛇を踏む」「浮雲」「祭の晩」『風流仏』『黒蜥蜴』「汚点」『間宮兄弟』『或る女』「蟹工船」「太陽の季節」を担当。

佐藤　温（さとう・あつし）

東京大学大学院総合文化研究科博士課程在籍。専門は日本近世文学。「作品への入り口」日本語部分のうち、『学問のすゝめ』『好色一代男』『米欧回覧実記』『薄雪物語』『万の文反古』『平家物語』『南総里見八犬伝』『詩本草』『安愚楽鍋』『枕草子』『労四狂』「独楽吟」『方丈記』『夢の浮橋』『奥の細道』『伽婢子』『竹取物語』『雨月物語』『曾我物語』『心中天の網島』『土佐日記』を担当。

ロバート　ゴーリ（Robert Goree）

イェール大学東アジア言語文学部博士課程在籍。専門は日本近世文学。「作品への入り口」および「受験生の手記」『ぼくは勉強ができない』『オーパ！』「或る男の恋文書式」「松子夫人への手紙」『南総里見八犬伝』『詩本草』『安愚楽鍋』『桐の花』『労四狂』『夢の浮橋』『きもの』『海の声』『大菩薩峠』『放浪記』「蛇を踏む」『曾我物語』「汚点」『間宮兄弟』の英訳を担当。

Jブンガク──英語で出会い、日本語を味わう名作50

2010年3月26日　初版
2010年4月 5日　2刷

［検印廃止］

編者――――――ロバート　キャンベル

発行所―――――財団法人　東京大学出版会

　　　　　　代表者　長谷川寿一

　　　　　　113-8654　東京都文京区本郷7-3-1東大構内

　　　　　　http://www.utp.or.jp/

　　　　　　電話 03-3811-8814　FAX 03-3812-6958

　　　　　　振替 00160-6-59964

印刷所―――――研究社印刷株式会社

製本所―――――矢嶋製本株式会社

　　　　Ⓒ2010 Robert Campbell

　　　　Ⓒ2010 NHK, NHK Educational Corporation,
　　　　　　　Kyodo Television, Ltd.

　　　　ISBN 978-4-13-083054-6　Printed in Japan

　　　　Ⓡ〈日本複写権センター委託出版物〉
　　　　本書の全部または一部を無断で複写複製（コピー）するこ
　　　　とは、著作権法上での例外を除き、禁じられています．本書
　　　　からの複写を希望される場合は、日本著作権センター
　　　　（03-3401-2382）にご連絡ください．

古典日本語の世界——漢字がつくる日本
東京大学教養学部国文・漢文学部会 [編]　A5 判・280 頁・2000 円

日本の読み書き空間は，漢字を中心にしてつくられてきた．とくに古代から近代まで，漢文を読むことは生きる教養を身につけることでもあった．日本人の思考ベースを培ってきた「古典日本語」とは何か，漢字によって支えられた古典の風景がさまざまに展開する．

出来事としての読むこと
小森陽一　A5 判・286 頁・2000 円

"意識の流れ" 小説，漱石の『坑夫』を，小説というより，むしろ意識によって形成される〈主体〉と〈欲望〉をめぐる「写生文」として読むことによって無意識の自明性の中に葬られてしまった読むことの出来事性が鮮やかに甦る．

文字の都市——世界の文学・文化の現在 10 講
柴田元幸 [編著]　四六判・256 頁・2800 円

無数の文字が貼り付けられた東京の夜空，差別が滞留するフランスの郊外，モスクワのポップ……．文学の楽しみと文化の現在を「すこし違ったふう」に描き出したエッセイ集．現代世界文学の最高のナビゲータ，柴田元幸と沼野充義による東大文学部「多分野交流演習」から生まれた珠玉の講義録．

教養のためのブックガイド
小林康夫・山本 泰 [編]　A5 判・256 頁・1600 円

何を読んだらいいのですか？――「大学改革」の中で，数少なくなった教養学部の一つ東京大学教養学部が，教養教育の実践として新入生に提示するブックガイド．本を読むことの楽しさを通して，大学の豊かな可能性を伝える決定版読書案内．〈開かれた知〉への誘い．

翻訳の作法
斎藤兆史 [著]　A5 判・200 頁・2200 円

文芸作品の翻訳はどのように行うか．V・S・ナイポール，カズオ・イシグロ，ヴァージニア・ウルフ…など，英文学の名作に即して翻訳の技術を解説．語学学習や文化的側面の関わりからも論じる．豊富な練習問題をこなしながら，自然に理解が深まる入門書．

ここに表示された価格は本体価格です．ご購入の際には消費税が加算されますのでご了承ください．